Francesco Recami

Il caso Kakoiannis-Sforza

Sellerio editore
Palermo

e-mail: info@sellerio.it
www.sellerio.it

Questo volume è stato stampato su carta Palatina prodotta dalle Cartiere di Fabriano con materie prime provenienti da gestione forestale sostenibile.

Recami, Francesco <1956>

Il caso Kakoiannis-Sforza / Francesco Recami. - Palermo: Sellerio, 2014.
(La memoria ; 966)
EAN 978-88-389-3198-7
853.92 CDD–22 SBN Pal0270043

CIP – *Biblioteca centrale della Regione siciliana «Alberto Bombace»*

Il caso Kakoiannis-Sforza

Date le vicende narrate dovrebbe essere evidente di per sé, ma vale la pena precisare che fatti, persone, luoghi, date, nomi e circostanze presenti in questo libro sono di pura invenzione. Persino il sottinteso e il non detto non hanno alcun riferimento con la realtà.

Prologo

Nel solarium della Spa di lusso Too Fit di Lugano due donne completamente nude giacevano su altrettanti lettini coperti da morbidissimi asciugamani.

Erano immobili e l'unico rumore che si poteva sentire era quello del timer, anzi di due timer, uno per lettino.

Le due donne parevano più o meno della stessa età e avevano corpi abbronzati e ben in forma, dormivano?

Una, la più alta, indossava unicamente una mascherina nera sugli occhi, l'altra una catenina d'oro alla caviglia e gli occhialini da UVA.

Entrambe non portavano la fede all'anulare della mano sinistra, ma c'era una differenza, certi attributi della donna più bassa, la bionda, erano molto più grossi, per esempio il diametro delle dita, di quelli della signora più alta, i cui capezzoli erano più chiari di quelli della donna bionda.

Entrambe avevano un bel seno, senza apparenti segni di chirurgia plastica. Le due donne erano piuttosto attraenti. Mostravano piedi ben curati, senza bozzi e calli o duroni, con le unghie smaltate, l'una di rosso e l'altra color pervinca.

La mora aveva un taglio di capelli molto ricercato, con una mèche bianca come Crudelia De Mon.

L'altra invece aveva il pube completamente depilato.

Forse si erano appisolate, non muovevano un dito e non parlavano fra di loro.

Uno dei due timer era arrivato a fine corsa e il proiettore abbronzante UVA si era spento automaticamente. La signora bionda rimase lo stesso qualche minuto in più sul lettino, tanto che quando arrivò a fine corsa anche il timer dell'altra, quella non si era ancora mossa. Sta di fatto che le due si alzarono contemporaneamente, e nello stesso momento si tolsero l'una la mascherina e l'altra gli occhialini protettivi, così poterono vedersi, e per entrambe fu una bella sorpresa.

«Ma... sei tu?».

«Che cosa? Ma tu, che cosa ci fai tu qui?».

«E tu piuttosto? E senza dirmi niente!».

Le due si baciarono sulle guance, tre volte, due da una parte e una dall'altra. Erano veramente sorprese di incontrarsi lì.

«Ma cosa ci fai a Lugano? Potevi darmi un colpo di telefono. Sono anni che non ci vediamo... E ci dobbiamo vedere per combinazione... lo sai che ho casa qui, da tanti anni, ma tu? Cosa sei venuta a fare? Sei di passaggio? Sei andata in banca?».

«Ma no... dai... non lo sapevi? Anch'io ho preso una villa qui, a Porza, non lo sapevi?».

«Anche tu hai preso casa a Lugano? Ma è incredibile, non trovi?».

«Ah, è una vera sorpresa... sono felicissima... così potremo rientrare in contatto...».

«Ma è stupendo... è semplicemente stupendo... sono felicissima di rivederti...».

«Anch'io lo sono... e tu poi... non sei cambiata affatto, sei sempre bellissima...».

«Senti chi parla... ma io ti seguo sai? Leggo sempre di te sui giornali... certi giornali non parlano che di te... e poi ti ho visto in televisione... qualche volta devo averti visto... ma sai, io la tv la guardo così poco...».

«Ah, guarda, non ti sei persa niente, con quel regista poi...».

«Ma com'è che la trasmissione l'avete interrotta?».

«Ah, per la verità sono io che mi sono stufata... una noia mortale... e mi toccava alzarmi presto... un inferno... Ma tu, ti trovo benissimo, sai? Anch'io sento spesso parlare di te, e dei tuoi successi... dicono che sei una donna di ferro...».

«Ma che di ferro... ma che di ferro... stai benissimo, non vedo l'ora di raccontarti con calma...».

«Ma certo, dobbiamo assolutamente sentirci presto. Senti, io adesso devo scappare velocissimamente, però qui fuori c'è la mia segretaria, e lei ti darà i miei numeri, ma tu chiamami, eh? Non facciamo che non ci sentiamo per altri dieci anni...».

«E tu lo prometti che farai altrettanto? Adesso che ci siamo riviste, dobbiamo assolutamente tenerci in contatto. Di' alla tua segretaria che si metta in comunicazione con la mia, così ci scambiamo i numeri. Me lo prometti?».

Si dettero altri tre baci sulle guance e rindossarono i loro accappatoi.

«Mi raccomando...».

«Sei bellissima...».

«Sei uno schianto...».

Entrambe raggiunsero i propri spogliatoi, e una volta fuori entrambe licenziarono le proprie segretarie perché era successo quello che era successo.

«Una cosa del genere non doveva mai, dico mai, accadere. E tu mi iscrivi a un centro benessere senza informarti se ci si è iscritta anche lei?» fu la motivazione dell'una.

«L'ha fatto apposta, quella stronza l'ha fatto apposta, e per la distrazione della mia segretaria io devo cadere nella sua trappola? Se ne vada immediatamente, e non si faccia più vedere. Regoli con l'amministratore la sua posizione» fu la motivazione dell'altra.

Qualche giorno prima

Milano, via Giuseppe Ferrari, zona Stazione Porta Garibaldi. Alle sette del mattino, nell'ambulatorio delle Ferrovie dello Stato, abilitato alle visite per il rinnovo della patente su licenza degli uffici della Motorizzazione civile, era buio e non c'era nessuno. Presto sarebbe arrivata gente, il silenzio si sarebbe trasformato in gran concitazione.

In un angolo della stanza d'ingresso c'era un grosso parallelepipedo di cartone, che recava la scritta CARTA, intendendosi che quello era il recipiente nel quale andavano cestinati i rifiuti cartacei. La scatola non aveva coperchio, ed era piena per metà.

Entrò nella stanza il portiere, cinque minuti dopo un giovane, di nome Stefano. Quest'ultimo era un praticante medico il quale si era recato nell'ufficio così di buon mattino nella speranza di poter fare delle fotocopie gratis. Il portiere aveva qualche sospetto che fosse così, ma in qualche modo aveva chiuso un occhio.

«Buondì, Stefano, cosa fa così presto in ufficio?».

«Beh, è che devo controllare delle pratiche, sa, prima che arrivi il dottore...».

«Faccia pure, con quelle pratiche... io non so niente» disse il portiere con sguardo di intesa.

Stefano doveva utilizzare la fotocopiatrice per i fatti suoi. Un questionario che aveva scaricato da internet, alcune prove di esame, dei test, quiz di psicopedagogia simili a quelli che gli avrebbero somministrato di lì a poche settimane per le prove di ammissione. Insomma, roba di studio.

Stefano voleva sì sfruttare gratuitamente la macchina fotocopiatrice dell'ambulatorio, però aveva dei principi etici ed ecologici. Non voleva utilizzare la carta bella bianca e pulita delle risme che stavano nell'armadietto, no, e se poi magari qualcuno contava i fogli? Negli uffici pubblici di questi tempi non si sa mai. L'inchiostro, invece, come avrebbero potuto controllarne il livello? Sì, accanto alla fotocopiatrice c'era un foglio dove chiunque la usasse avrebbe dovuto registrare le copie che aveva fatto, indicando quante ne aveva stampate e perché: il contatore avrebbe dovuto confermare il numero delle copie, così con una semplice operazione di controllo, che avrebbe richiesto solo qualche ora, si sarebbe potuti risalire a chi aveva usato la macchina e perché.

Ma nessuno di coloro che la utilizzavano rispettava questa consegna, e sul foglio l'ultima registrazione puntuale risaliva a qualche mese prima: 18 settembre, sig. Palletti, copie n. 8... non c'era scritto più niente, se non una frase intimidatoria, senza data, che recitava: VA DÀ VIA I CIAPP, e la quale esprimeva senz'altro un senso condiviso di ribellione per quelle pratiche eccessivamente burocratiche.

Comunque Stefano era convinto dei suoi principi ecologici e andò a guardare dentro la scatola della CARTA se c'erano un po' di fogli buoni per essere riciclati. Fu fortunato. Dentro una busta gialla trovò un plico di oltre 150 pagine intonso, pulito, con il verso bianco. L'ideale per quello che gli occorreva. Prese il fascicolo senza curarsi troppo di quello che rappresentava. Fece le sue fotocopie, un centinaio, ed ebbe cura di togliere dal cassetto la carta avanzata. Se le portò a casa. Se qualcuno avesse trovato nel cassetto di alimentazione quei fogli già stampati potrebbe avere avuto dei sospetti.

Stefano non sapeva che quel mazzo di stampate che aveva recuperato per riciclarle erano un manoscritto. Un romanzo. Non poteva certo immaginarsi che dentro la scatola per la raccolta differenziata della carta ci fosse un'opera letteraria. Portò a casa sua l'intero plico.

Per una circostanza del tutto casuale il fidanzato, oddio, gli interessati non avrebbero usato questo termine ma utilizziamolo lo stesso, così, per semplificare, di Stefano lavorava per una casa editrice di Milano.

Stefano aveva lasciato la pila di fogli in bagno, sottosopra, e il suo compagno, che si chiamava Davide, trovandosi a portata di mano le prime pagine, non badò a quello che c'era sul verso, ma distrattamente prese la pila di stampate dalla parte sbagliata, cioè quella in cui c'era il romanzo, dunque, e cominciò a leggerlo.

Che curiosa coincidenza, lui che passava tutto il suo tempo a leggere manoscritti, la maggior parte dei quali li avrebbe volentieri abbandonati dopo la seconda pagina, ora non sapeva staccarsi da questa storia, che aveva il suggestivo titolo di *Il segreto*.

Ci si appassionò talmente tanto che rimase seduto sul water fino a che non raggiunse pagina 58. Era di gran lunga migliore della media dei manoscritti che leggeva di solito. Una interessante parodia del genere giallo-rosa d'avventura.

Ma dove l'aveva trovato Stefano? Glielo aveva messo lì apposta?

Davide prese il manoscritto e se lo portò dietro in casa editrice, dove finì di leggerlo. Oddio, finire non è la parola giusta, perché del manoscritto mancava l'ultimo capitolo, o forse più di uno. Fece qualche rapida ricerca su internet per controllare che non si trattasse di un libro già uscito. No, non pareva. Scoprì invece che alcune delle vicende narrate si riferivano a certi fatti che la cronaca, qualche anno prima, aveva riportato, per esempio il rapimento di un ragazzo di famiglia ricca in Sardegna.

Davide era proprio stupito, voleva capirci qualche cosa di più. Cos'era, un trucchetto di Stefano? Un suo amico, o «amica», come dicono i gay gelosi, più probabilmente, aveva il manoscritto nel cassetto, e, con grande furbizia, glielo avevano fatto trovare in gabinetto?

La sera ne parlarono, Stefano gli raccontò con chiarezza dove aveva trovato quella pila di fogli: lui l'aveva utilizzata solamente come carta da riciclare. Ne mancava l'ultima parte? Boh, forse qualcuno l'aveva già usata per fare altre fotocopie.

Davide ci pensò molto, poi, pienamente convinto, sottopose il manoscritto all'editor in chief, raccontandogli anche le circostanze nelle quali aveva reperito il manoscritto. Praticamente nessuno aveva la più pallida idea di chi potesse esserne l'autore. Ma era buono.

Lunedì 11 gennaio

Nel capannone semidistrutto e abbandonato giace una ragazza seminuda contro un pancale, legata per le braccia e per le gambe. Sulla porta di legno sverniciata c'è scritto «Pericolo di morte». Nel tugurio un odore soffocante di carne bollita.

In quella metà di gennaio a Milano il clima era proprio una schifezza. Freddo, ma non un bel freddo secco di gennaio, no, un mezzo freddo molto umido, non si scendeva nemmeno sotto lo zero, con un continuo misto di acquerugiola e piovaschi. Il cielo era dello stesso colore di quella fanghiglia, talvolta dava un po' più su una tinta chiara, lattiginosa, più spesso virava allo scuro, con un rialzo della temperatura, e proponeva scrosci di pioggia più simili a quelli primaverili che alla fine pioggia invernale. La sera il cielo si illuminava di giallo, segnale di neve. Sembrava dovesse nevicare sul serio da un momento all'altro, ma non nevicava, non nevicava, e i cittadini ne parlavano ininterrottamente, per un verso augurandosi che nevicasse, finalmente, per l'altro augurandosi che non nevicasse, ci sarebbe mancato altro che la neve, che poi una volta giunta a terra si trasformava in una poltiglia viscosa grigio-marrone, che le auto di passaggio sollevavano e trasformavano in uno spray che insozzava le automobili, le vetrine, i marciapiedi e tutto il resto.

Quella mattina, al centro della corte della casa di ringhiera Luigi De Angelis, detto Luis, anni ottantadue, era a conoscenza del fatto che le condizioni climatiche si adattavano perfettamente al compito che si era prefisso. Era infatti obbligatoria l'assenza di sole per togliere i moscerini dalla carrozzeria della sua potente BMW roadster, una Z3 3.2 24 valvole argento.

Per le carrozzerie, soprattutto quelle metallizzate, i moscerini e gli insetti in generale possono essere un vero flagello. Se non vengono rimossi d'urgenza possono causare dei danni irreparabili.

Pertanto il De Angelis si era provvisto di un prodotto specifico, dal nome che era tutto un programma: Killer, della ditta Ma-Fra. Tale spray aveva la capacità di sciogliere gli insetti anche una volta che si erano seccati, senza bisogno di strofinare, operazione che può essere deleteria per la verniciatura. Purtroppo era un po' troppo alcalino, avendo un Ph superiore a 8, e quindi era opportuno sciacquarlo via con un altro prodotto neutro. Luis aveva già svolto entrambe queste operazioni: in questo momento si dedicava al tocco finale, ovvero a distribuire con un panno la cera extralucida ad azione protettiva. Una volta ben distribuita, la carrozzeria del BMW diventava idrorepellente, e le gocce d'acqua ci scivolavano sopra come sulla buccia di una pesca. Ed è quello che successe di lì a poco, quando ricominciò a piovere, quella pioggia che viene dal Nord Africa, piena di una fine sabbiolina, che avrebbe risporcato da capo la carrozzeria. Granelli insidiosissimi, perché dotati di un forte potere abrasivo. Il De Angelis se ne tornò a casa nervoso e scontento.

Nell'appartamento numero 8 della medesima casa di ringhiera Amedeo Consonni era un uomo distrutto. I due pilastri sui quali si reggeva la sua vita fino a qualche giorno prima erano Angela Mattioli, una sua coinquilina con la quale intratteneva una relazione già da qualche anno, e la figlia Caterina Consonni, ancor di più il figlio di costei, vale a dire Enrico, quattro anni e mezzo, col quale amava passare molto tempo.

E adesso tutto era finito. Le rotture, sia quella con Angela che quella con Caterina, e quindi con Enrico, parevano definitive e sanguinose.

Consonni, disperato, uscì sul ballatoio per guardare il cielo, che anche quel giorno era coperto e plumbeo, ma dov'erano finite quelle belle giornate di gennaio nelle quali tirava la tramontana, e dalla città si vedevano le montagne piene di neve, e si diceva: «Quello lì è il Bernina», «Il Bernina quello lì? Ma va da via il cü» e cose del genere.

Consonni rientrando nel suo appartamento di ringhiera, nel bel tepore, si chiese: «Ma dove ho sbagliato?» e altre cose del genere a carattere retrospettivo.

Nei giorni precedenti con Angela ne aveva provate di tutte: le aveva fatto recapitare dozzine e dozzine di rose, aveva bussato in ginocchio alla sua porta, le aveva lasciato dei bigliettini imploranti sotto l'uscio, aveva tentato di telefonarle. Ma Angela non ne aveva voluto sapere: non lo riceveva, e lasciava le rose a marcire sul ballatoio.

Consonni si sedette sulla sua poltroncina di marocchino. Con occhio vitreo guardava i tappeti persiani, l'elegante parquet di rovere francese, i tendaggi di taffetà, le belle poltrone rivestite di sete pregiate, gialle, rosse e bianche. No, Consonni non era un dandy decadente né una checca vecchio stile, né il manutengolo di un bordello, era semplicemente un ex tappezziere, e quella casa l'aveva decorata lui, con le sue mani e con molti materiali che gli erano rimasti, soprattutto quando il cliente ordinava costosissime rifiniture e poi non aveva i soldi per pagarle. Ormai nessuno ha bisogno di un vero tappezziere, pensava.

Il suo sguardo andò a posarsi sulla pregiata libreria di noce, dove erano disposti in bell'ordine i classificatori da lui personalmente foderati di sete multicolori. Era il suo archivio, suo vanto ma anche probabile fonte di tutti i suoi guai: un archivio di crimini italiani, di cui il Consonni era fervido e innocuo collezionista. A giudicare dalla rileccatezza del suo appartamento non si sarebbe detto, ma lui dei casi criminali ci aveva la passione. Oddio, forse passione è una parola un po' grossa, sta di fatto che Consonni per tanti anni della sua vita aveva seguito con molto interesse i fatti di cronaca nera, almeno quelli che riportavano le pagine dei giornali. E lui quelle pagine le ritagliava meticolosamente, da vent'anni, tanto che aveva messo su un imponente archivio con tutti i crimini più efferati d'Italia. Per lui era come collezionare francobolli, non ci vedeva niente di male, tuttavia nelle ultime settimane ne erano successe così tante che gli avevano fatto passare la voglia di dedicarsi alla sua raccolta di crimini. Chi va al mulino si infarina.

Per vari motivi Consonni aveva giurato di non occuparsi più di queste cose, e del crimine in generale, di qualsiasi tipo. Non avrebbe più aggiornato il suo archivio di ritagli su tutti i casi di cronaca nera della Lombardia e anche del paese intero. Aveva anche promesso ad Angela di distruggere la consistente criminoteca, e aveva cominciato a farlo, enunciando a se stesso il proponimento di liberarsi di questa schiavitù collezionistica che lo aveva portato in situazioni paurose e pericolose... Angela, Angela, te l'ho promesso e lo farò!

In quello stesso momento suonò il campanello. Consonni si alzò di scatto e dette un'occhiata dalla finestra, nella speranza si trattasse di Angela. No, no, non era Angela. Fuori della porta c'era la signora Donatella Giorgi, inquilina dell'appartamento 15, che si guardava intorno come se fosse spiata da qualcuno. In effetti spiata in un certo senso lo era.

Consonni aprì la porta, con debolezza.

La signora Donatella entrò senza perdere tempo. Era un bel po' che non la vedeva, perché lei, a causa di problemi e diverbi col marito, se ne era andata a stare da un'altra parte, nel condominio si diceva da suo fratello, portandosi dietro i due bambini, Gianmarco e Margherita. Donatella non aveva un bell'aspetto: era dimagrita, pallida, le orbite erano infossate e grigie. Sembrava malaticcia, il suo sguardo era spento e triste.

«Buongiorno Donatella, che sorpresa, come sta? È un bel po' che non ci vediamo».

«Eh, benino, grazie. Si tira avanti».

Anche Donatella rimase impressionata dalle condizioni del Consonni: aveva il volto provato, sfinito, sembrava che non avesse dormito da giorni.

«Sa signor Consonni, sono passata di qua per sapere se aveva notizie di mio marito, l'ha visto di recente?».

Consonni a stento rispose, dopo una lunga pausa: «No, veramente... non saprei». Pareva non prestare attenzione a quello che diceva la signora.

«E lei come sta Amedeo? La vedo un po'...».

«Eh, lo so, va male, molto male».

«Ma perché? Cosa è successo?».

«Ah, se sapesse...».

«Ma mi dica Amedeo, la prego, se in qualche modo posso esserle...».

Consonni sembrava distratto, meditabondo, lanciava sguardi fuori dalla finestra, imbambolato. Poi ebbe come un sussulto, aprì improvvisamente la porta e si scaraventò sul ballatoio guardando verso il basso. Troppo tardi. Angela era uscita dal suo appartamento e si dirigeva da qualche parte, chissà dove.

«Ah signora Donatella, la vita è dura, sa?».

Lei non capiva.

«Sono passati solo pochi giorni, e mi sembra un'eternità, ma anche mezzo minuto».

Ma che, questo qui si è rinscemenito tutto di un colpo? pensava Donatella, trattenendosi comunque dal fare commenti.

«Angela, proprio Angela, sa cosa mi ha detto? Mi ha detto: "Amedeo, sappi che fra di noi è finita! Io di te non ne posso più, a te di me non importa niente, non ti importa della mia vita, del mio passato, di niente. Sei una bestia. E guarda in che guai mi hai cacciato! Io ti odio!"».

E lo stesso giorno, Consonni non si ricordava se poco prima o poco dopo, sua figlia Caterina gli aveva urlato, fuggendosene giù per le scale col piccolo Enrico: «Io ti ammazzo, pezzo di merda! Io ti denuncio! Io ti...». «Si rende conto in che situazione mi trovo? Che cosa mi dice mia figlia! E l'Angela! Ma io che cosa ho fatto di male? E soprattutto, anche se l'ho fatto, è colpa mia?».

Nonostante Donatella avesse abbastanza problemi familiari per conto suo dovette sorbirsi lo sfogo che si rovesciava su di lei come un fiume in piena. Si limitò a chiedere: «Ma scusi, perché sua figlia ce l'ha così tanto con lei? Che cosa è successo? E la signora Angela? Come è possibile che...».

Consonni scosse la testa: «Ah, ma come faccio a spiegare? E poi non vorrei subissarla con i miei problemi». Infatti attaccò a raccontare, come in trance, che nel caso di Angela si rendeva conto di essersi comportato con poco tatto, va bene, ma possibile che lei si arrabbiasse fino a quel punto? Lei apparteneva a una categoria intellettuale assai superiore alla sua, su questo non c'era alcun dubbio. Lei era laureata, ed era una ex professoressa di Lettere, della letteratura ci aveva la passione. E lei aveva scritto un libro, un manoscritto, come lo chiamava lei, che poi a dirla tutta un manoscritto non era, perché era scritto col computer. Ma Angela gli aveva detto che si chiamava lo stesso così. E glielo aveva fatto leggere. Lei a quel «manoscritto» ci teneva tanto, tantissimo, ma era colpa sua, del Consonni, se lui di quelle storie lì non ci capiva niente? A quanto pareva per Angela era un'enorme prova di fiducia nel Consonni che lo avesse fatto leggere solo a lui, ma che ci poteva fare l'Amedeo se di quella roba lì non se ne intendeva? E poi Angela lo incolpava del fatto che il manoscritto non si trovava più, era finito in un'altra busta, chissà adesso dov'era. Angela si era imbelvita, l'aveva presa come mancanza di rispetto, lo odiava addirittura. Ma lui mica l'aveva fatto apposta... E poi, col suo computer, cosa ci voleva a farne un'altra copia, non siamo mica nell'Ottocento... Eppure Angela l'aveva presa così male che aveva detto quello che aveva detto, e nei giorni successivi non aveva più voluto parlargli.

Donatella non ci capì assolutamente niente, ma si rese conto che era meglio, se voleva fare in tempo a tornare a casa per il pranzo, non far più domande sul caso Angela.

«Su Amedeo, non si butti giù, vedrà che tutto si accomoda. E vedrà che anche con sua figlia Caterina le cose si sistemeranno». Pensava in questo modo di tagliare corto, ma Consonni riattaccò: «Ah, se le raccontassi non ci crederebbe mai!». E riprese a raccontare.

Tutto era successo per uno sciroppino che aveva somministrato al nipotino perché aveva la tosse. Ma che cosa ne sapeva lui che in quello sciroppino c'era la codeina? Cosa ne sapeva lui che quello sciroppo non era adatto a un bambino di quattro anni? Glielo avevano detto? Pensavano che volesse drogare l'Enrico e renderlo un tossicodipendente, magari soltanto perché stesse più tranquillo? Ma era falso, falso, fra l'altro al Consonni non piacevano i nipotini tranquilli, gli piacevano agitati, come è giusto che siano. Eppure... Eppure...

«Caterina si è così tanto arrabbiata!». Lei non aveva fatto distinzioni fra le intenzioni benevole del nonno e gli esiti nefasti. Secondo lei suo padre era un irresponsabile senza speranza...

«E adesso come li risolvo questi problemi? Se Angela non mi risponde, Caterina invece mi ha intimato di non farmi più vivo. Mi ha detto che non mi denuncia alle pubbliche autorità giusto perché sono suo padre! E così non vedo più il mio Enrico, che è la luce dei miei occhi! Ah, questa mia figlia non me la perdona! Lo sa che l'Enrico lo tenevo io per quattro giorni alla settimana, lo andavo a prendere a scuola, lo portavo ai giochi. E adesso tutto questo non c'è più, al posto mio c'è una baby-sitter, che fra l'altro all'Enrico gli sta anche antipatica. E noi stavamo così bene insieme, io e il Cipolla!».

Donatella non sapeva proprio dove guardare.

«E lo sa che fra l'altro la baby-sitter mi tocca pagarla a me? Mia figlia è stata categorica: la frittata l'hai fatta tu e adesso la paghi! mi ha detto. Tu non sei in grado di badare a un bambino piccolo, e allora la baby-sitter la paghi tu! Ah, ma non le sembra pazzesco?».

Ci fu un attimo di silenzio e Donatella cercò di approfittarne per chiudere il discorso. «Adesso la saluto Amedeo, mi dispiace molto per lei, sa, la capisco bene, vista la situazione in cui mi trovo, con mio marito in quelle condizioni...».

Ma ciò dette agio a Consonni di tornare immediatamente alle sue angosce relative ad Angela: «Pensi che le ho fatto consegnare dozzine di rose rosse, e lei non le vuole... non crede che... è che lei ce l'ha con me anche per via della signora Kakoiannis-Sforza, che mi ha dato un incarico... Angela questo non lo sopporta... sa, se fosse per me io l'incarico che mi ha dato la Kakoiannis proprio è l'ultima cosa che vorrei starci dietro. Quella mi ha anche dato dei soldi... Ma io... Sa cosa ho fatto? All'Angela le ho scritto una lettera. Con tutto il mio cuore, vuole che gliela legga? Mi ci sono impegnato al massimo. Ma secondo lei, che è una donna, Angela la leggerà? Come può non impietosirsi? E lei, Donatella, non vorrebbe leggerla, darmi il suo parere?».

Per quanto Donatella fosse una persona gentile, no, era un po' troppo. Cercò un'altra volta di accomiatarsi, ma Consonni la trattenne ancora.

«Mi scusi Donatella, lo vede anche lei in che condizioni sono, sarebbe così gentile, mi potrebbe fare un enorme piacere?».

«Beh, se mi è possibile...». Temeva il peggio.

«Non le costa niente. Se potesse prendere questa lettera imbustata e farla passare sotto la porta di casa di Angela, è l'appartamento 2».

«Beh, se si tratta di questo».

Donatella se ne uscì di casa, sospirando. In confronto ai guai in cui si trovava lei le baruffe del Consonni le sembravano giochi da bambini. Comunque recapitò la lettera come previsto. Qualcuno osservò il fatto, la signorina Mattei-Ferri dell'appartamento 12, la stessa che l'aveva spiata al suo arrivo.

Consonni rimase da solo, a rimuginare e rimuginare sulle sue sventure, desolato. Avrebbe voluto abbandonarsi ad atteggiamenti depressivi e all'inazione, non mangiare, dimagrire improvvisamente, metter su delle scure borse sotto gli occhi, così Angela avrebbe capito, si sarebbe commossa, avrebbe...

Ma no, Consonni non poteva lasciarsi andare all'inattività, al vuoto, al nulla, perché aveva un compito da assolvere, un vero e proprio incarico, per svolgere il quale era già stato pagato in anticipo, ben 5.000 euro...

Avendo potuto dedicare poco tempo all'incarico Consonni aveva raggiunto risultati scarsi, se non nulli.

Aveva tentato di comunicare alla committente del lavoro, la signora Luisa Kakoiannis-Sforza, che lui in quel momento si trovava in frangenti difficili, che non garantiva risultati per una serie di circostanze sfavorevoli, anche perché l'incarico era complesso. Ma la signora Kakoiannis-Sforza non ne aveva neanche voluto sentire parlare.

«Io conto su di lei, la mia vita, tutto ciò che ho, è nelle sue mani».

Ma di che cosa si trattava?

La ex professoressa Angela Mattioli aveva appena bussato alla porta dell'appartamento 9. Nessuno rispose ma lei entrò lo stesso, come fanno le mamme nelle camere dei figli.

Il signor Antonio era sdraiato per terra e stava leggendo la «Gazzetta» del giorno prima.

«Ah, vedo che sta leggendo... bene...».

L'appartamentino, che lei aveva messo in bell'ordine, era di nuovo un disastro. Mutande e magliette sporche per terra, bottiglie di birra, cicche sul pavimento e addirittura qualche attrezzo per lavori edili incrostato di calcina secca che si staccava a scaglie e impolverava tutto.

Tuttavia Antonio si alzò in piedi, e assicurò che diligentemente e imprevedibilmente aveva con sé un quaderno nuovo di zecca, per prendere appunti.

Angela ne fu strabiliata. Che quell'uomo volesse veramente intraprendere il cammino della redenzione?

«Bene, visto che oggi era occupato nella lettura, che ne direbbe se parlassimo un po' di libri?».

«Libri?».

«Quanto tempo è che non legge un libro?».

«Un libro?».

«Sì, un libro, quelle cose fatte di carta... con la copertina...».

«Cazzo, lo so cos'è un libro, quella roba che si studia a scuola, li ho avuti dei libri... a casa ci devono essere ancora...».

«Prima di tutto quando parla con me la prego di non utilizzare certi termini e certe interiezioni...».

«Eh? Interiezioni? Che cazzo sono le interiezioni?».

«Mmmhhh, che osso duro che è lei! "Cazzo", quella è un'interiezione, "cazzo"! Sono quelle le parole che non deve usare con me, e con nessun altro, soprattutto nel mondo del lavoro, ma anche con le persone normali!».

«Ma se lo ha detto anche lei! E lo ha detto due volte, non sono mica scemo!».

«L'ho detto solo per farle capire qual era la parola, visto che lei non sa che cos'è un'interiezione».

«Io signora certe volte mica la capisco».

«Lo vedo che non mi capisce, adesso mi ripeta quello che voleva dirmi sui libri senza fare uso di quel tipo di interiezioni, cioè, insomma, delle parolacce».

Antonio era già intellettualmente provato da quella conversazione, si sforzò di ricordarsi che cosa stava dicendo.

«Ah, i libri, sì... ne ho avuti, a scuola».

«E dopo la scuola non ha mai letto un libro?».

«Se è per quello non li leggevo nemmeno a scuola. I libri sono roba da sfigati e da secchioni».

Questa per Angela fu una vera e propria pugnalata, ma cercò di far buon viso a cattivo gioco e fece finta di niente.

«Bene, è venuto il momento che lei legga un libro».

«Un libro? Io?».

«Ecco qua – estrasse dalla borsa un volumetto – gliene presto uno io. È facile da leggere, e piace a tutti». Gli mise in mano *Il giovane Holden*. «È anche un testo breve, non le ci vorrà molto».

«E che lo leggo a fare?».

Un'altra pugnalata nel fianco di Angela.

«Ma come che lo legge a fare? E poi, patti chiari e amicizia lunga, se lei vuole che io le venga incontro deve dare retta a me. Un libro fa sempre bene. Migliorerà le sue capacità di attenzione e anche quelle linguistiche...».

«Ma io...».

«E poi mi dovrà fare il riassunto. Intesi? E se scopro che lo ha copiato da internet guardi che non andiamo d'accordo».

Antonio si ritrovò fra le mani questo libro grosso che fra l'altro non aveva neanche un'immagine di copertina, era tutto bianco. Andò all'ultima pagina per vedere di quante pagine si componesse. Almeno qualche ricordo delle pratiche scolastiche gli era rimasto.

Ma Angela era implacabile.

«Bene, veniamo al tema della giornata, sempre nell'ambito del "nostro percorso" sulle buone maniere».

«No, ancora le buone maniere... ma le abbiamo fatte la volta scorsa!».

«E lei crede che per imparare le buone maniere basti una lezione? Non basta una vita, non basta! Cosa crede lei, di averle imparate?».

Antonio parve lievemente mortificato.

«E poi le può servire per il lavoro, non pensa? Se lei ha avviato, come mi sto sforzando di aiutarla a intraprendere» Angela sottolineò tre volte questo inciso «una professione da muratore indipendente, si troverà ad avere a che fare direttamente con i clienti. Non ci sarà più un capomastro o altri, toccherà a lei uscire dalla solfatara».

«La solfatara? Quale solfatara? Io non ci voglio andare in solfatara».

«Ma Antonio, andiamo, è un modo di dire, no? La solfatara è un modo di dire per rappresentare una situazione chiusa, buia, dove ogni regola e ogni rispetto non contano, e dove può succedere di tutto, ai confini con l'abiezione umana...».

Antonio rinunciò a capirci qualcosa.

«E adesso mettiamoci per davvero al lavoro. Facciamo finta che io sia una sua cliente, che l'ha chiamata in casa per un piccolo lavoro di muratura. Lei come si presenta?».

«Lei chi?».

«Ma come chi, lei, lei, cioè tu, d'accordo, passiamo a darci del tu, almeno ci si capisce meglio!».

«Io dare del tu a lei?».

«Sì, dai, almeno facciamo prima».

«Cazzo, non mi riesce!».

«Come hai detto?».

«Ehm, volevo dire, non mi riesce...».

«Allora, ti ho detto che sono una signora tua cliente, che ti ha chiesto un lavoro di muratura in casa sua, tu come ti presenti?».

«A chi?».

«Ma alla signora no? Cioè a me».

«Beh... Buongiorno... mi chiamo Antonio e sono qui per il lavoro da fare».

«Benissimo, benissimo, stai andando forte... buongiorno, molto educato, e poi?».

«Che vuoi che faccia?».

«Come che vuoi che faccia?».

«Eh, qual è il lavoro da fare...».

«E le dai del tu?».

«Ma me lo ha detto lei di darti del tu!».

«A me sì, ma alla cliente no».

«Ma come faccio a dare del lei alla cliente senza dare del lei anche a lei, cioè a te?».

Antonio era in un bagno di sudore, fece uno sforzo smisurato e infine riuscì a sillabare: «Che vuole che faccia?».

Angela cercò di non perdere la pazienza.

«Non si dice a una cliente "Che vuole che faccia?". Vediamo meglio la presentazione. Prova con una frase come questa: "Buonasera, signora, sono Antonio, della ditta Piccoli Lavori Edili, PLE, in che cosa posso servirla? Come posso esserle d'aiuto?"».

«E io dovrei dire quella roba lì?».

«Insomma, no, non è che te la devi imparare a memoria, devi sapere solo quali sono i modi urbani, no? Non ne hai altro che da guadagnarci. Non trovi? Proviamo. Io sono la signora che ti ha chiamato per riparare una sbreccatura in cucina, tu cosa le dici?».

«Eh, boh, e che cazz...».

«No, dai, provaci».

«Beh... buonasera signora, sono Antonio, della ditta Antonio, Piccoli Lavori Edili, dov'è il danno?».

«Meglio, molto meglio! "Dov'è il danno?", benissimo, "dov'è il danno?" mi sembra un ottimo modo per entrare nell'argomento. E poi?».

«Signora, mi faccia pure vedere dove si trova il...».

«Il...? Il...?».

«Ma che cazzo ne so, il...?».

«Il luogo del lavoro, no? La postazione, il sito, il problema edilizio, il lavoro da fare... prova a ripetere...».

«No signora, non ce la faccio, cosa devo dire, il sito?».

«Ecco, sì, prova a dire, "dove si trova il sito dove devo eseguire la riparazione?"».

Antonio avrebbe voluto sbattere la testa contro il muro ma ripeté: «Dove si trova il sito dove devo eseguire la riparazione?».

«Benissimo, benissimo, vedi? Che ci vuole? Prova a ripeterlo cinque volte oralmente, e poi lo scrivi altrettante volte sul tuo quadernino».

«Cosa?».

«Forza, al lavoro!».

Antonio si impegnò al massimo a ripetere la frase, ma il bello venne quando si passò a doverla scrivere. La sua grafia non era quello che si dice una calligrafia, e riusciva a scrivere solo una lettera alla volta. L'esercizio richiese un bel po' di fatica e di tempo, durante il quale Angela ebbe modo di guardare il soffitto e riflettere sui tristi destini dell'educazione in Italia, e anche su alcune sue angosce personali, e su come allentarle, se non proprio risolverle. Nella sua mente si confondevano problemi e immagini, da un piede di porco per forzare la porta dell'ambulatorio a una fuga in un paese sconosciuto.

Quando Antonio ebbe terminato era sconvolto ed esausto. Dodici ore di cantiere lo avrebbero affaticato di meno. Angela gli fece i complimenti, perlomeno per l'impegno, e disse che la lezione era terminata. «Ci vediamo domani, stessa ora, e mi raccomando, inizia a leggere il libro che ti ho dato, è bellissimo...».

Angela se ne uscì dall'appartamento simulando un mezzo sorriso, in realtà era ben sottosopra, perché ciò che le dava grandi preoccupazioni era sempre al solito posto, e non riguardava Antonio.

Il volto pensieroso di Angela, uscita dall'appartamento 9, non sfuggì alla signorina Mattei-Ferri, inquilina dell'appartamento 12, che da qualche giorno stava monitorando con scrupolo anche le mosse della ex professoressa. La signorina si alzò dalla sua sedia a rotelle e accennò qualche movimento di stretching degli arti inferiori e dei muscoli della schiena. Fece qualche flessione con le gambe, in numero di dieci, poi altrettanti piegamenti in avanti, in modo che le ginocchia le toccassero la pancia. Questi esercizi erano riepilogati in un manualetto semplice, corredato di disegni esplicativi, che teneva nascosto.

Ecco, anche oggi la ex professoressa Mattioli era entrata nell'appartamento 9, dove, dopo alcune settimane durante le quali non si era più visto, era tornato ad abitare l'inquilino, il bruto Antonio, di professione manovale. Era diventata un'abitudine regolare, e tutte le volte la Mattioli passava in quell'appartamentino un'ora circa. Che cosa ci andava a fare? Che svergognata! Così, alla luce del sole, senza remore, di fronte all'intero condominio, soprattutto in faccia al suo ex amante, il Consonni Amedeo dell'appartamento 8. Non aveva alcun bisogno di nascondere le sue sedute di sesso, probabilmente estremo, con quel giovane stallone poco attento alla propria igiene personale, proprio nell'appartamento accanto a quello del Consonni? E visto che le pareti dei locali della casa di ringhiera erano molto sottili, sicuramente il cornuto poteva sentire i rumori orgiastici prodotti dalla coppia scatenata. Mamma mia, che vergogna! Quell'uomo dall'aspetto trasandato e brutale passava del tempo con una che poteva essere sua madre. E quella indecente lo faceva sotto gli occhi di tutti!

Qualche giorno prima anche la Mattei-Ferri aveva potuto udire distintamente le terribili frasi che la Mattioli aveva urlato dietro al Consonni, nel corso di una feroce litigata: «Amedeo, fra di noi è finita! Io di te non ne posso più, a te di me non importa niente, non ti importa della mia vita, del mio passato, di niente. Sei una bestia. Io ti odio!».

Ma alla signorina Mattei-Ferri, cui di ciò che accadeva nella casa di ringhiera non sfuggiva niente, non la si faceva! L'aveva ben visto e registrato che il primo appuntamento fra quella sgualdrina e quel violentatore era avvenuto *prima* della litigata! Essendo avvenuto alle 14.20, mentre la discussione era esplosa intorno alle 21.13. E allora avevano un bel dire che la baruffa si doveva a un non ben specificato manoscritto dell'Angela che il Consonni aveva perso. Erano tutte balle: il Consonni si era certamente reso conto che l'Angela si appartava col montatore, e forse ci aveva avuto qualcosa da ridire. Eh beh, era il minimo. Allora – secondo la Mattei-Ferri – la Mattioli aveva colto la palla al balzo per litigare furiosamente con l'ex tappezziere, e rompere definitivamente con lui, travolta dalla potenza sessuale del nuovo amante e sicura di avere comunque il coltello dalla parte del manico. E adesso erano tutti problemi del Consonni, che peraltro un bel porco doveva essere anche lui per accompagnarsi con quella là.

Ne aveva viste di belle la Mattei-Ferri, nei mesi, nel corso dei suoi appostamenti: visite notturne, tenute sconce, appuntamenti segreti. Ma lei sapeva tutto!

E adesso quell'imbecille del Consonni a quella poco di buono ci mandava i fiori! Tutti i giorni! Ah, voleva fare la pace. Ma lei i fiori non li raccoglieva o li gettava via, il fatto era che di solito nel corso della notte scomparivano: ma che cosa se ne faceva una assetata di sesso come lei dei fiori? Ah, stiamo freschi, pensava la signorina Mattei-Ferri. Assisteva ai continui tentativi del Consonni di farsi ricevere dall'Angela Mattioli, la quale lo respingeva sdegnosamente. E certo che lo respingeva, aveva trovato carne più fresca... Che schifo!

E il Consonni non si era reso conto della situazione? In che cosa avrebbe potuto sperare, di partecipare alle riunioni fra Angela e Antonio? Oddio, quello era un selvaggio tale che probabilmente se alla torta si aggiungeva un terzo non ci avrebbe fatto molto caso. Sotto a chi tocca! Ma per il Consonni?

Anche lui, d'altra parte, nascondeva qualcosa, per esempio sulla faccenda della Kakoiannis-Sforza, niente di meno che Luisa Kakoiannis-Sforza, il famosissimo personaggio televisivo, la quale, per motivi ignoti alla Mattei-Ferri, era entrata nella casa di ringhiera per parlare con l'Amedeo in persona. Che cosa poteva avere a che fare una VIP di tale calibro con un uomo modesto come il Consonni, nonostante per qualche giorno fosse assurto agli onori delle cronache per via della storia della Sfinge di Lentate? Beh, era uno a cui piaceva, come aveva fatto in quel caso, ficcare il naso negli affari di cronaca nera, e per una serie di circostanze pareva che fosse stato lui a indovinare il responsabile dell'omicidio del signor Rebaudengo, a Lentate sul Seveso, che era stato trovato morto nudo, orribilmente straziato, a quattro zampe, in una posizione che assomigliava a quella della Sfinge.

Ma adesso c'era di più, il fatto era che il Consonni stesso aveva commissionato un lavoro alla Mattei-Ferri, proprio a lei, vale a dire reperire più notizie possibili sulla signora Kakoiannis-Sforza. Questo perché era noto a tutti che la Mattei-Ferri era una sorta di enciclopedia del gossip, maturata dopo studi decennali sulle riviste specializzate.

Perché Consonni voleva notizie sulla Kakoiannis-Sforza, che lo era andato a trovare a casa sua e uscendo gli aveva detto «Conto su di lei» mentre il Consonni aveva replicato «Arrivederci signora Kakoiannis-Sforza, vedrò se posso fare qualcosa per lei»? La Mattei-Ferri si macerava perché non ci capiva niente.

Per tornare all'argomento precedente, ossia la ricomparsa di Antonio nella casa di ringhiera, anche lì i misteri non mancavano. Fino a qualche settimana prima quell'uomo viveva nell'appartamentino 9 insieme a sua moglie – ma sarà stata veramente sua moglie? – Erika, una ragazza di bassa statura ma procace, e a dir poco volgare. Poi, improvvisamente il «marito» se ne era andato. Scomparso dalla sera alla mattina, così, come si legge nei libri, per comprarsi un pacchetto di sigarette o roba del genere. E la moglie come reagisce? Non fa mica una piega. Rimane sola, abbandonata, senza soldi – perché in famiglia lavorava solo lui, lavorare, insomma, faceva il manovale – e non sembra dannarsi l'anima perché il maschio se ne è andato. Anzi, a quanto risultava dalle osservazioni della Mattei-Ferri, l'Erika si era subito data da fare con altri inquilini maschi, per esempio il signor Claudio, dell'appartamento 15, quello che ci dà dentro con la bottiglia e che in quei giorni aveva costretto moglie e figli ad andarsene via, perché non ne potevano più. E che dire del Consonni? Ci aveva provato anche lui con l'Erika, questo era certo, ma sull'esito dell'abbordaggio la Mattei-Ferri non disponeva di prove documentali sufficienti.

Insomma, a un certo punto l'Erika se ne va via anche lei, da certi parenti a Sesto S. Giovanni, si diceva. Ed ecco che dopo qualche giorno ancora ti ricompare l'Antonio. E si infratta con la Mattioli. Eh, no, a me non me la contano giusta: era una storia che durava già da qualche tempo!

Alla signorina Mattei-Ferri fumavano le tempie, il che non le impedì di mantenere la sua postazione di osservazione, la finestra della cucina.

In realtà la signorina Mattei-Ferri non aveva la più pallida idea di quello che stava accadendo veramente. Angela si era impietosita di Antonio, e stava cercando di aiutarlo. Lo aveva ritrovato su un marciapiede, senza speranze, casa, moglie, soldi, futuro, e stava cercando di fare del suo meglio perché lui avesse una chance.

Prima di tutto si era adoperata affinché Antonio potesse tornare ad occupare l'appartamentino 9 anche se lui non aveva un euro per pagarlo. Disse che avrebbe garantito per lui, in solido, nei confronti della «proprietà». Gli aveva anticipato anche 200 euro per le spese più immediate, che lui consumò per intero al videopoker.

Ma questi sono dettagli, Angela si era occupata della situazione lavorativa del suo protetto. D'altronde, dopo il suo ritorno, erano bastati due giorni ad Antonio per capire che trovare lavoro come muratore o anche come semplice manovale non era affatto facile. Al cantiere dove aveva lavorato fino a un mese prima lo avevano cacciato a pedate, visto che era scomparso dalla mattina alla sera, e col furgone per giunta. Per recuperarlo era stato necessario fare denuncia alla polizia. L'avevano ritrovato in via Teodosio, con cinque multe per divieto di sosta da pagare, e con una gomma bucata. In un altro cantiere gli avevano offerto 4 euro l'ora, ma lui per meno di 5 non ci stava, e per giunta quelli volevano la Partita IVA. Allora Angela, orripilata da queste notizie e dalla crudeltà dei datori di lavoro, aveva avuto un'idea. In fondo era parecchio tempo che c'era da dare una sistemata ad un altro appartamento della casa di ringhiera, il numero 22, che secondo lei era fatiscente. Quello che fino a poco tempo prima era frequentato dal Professore, dove c'erano da fare dei lavori di muratura, rintonacare e risistemare completamente un bagno.

Naturalmente Angela non disse ad Antonio chi era il vero proprietario del locale, disse che apparteneva a una conoscente. Tuttavia gli anticipò i soldi per alcuni materiali edili, per esempio una piccola betoniera e altre attrezzature.

Angela non mise bocca sulle questioni fra Antonio e la moglie Erika, nelle quali non voleva e non poteva entrare, ma chissà, se Antonio si fosse messo su una via un po' più dritta forse avrebbe potuto recuperare anche il rapporto con la moglie, ammesso che ne avesse voglia, cosa che al momento non pareva.

La ex professoressa si era presa la briga di cucinare per lui, gli preparava la schiscetta, oltre a qualche teglia di lasagne, di penne al ragout, ecc. È vero che questi scambi costavano ad Antonio un po' di tempo: era costretto a sottostare alle paternali della ex professoressa, che si era ripromessa di rieducarlo.

Eh sì, perché lei per lui aveva programmato un vero piano formativo.

Per esempio aveva pensato di fargli imparare correttamente a leggere e a scrivere, perché si era accorta che lui era un semianalfabeta. In effetti Antonio aveva condotto studi irregolari, ed era riuscito a conquistare la licenza media solo per la disperazione dei suoi insegnanti.

Non sapeva nemmeno fare i conti, e la signora sosteneva che al giorno d'oggi senza istruzione non si va avanti. Antonio pensava che senza soldi non si va avanti, ma per Angela soldi e istruzione erano la stessa cosa.

Angela, rientrando nel suo appartamento, trovò la lettera del Consonni. Fino ad allora si era limitato a bussare alla sua porta, o a mandare i fiori, ma una lettera! Doveva essergli costata un bello sforzo, a dir poco enorme.

Lei di ricucire con Amedeo non ne voleva nemmeno sentire parlare. Per lei la rottura aveva carattere definitivo, almeno per il momento. Questa volta Amedeo l'aveva fatta troppo grossa. Non solo era parso quasi del tutto indifferente a ciò che lei gli aveva comunicato, tramite il suo manoscritto, che era dedicato a lui e solo a lui. Gli aveva raccontato le sue verità più intime – Angela era perfettamente a conoscenza del fatto che non si dovrebbe dire più intime, perché intimo è già di per sé un superlativo, ma quest'espressione era quella alla quale si sentiva più vicina – e drammatiche, gli aveva raccontato dei fatti che le avevano sconvolto l'esistenza, delle sue emozioni più forti e profonde, del suo segreto. E lui che aveva fatto? Non solo non era parso minimamente turbato dalla verità sulla vita di Angela, ma addirittura credeva che si trattasse di una storia di fantasia, frutto più che altro delle ambizioni letterarie di una donna frustrata, che si era immaginata avventure, amori e soddisfazioni finali solo per sfuggire al suo tran tran miserevole (ora la parola miserevole il Consonni non l'avrebbe mai utilizzata, ma Angela se la era in qualche modo autocontroriferita). Insomma pensava che la storia narrata da Angela non corrispondesse alla verità, se non per minuti dettagli! Questo era veramente troppo per Angela che si era scoperta fino al punto limite.

Ma la goccia che aveva fatto traboccare il vaso era che il manoscritto il Consonni l'aveva perso, confondendolo con altre carte, e i fogli che contenevano *Il segreto* di Angela erano finiti nelle mani di un estraneo, il De Angelis. E se lo avesse letto? Quale incredibile leggerezza. De Angelis fortunatamente non aveva aperto il plico, ma sarebbe stato meglio se lo avesse fatto: almeno si sarebbe reso conto che la busta non era la sua, quella che conteneva i risultati delle sue analisi mediche, e sarebbe immediatamente tornato da Consonni per riaverla. Purtroppo non ci aveva guardato e aveva consegnato l'incartamento di Angela al medico della Motorizzazione. De Angelis sperava con quei referti di convincere il dottore che nonostante l'età lui godeva di una salute di ferro e che quindi il rinnovo della patente non poteva essergli negato.

Però il medico quella busta gialla non l'aveva più! «Qualcuno deve averla presa dalla scrivania, dove l'ho lasciata, ma non ho idea di chi possa essere stato a sottrarmela». Almeno questo affermava.

E a parte le conseguenze che questa situazione aveva prodotto nei rapporti fra lei e il Consonni, in questo momento Angela era nel panico più totale: se qualcuno avesse letto la sua storia lei era rovinata.

Furibonda, aveva parlato con il medico, con i dipendenti dell'ambulatorio, o con le persone che ci si trovavano a passare occasionalmente... ma niente!

Il medico stesso malediceva il giorno che era venuto quel vecchietto che gli aveva lasciato quella busta. Il dottore, senza neanche guardare che cosa c'era dentro, l'aveva buttata nella scatola della carta da riciclare.

Poi il vecchietto e quella donna erano corsi da lui, sostenendo che c'era stato uno scambio di buste, sembravano entrambi fuori di sé, soprattutto la signora, che diceva che aveva bisogno a tutti i costi di quel plico, perché conteneva materiale importantissimo.

Il dottore non aveva confessato che quelle carte le aveva buttate, non sarebbe stato carino, solo che poi, vista l'insistenza della signora, se ne era pentito. Quella lì creava un sacco di grane e gli faceva perdere un bel po' di tempo. Aveva anche cercato di recuperare la busta dalla scatola della carta da riciclare, ma non c'era più.

Così Angela, al momento presente, aveva gli incubi: che qualcuno avesse preso il manoscritto, lo avesse letto, e avesse fatto due più due? Si aspettava da un momento all'altro che uscisse fuori un ricattatore, o peggio, la polizia, o peggio ancora, degli emissari della parte lesa, la famiglia Reperti.

Angela non sapeva dunque che pesci pigliare, e convinta che il manoscritto si trovasse ancora in qualche angolo dell'ambulatorio progettava di tentare una missione notturna nello stesso. Quel medico non gliela raccontava giusta.

E anche se non fosse riuscita a recuperare il manoscritto, forse avrebbe trovato qualche indizio, per esempio la lista dei pazienti visitati, o di coloro che lavoravano lì, ecc.

La posta in gioco era troppo alta, ma nonostante questo Angela non resistette, e aprì quest'altra busta, quella della lettera del Consonni, che profumava di violette. Lesse.

Mia adorata Angela

Il mio cuore sanguina. Il tuo silenzio, cioè che neanche mi vuoi ascoltare quello che ti vorrei dire, mi ammazzano. Soffro tanto.

So che ho sbagliato tutto con te, ma allora che cosa devo fare? Come posso rimediare? Adesso ho capito la gravità del mio comportamento e perché non mi vuoi parlare neanche per un minuto. Ti ho offesa tanto, ma proprio tu che sei così buona non mi concedi neanche una possibilità di spiegarmi?

Sai, in queste ultime settimane ne ho passate tante, che neanche ti ho raccontato perché non volevo disturbarti con i miei problemi. Lo so che mi ci sono cacciato da solo per la mia stupidissima passione di collezionare le storie criminali che parlano in cronaca nera. Ma io pensavo di non fare male a nessuno. Lo sai che ho giurato di disfarmi della mia collezione e di non pensarci più, però poi è arrivato il Barzaghi che mi ci ha tirato dentro un'altra volta. Senza parlare di quello che mi era successo prima, che mi ero preso una paura infernale che credevo di morire io, e poi credevo che il mio nipotino Enrico fosse in pericolo. E ancora non so come siano andate veramente le cose, un giorno ti racconterò le cose della casa di ringhiera...

Ma vedi? Faccio sempre il solito errore, mi metto a parlare di me e delle mie rogne, invece di parlare di te.

Te sei quello di più importante che ho, questo lo sai, non posso mica fare a meno di te. Che senso avrebbe la mia vita?

Ti ho fatto molto male, e ora te di me non ne vuoi neanche sapere, ma perché non mi dai almeno una possibilità. Posso cambiare, ci proverò con tutta l'anima. Prima di tutto ti giuro che adesso butto via tutta la mia collezione dei crimini d'Italia, li brucio nel caminetto oppure li butto nella raccolta differenziata, tanto è tutta carta. Te lo giuro che queste storie usciranno dalla mia vita. Perché mi fanno andar via di testa. Guarda che cosa ho combinato con l'Enrico, che mia figlia non me lo farebbe più neanche vedere.

E mi piange il cuore. Ma mi piange ancora di più per te, che mi manchi come l'aria.

E non parlo del libro che hai scritto. Per me non importa quello che ti è successo tanti anni fa, e se hai fatto qualcosa di illegale, oppure se non l'hai fatto per niente e te lo sei solo immaginata, oppure se le cose che racconti lì sono un po' vere un po' no. Che poi io quell'Angela che racconti lì non la riconosco mica: quando mai tu dici le parolacce? E tuo marito? Non mi sembri una che tradisce il marito, sei la persona più immacolata che io conosco. Ma per me tutto questo non importa, perché tu per me sei tu e basta, e io ti voglio tanto bene immensamente.

Ti prego, ti prego Angela, perdonami per come sono insensibile, per come sono scemo e testone. Ma non mi lasciare solo, sei tutta la mia vita

il tuo adorato Amedeo

«Come sarebbe a dire il tuo adorato Amedeo, sono io che dovrei essere adorata!» avrebbe subito pensato Angela, se non fosse stato che qualche piccola lacrima aveva cominciato a scivolarle sulle guance.

Si era commossa, e come poteva essere il contrario? A parte che avrebbe voluto avere a disposizione una matita rossa e blu per segnare gli errori di concordanza e di consecutio, ma che tenero l'Amedeo, che brava persona, che amore... a che valeva continuare a tenergli il muso, a che valeva comportarsi come bambini... Angela rileggeva la frase «Te sei quello di più importante che ho» che la commuoveva per la sua sgrammaticatura emotivamente struggente.

Così, piano piano, Angela cominciava a sentirsi non del tutto lontana dall'idea di fare la pace col Consonni, che senso poteva avere ancora quella guerra di trincea? E poi con tutti i problemi che aveva per la storia del manoscritto, il Consonni era l'unico che conosceva la verità, e loro due, insieme, forse avrebbero potuto rimediare, salvarsi.

Rilesse la lettera una, due, tre volte, e alla fine la commozione la sopraffece. Povero Amedeo, l'amore della mia vita, come faccio a non riaccoglierti nel mio seno?

Purtroppo intorno alle undici e trenta fece il suo ingresso nella corte della casa di ringhiera una roboante Maserati Gran Turismo, ultimo modello 2009 con targa svizzera, Canton Ticino, che del tutto incurante dei cartelli disposti lì dall'inquilino De Angelis a nome del condominio, posteggiò nel mezzo, in una posizione assolutamente bandita e che ostruiva il passaggio alle vetture sia in entrata che in uscita. Scese dall'auto Luisa Kakoiannis-Sforza, che, in abiti di gala, si diresse senza indugio verso l'appartamento del Consonni.

A sentire quel rombo Luis De Angelis provò qualcosa di simile al richiamo della foresta. Che suono meraviglioso! Quegli otto cilindri rombavano come musica, e a che titolo lui avrebbe potuto polemizzare sul modo di parcheggiare, nell'area riservata, di quel capolavoro? Il mondo è fatto di gerarchie, e in una precisa gerarchia la Maserati Gran Turismo 4.2 o 4.8, De Angelis non aveva elementi per stabilire la reale cilindrata, stava sopra perfino alla BMW Z3 3.2 24 valvole di cui lui era in possesso.

La visita al Consonni della Kakoiannis fu breve come una improvvisa ventata. La Mattei-Ferri dalla sua finestra di osservazione ne cronometrava i tempi, non potendo sapere altro di quello che si stavano dicendo il Consonni e la detta Kakoiannis. Questa si trattenne non più di cinque minuti, e se ne ripartì in una nuvola di polvere, accelerando al massimo, come faceva Crudelia De Mon, alla quale la signora Kakoiannis-Sforza, volontariamente, assomigliava. La Mattei-Ferri non sapeva in quale stato d'animo era rimasto il Consonni.

Quest'ultimo, rimuginando sull'incarico, non poteva fare a meno di pensare che sul medesimo aveva dovuto dire una balla ad Angela, ovverosia che doveva realizzare per la Kakoiannis-Sforza una lavorazione di tappezzeria. Le aveva raccontato che quella signora era una sua vecchia cliente, e che adesso, nonostante lui fosse in pensione, gli aveva chiesto di rimettere mano a una prestigiosissima serie di divani rivestiti di seta, talmente preziosi che non li avrebbe fatti sistemare da nessun altro. Erano stati rovinati dai gatti che andavano lì a rifarsi le unghie.

Ma era una balla, alla quale probabilmente Angela non aveva creduto affatto, e non avendoci creduto si era sicuramente chiesta perché Consonni le avesse raccontato una frottola, il che di per sé era un motivo, fra gli altri, per pensare che al Consonni di lei non importava niente. Non c'era un rapporto di fiducia, ecc. ecc.

Ma perché non le aveva detto la verità? Solo perché la Kakoiannis-Sforza gli aveva chiesto, per meglio dire intimato, di non fare parola con nessuno del suo problema?

E così qual era il vero incarico che la signora Kakoiannis-Sforza aveva conferito a Consonni?

Ci sarebbe da chiedersi perché la signora aveva scelto proprio Consonni, un semplice segugio dilettante che per giunta aveva deciso di non occuparsi più di queste cose, anzi, per meglio dire, di non cominciare nemmeno, e non per esempio un'agenzia investigativa affermata, se non addirittura avvisare direttamente la polizia.

Dunque la Kakoiannis-Sforza sosteneva che sua figlia, Marilou, era scomparsa, non la si trovava più, o per meglio dire lei non aveva idea di dove fosse. Mancava già da alcuni giorni, quando la Kakoiannis-Sforza era andata a chiedere l'aiuto di Consonni, e adesso di giorni ne erano passati altri. Consonni non aveva potuto fare granché per la questione del manoscritto di Angela e poi della febbre di Enrico, entrambe faccende che lo avevano portato alle citate rotture verticali sia con Angela che con sua figlia Caterina, che per l'ennesima volta gli aveva giurato che lui Enrico non l'avrebbe visto più.

Consonni si era trovato, da quella sera delle famose litigate in poi, a essere privo di compagnia, e con parecchio tempo a disposizione, non avendo più da accondiscendere alle esigenze di Angela, né da badare al nipotino per gli usuali tre o quattro giorni alla settimana.

Avrebbe potuto quindi dedicarsi alle ricerche della figlia della Kakoiannis-Sforza, ma su che basi? Una semplice fotografia inviata come messaggio telefonico dalla figlia alla madre, in data... alle ore 14 e trenta. Era una strana fotografia, riproduceva un muro, un muro in qualche maniera riconoscibile, dato che sopra di esso era presente uno strano disegno che sembrava un graffito, realizzato con bombolette spray sopra uno strato di muffa e di sporco. Da una parte si intravedeva una porzione di un classico balconcino – che a Milano si chiama poggiolino – di un edificio basso, in un angolo si poteva notare un numero civico, il 33, tipicamente milanese, essendo con scritta bianca a rilievo su fondo nero. Ma come ritrovare questo scorcio urbano nella metropoli tentacolare?

C'era da aggiungere una circostanza importante: chi era la Kakoiannis-Sforza, e chi era sua figlia. Per coloro che sono esperti di quelle pubblicazioni scandalistiche che raccontano per filo e per segno vita morte e miracoli di VIP reali o presunti tali (quale fosse poi la differenza il Consonni era l'ultimo a saperlo) le informazioni risulteranno inutili se non ridondanti. Va detto che Luisa Kakoiannis-Sforza era un personaggio al centro dei riflettori della vita mondana di Milano già da una ventina d'anni. Donna bellissima, e ricchissima, essendosi trovata vedova molto giovane di uno degli uomini più abbienti di Milano, il re delle concessionarie auto, era stata protagonista di un'infinita serie di flirt con i nomi più in vista della scena milanese. Imprenditrice della moda e dell'arte, era anche noto personaggio televisivo, presentatrice di una trasmissione che parlava di architettura, bon ton e mille altre curiosità sulla gente con i soldi. Il Consonni tutte queste cose non le sapeva, proprio per questo aveva chiesto alla Mattei-Ferri, senza offesa, informazioni dettagliate. Si può assumere un incarico da parte di una cliente senza sapere chi è?

Tuttora, nonostante il passare degli anni, la signora era assai bella, e il suo look caratteristico, a causa della inconfondibile mèche bianca in mezzo ai capelli di un nero corvino.

L'età della Kakoiannis-Sforza non era nota, ma quella di sua figlia Marilou sì, aveva una ventina d'anni e sembrava fare di tutto per mangiare un po' di scena alla madre: pur così giovane pareva aver già esperito molto nel campo delle relazioni con maschi notori, in quello delle sostanze psicoattivanti e in molti altri settori dei quali Consonni poco sapeva. Per fortuna c'era la signorina Mattei-Ferri. Recentemente il volto, se vogliamo chiamarlo così, di Marilou Sforza era diventato molto popolare, essendo la protagonista di uno spot televisivo di una grande catena di distribuzione alimentare, nel quale recitava la parte di una ragazza che aveva risolto dei problemi di linea, problemi che naturalmente Marilou non aveva mai avuto.

Ma torniamo all'incarico che pesava sulle spalle del Consonni. Dunque la Marilou era (di nuovo) scomparsa e apparentemente sua madre, quando aveva ricevuto il messaggino – un MMS forse, ma Consonni non sapeva in che cosa consistesse – con la foto lì per lì non ci aveva capito molto, ma poi si era inquietata, sembrava una immagine presa di straforo, tentando di far capire qualche cosa, per esempio dove colui che la stava scattando si trovava, ma che il tentativo fosse stato disturbato all'ultimo momento, infatti la foto era un po' mossa. Vabbè, niente di particolare, poteva essere una foto involontaria, scattata per caso, però... quello che inquietava la Kakoiannis-Sforza era che dopo la foto le erano arrivati altri messaggini dalla figlia, che recitavano: «Non mi vedrai mai più, non cercarmi». Oppure: «Non mi troverai mai, lascia perdere, è tutto finito» e cose del genere. Secondo la Kakoiannis-Sforza non era proprio lo stile di sua figlia Marilou, che tutte le volte che se ne era andata per i fatti suoi non aveva mai avvertito nessuno, tantomeno sua madre. E se si era cacciata nei guai, ed era capitato molte volte, alla fine era ricomparsa, segnata dall'esperienza e cotta come un bollito. Quindi la Kakoiannis-Sforza temeva che i messaggini fossero stati scritti da qualcun altro, che si era impossessato del cellulare della figlia, magari quando si era accorto che lei stava cercando di inviare una fotografia.

Insomma la Kakoiannis voleva a tutti i costi che il Consonni si mettesse sulle tracce della figlia, e che la trovasse, perché secondo lei la Marilou era ancora a Milano.

Consonni aveva cercato di tirarsi indietro, di dire che lui queste cose non le sapeva fare, che era meglio chiamare la polizia, ma la Kakoiannis-Sforza aveva trovato i mezzi per convincerlo che lui era la persona adatta. Non voleva assolutamente coinvolgere la polizia, dopo cinque minuti la cosa sarebbe stata di dominio pubblico, temeva che i poliziotti stessi queste notizie le vendessero subito alle riviste di gossip, idem per le agenzie investigative private, figuriamoci... Secondo la Kakoiannis-Sforza solo un uomo puro come Amedeo poteva darle una mano, aveva letto sul giornale delle sue capacità investigative, e la cosa doveva assolutamente, assolutamente restare fra loro due, non lo doveva sapere nessuno, neanche le persone più care. E infatti il Consonni non lo aveva detto neanche ad Angela, neanche a sua figlia Caterina. E poi, per una curiosa combinazione, entrambe queste persone avevano tagliato i ponti con lui.

La Kakoiannis aveva le idee chiare: ufficialmente lo aveva reclutato per un lavoro di tappezzeria, e a nulla era valso che lui replicasse che era in pensione, e che il lavoro da tappezziere lo aveva messo da parte.

«Benissimo, lei ha tutto il tempo libero che vuole, e si può dedicare alla ricerca di mia figlia, non lo farebbe per me?».

Il fascino della Kakoiannis era tuttora notevole, e il Consonni a quel punto non aveva saputo che cosa replicare.

«So che lei è un segugio imbattibile, mi vuole aiutare?».

Dunque Consonni al conferimento dell'incarico non aveva potuto dire di no: «Eh, va bene, vediamo quello che si può fare» aveva risposto timidamente, fissando il pavimento.

Ma una volta che l'incarico era stato conferito, nei giorni successivi il Consonni si era trovato in difficoltà.

Che avrebbe potuto fare? Da dove cominciare?

La prima cosa che aveva pensato di organizzare fu quella di studiare la mappa della città di Milano. Ne aveva una molto vecchia e allora decise di andare in edicola e comprarne una nuova. Era molto dettagliata.

Milano è grande, l'Amedeo nel corso degli ultimi quarant'anni ci aveva fatto poco caso.

La mappa gli dava al tempo stesso un'impressione di caos e una di ordine.

L'ordine era quello topografico, ogni quartiere, ogni zona, ogni strada era al suo posto. Il disordine stava soprattutto nei nomi delle strade, se guardava la lista in ordine alfabetico delle vie gli veniva il mal di testa, ma era sempre stato così.

L'unica soluzione che aveva trovato era stata quella di chiedere aiuto al Luis De Angelis, per il semplice motivo che quello disponeva di una macchina e che prima di andare in pensione faceva di mestiere il taxista.

Il Luis aveva reso disponibile la sua esperienza e la sua automobile, che poi non era una macchina come un'altra, perché si trattava di una BMW Z3 roadster 3.2 24 valvole dalle prestazioni eccezionali. Tuttavia il Luis stesso aveva posto una condizione: il lavoro andava fatto in due settimane, perché passate quelle la sua patente probabilmente non sarebbe stata rapidamente confermata, visto che il rinnovo per un ottantaduenne, come il De Angelis, era una incognita, e il medico che l'aveva visitato aveva sollevato dei problemi.

Così si erano messi a circolare per le strade di Milano senza alcun obiettivo sicuro, ma basandosi semplicemente sulle intuizioni del De Angelis: secondo me è in zona Bovisa; credo che sia nel quartiere Isola, e se fosse all'Ortica?

Il De Angelis in città aveva dei punti di riferimento e probabilmente grazie a questi manteneva il cervello attivo. Di notte, quando stentava a prendere sonno, cercava di ricordare i percorsi per andare da un punto all'altro della città, e così si tutelava dall'Alzheimer.

Vabbè, qui bisognava darsi da fare, e trovare quella strada dove c'era il muro col graffito, e quel numero civico 33.

Nel corso delle loro peregrinazioni per la città il Consonni e il De Angelis ebbero più volte modo di esclamare: «Com'è cambiata Milano, non la riconosco più». In effetti con tutti quei cantieri in zona Porta Garibaldi non ci si capiva più niente, che cosa stavano costruendo?

«T'e vist? Qui rifanno tutto, tiran su i grattacieli» fece il Luis.

«E quello lì che cos'è?» chiese l'Amedeo. Parlava di un palazzo altissimo in via Gioia, di cui già si intravedeva lo scheletro di cemento.

«Quello lì è il Palazzo Lombardia, sarà il più alto del mondo».

«Il più alto del mondo?».

«Boh, l'ho letto sul giornale».

Attraversarono la zona che una volta si chiamava Varesine, dove c'era il Luna Park. Quando Consonni era un ragazzino i suoi genitori ogni tanto ce lo portavano, come grande concessione, la domenica. Ma gli era assolutamente vietato andarci con gli amici: si diceva che fossero posti mal frequentati.

In base a indizi o sensazioni, i due avevano incrociato per la città, soprattutto nei quartieri semiperiferici, perché il muro raffigurato nella fotografia, con quella strana sorta di affresco o murales o graffito, e con quel numero 33, non apparteneva di sicuro a qualche palazzo borghese del centro o delle strade principali, pareva un muro un po' sbreccato di periferia, di un quartiere industriale o ex industriale.

La prima meta era stata effettivamente la Bovisa. Nulla di fatto.

Dopo che la Maserati, con rombo di tuono, aveva fatto la sua teatrale uscita dalla corte della casa di ringhiera il De Angelis guardingo mise la testa fuori dal suo appartamento, simulando indifferenza. Si sincerò rapidamente che non ci fosse nessuno in giro, soprattutto che la Mattei-Ferri non lo potesse vedere, per questo camminò rasente all'unico muro che restava fuori della visuale di quella là. Portava con sé uno strano pacco, avvolto in carta bianca. Raggiunse lestamente la BMW e depose con cura l'oggetto, che pareva assai leggero, sul sedile del passeggero. Poi mise in moto come se nulla fosse, come se se ne stesse andando a fare una commissione qualsiasi.

Prese via Porpora e poi via Ponzio in direzione Ortica. Indossò dei pesanti occhiali da sole vintage, cioè vecchi, e posteggiò in una viuzza secondaria, nei pressi della sua meta, il ristorante-trattoria «La bella Trapani», che non era ancora aperto. Estrasse dal taschino un biglietto dove scrisse «Per la signora Carmela». Non lo firmò. Dunque tolse la carta che confezionava il plico. Si trattava di 24 rose rosse, custodite da un involucro di cellophane. Inserì il biglietto in una piccola busta e accluse il tutto al mazzo di fiori. Poi, cercando di non farsi notare, appoggiò rose e biglietto sul davanzale di una finestra della trattoria che dava sulla strada. Si guardò intorno. Nessuno.

Beh, non ci vuole molto a capire che quelle rose il De Angelis non le aveva comprate, le aveva diciamo trovate, in quanto rifiutate da Angela Mattioli. Bisognava lasciarle appassire là, sul ballatoio? E non era mica la prima volta che si incaricava di portar via i fiori che Consonni faceva recapitare ad Angela, nella speranza di riavvicinarla a sé.

Il fatto è che il Luis si era innamorato, nonostante la sua veneranda età, ma che ci si può fare?

Erano bastate due visite, per meglio dire due rapidi pranzi alla trattoria «La bella Trapani» perché il Luis si invaghisse di quella signora aperta, solare, sempre allegra e prosperosa che gestiva l'esercizio e si chiamava Carmela. Non era una ragazzina neanche lei, comunque probabilmente il distacco fra i due ammontava ad almeno una quindicina di lunghezze. Era capitato durante l'interminabile girovagare del Consonni col De Angelis, sulla BMW, per i quartieri periferici di Milano, almeno quelli che secondo il Consonni andavano presi in considerazione. Il De Angelis di preciso che cosa cercasse il Consonni non l'aveva mica capito. Però guardava i muri, soprattutto se male in arnese e sbreccati, con la fissa per il numero 33.

Di solito non vale la pena perdersi nelle descrizioni fisiche delle persone, ma nel caso di Carmela forse è il caso di spendere qualche riga.

Per utilizzare la sottile e nostalgica distinzione di Bianciardi, Carmela non aveva due mammelle, ma un petto. Un petto veramente compatto e imponente. I suoi capelli erano neri come la pece, così come i suoi occhi, questi ultimi quel colore lo avevano di natura. Era di bassa statura ma pimpante ed energica, e sprizzava, tanto per usare un luogo comune, energia da tutti i pori. Robusta di struttura, quando si chinava sul tavolo dei convitati non nascondeva l'ampio décolleté a vi, punteggiato di efelidi.

Era una signora assai simpatica e spiritosa, aveva accolto il Consonni e il De Angelis con grande cordialità e il suo immacolato accento trapanese. Per la verità – e di questo il De Angelis, già annebbiato dalla esuberanza di quella donna, non se ne era accorto – faceva gli occhi dolci al Consonni, che con i suoi 65 anni ben portati, il suo fisico ottimamente conservato e i suoi occhi celesti non aveva mai mancato di esercitare un certo fascino. Sarà stato per motivi biecamente commerciali, due nuovi clienti in un periodo non particolarmente florido, sarà stato per il carattere gioviale ed espansivo di Carmela, sarà stato per altri motivi che noi non conosciamo, si era creato un immediato feeling fra il duetto degli inquilini della casa di ringhiera e la signora Carmela. E il piatto speciale, e il consiglio da amica, e il non ci faccia mangiare troppo, e il «ma voi rappresentanti di commercio siete?», eccetera eccetera, Carmela si era interessata al Consonni, mentre il De Angelis si era interessato a Carmela.

Per questo le portava i fiori, accompagnati da biglietti anonimi.

Per la Mattei-Ferri sarebbe stato difficile se non impossibile non notare l'entrata e l'uscita della signora Kakoiannis-Sforza nella corte della casa di ringhiera. Era già successo che quella VIP andasse a far visita al Consonni, e la signorina anche questa volta era quasi venuta meno, perché la Kakoiannis-Sforza nel suo sistema di valori stava in alto, molto in alto. Ma vogliamo colpevolizzare questa donna perché si interessava, in modo costante e quasi compulsivo, al gossip?

In effetti la Mattei-Ferri era una vera drogata del pettegolezzo, in quanto che passava molto del suo tempo libero, che era tanto, per non dire tutto quello di cui disponeva, dietro ai fatti degli altri. Era invalida al 70%, costretta su una sedia a rotelle per una grave lesione alla spina dorsale. In realtà si muoveva piuttosto bene, perché in qualche modo la sua lesione si era risolta, ma la pensione di invalidità, no, quella non si era risolta affatto, e continuava ad arrivare puntuale. Così la Mattei-Ferri non aveva da fare molto, nel corso della giornata, se non prestare la massima attenzione a che non arrivasse una visita fiscale, o a che qualcuno potesse testimoniare che lei camminava benissimo. Per cui passava molto più tempo del necessario sulla sua sedia a rotelle, lamentandosi moltissimo di essere bloccata in casa, per sempre. Nell'intimità del suo appartamento invece tutte le mattine faceva anche la ginnastica.

Alla signorina Mattei-Ferri piaceva farsi gli affari degli altri, fossero essi gli inquilini della casa di ringhiera, quelli del circondario, o invece i celebri personaggi le cui gesta venivano raccontate in dettaglio dai rotocalchi. Sapeva tutto di tutti, e per questo il Consonni di primo acchito si era deciso a chiedere il suo aiuto. Non gli sfuggiva che rischiava grosso perché la Mattei-Ferri si sarebbe subito incuriosita e avrebbe cominciato, per meglio dire proseguito, a mettere il naso dappertutto.

Ma Consonni aveva bisogno di raccogliere notizie sulla signora Luisa Kakoiannis-Sforza, e sulla figlia, Marilou.

Insomma di fatto il Consonni aveva chiesto alla Mattei-Ferri di procurarsi tutta la carta stampata necessaria, cioè quella che aggiornava i lettori sulle vicende passate e presenti delle Kakoiannis.

«Non lo deve dire assolutamente a nessuno» aveva intimato Amedeo alla Mattei, «soprattutto non lo dica all'Angela, lei non deve sapere».

«E lei Amedeo che cosa mi dà in cambio?».

«Le regalo un abbonamento annuale a tre riviste a sua scelta, che ne pensa?».

«Preferisco 150 euro in contanti» era stata l'opzione.

La Mattei-Ferri non si era fatta pregare, e in poco tempo era riuscita a produrre una scheda biografica dettagliata su Luisa Kakoiannis-Sforza. E questo lo aveva fatto non tanto e non solo per il pedestre obiettivo di raggranellare qualche soldo o qualche vantaggio, ma perché era divorata dalla curiosità: che cosa aveva a che fare il Consonni con un personaggio così famoso? E perché voleva sapere tutto di lei e di sua figlia?

Per quanto si scervellasse la Mattei-Ferri non riusciva a farsi un'idea. Anche lei conosceva la versione ufficiale, e cioè che la Kakoiannis-Sforza fosse una vecchia cliente del Consonni, che le aveva eseguito in casa alcuni raffinati lavori di tappezzeria. Ma come crederci? E se era così, perché Consonni, in segreto, le aveva chiesto notizie complete sulla VIP?

No, c'erano troppi elementi che non quadravano, ma presto, secondo la signorina, il velo di nebbia si sarebbe sollevato.

Angela, nel frattempo, aveva letto altre volte la lettera del Consonni. Era nel tumulto della commozione, stava per prendere una decisione importante, e cioè quella di riavviare i contatti con quell'uomo, ma in che modo? Al telefono? Andando a bussare alla sua porta? Via e-mail? No, il Consonni non aveva indirizzo e-mail, e nemmeno un computer. Con una lettera?

Per prima cosa decise di dare un segnale, un segnale piccolo ma importante: avrebbe ritirato il mazzo di fiori che come tutti i giorni la aspettava fuori della porta di ingresso. Fino ad allora li aveva sempre trascurati: adesso voleva sentire il loro profumo. Uscì di casa per raccoglierli, ma quel giorno i fiori non c'erano.

Ah, notò Angela, quest'oggi l'Amedeo ha deciso che i fiori non servono più? Ma mentre si poneva questa domanda non poté fare a meno di notare anche lei la Kakoiannis-Sforza che faceva il suo rumoroso ingresso nella corte della casa di ringhiera. Non era esattamente l'ingresso cui avrebbe desiderato assistere.

Nel suo intimo ci fu un rimescolio di sentimenti. Ma come, quello stronzo mi manda questa lettera tutto cuore, e poi riceve quella signora, cosa che a me ha fatto e fa girare abbondantemente le palle?

Oddio, se l'avesse sentita Antonio, chissà cosa avrebbe pensato, ma non poteva sentirla, perché lei lo pensava e basta.

Non sono affatto gelosa di quella là, diceva a se stessa Angela, ma il coinvolgimento del Consonni con la Kakoiannis era qualcosa che proprio non le era andato a genio, a cominciare dal fatto che lui le aveva raccontato una bugia: era certa che la storia dei divani rovinati dai gatti fosse inventata. Ma perché l'Amedeo si era comportato così?

Angela adesso era titubante, forse la lezione non era bastata al Consonni, il quale pur stracciandosi le vesti, continuava a contenersi come al solito. Le montava un po' di rabbiettina interiore. Eppure sapeva che, visti i rischiosissimi frangenti nei quali si trovava, non solo sul versante economico, ma anche, se si può dire, su quello esistenziale, non era il caso di indisporsi per la visita di quella cretina. Consonni aveva capito che quel manoscritto vagante era una bomba a orologeria e che si poteva soltanto sperare che non finisse nelle mani sbagliate?

Non sapendo di preciso cosa fare Angela pensò di rileggere ancora una volta la lettera, quando squillò il telefono. Era Giulia, sua figlia, che chiamava da Bruxelles.

Giulia attaccò con una frase di circostanza: «Ciao mamma, come stai?». Angela per un istante non disse una parola, tanto che Giulia dovette sincerarsi: «Mamma, mi senti?». Altro non sarebbe riuscita a dire perché Angela, senza interrompersi un secondo, prese a raccontarle delle complesse vicende che la riguardavano, in ordine un po' sparso, a cominciare dal dramma della rottura con Amedeo, a causa del suo manoscritto che era andato perduto e che la cosa era gravissima, gravissima, perché Angela nel suo romanzo aveva confessato i suoi segreti intimi, e se qualcuno ne fosse venuto in possesso e lo avesse letto lei era rovinata, ci potevano essere dei cambiamenti complessivi molto importanti, nella sua vita: forse avrebbe dovuto darsi alla fuga, ma era sopraffatta dal dubbio perché non sapeva se quel manoscritto l'aveva preso qualcuno oppure era andato semplicemente perduto. E allora valeva la pena di scappare, dato che avrebbero saputo trovarla in ogni parte del mondo? Non era meglio farsi carico delle proprie responsabilità e fronteggiare la situazione, costasse quello che costasse, sì, insomma, non certo una cifra irrilevante: ma con i suoi efficaci investimenti immobiliari e di borsa Angela quei soldi li aveva quasi raddoppiati e dunque volendo avrebbe potuto anche restituirli, e la famiglia del ragazzo rapito, o chi per loro, una volta conosciuta la verità, non avrebbe avuto interesse a farla fuori, perché altrimenti addio denari.

Giulia non ci capì assolutamente niente, la mamma sembrava impazzita: «Ma mamma, di che stai parlando?».

Aveva chiamato perché aveva bisogno di raccontare a sua madre che cosa stava avvenendo fra lei e il suo ragazzo. C'era in effetti un problema, ma di che cosa si trattasse non si sa, dato che Giulia non riuscì a spiccicare parola, travolta dallo sfogo della mamma.

«Vabbè mamma, mi dispiace di tutto quello che ti è successo, però avevo anch'io delle cose da dirti, ma è inutile che te le dica adesso, ti farebbero soltanto stare più in ansia».

«Come? Ansia? Perché? Che cosa è successo?».

«No mamma, te lo dico quando vengo giù a Milano, arrivo domani, adesso ti devo lasciare».

Finita la telefonata Angela, pur essendo riuscita a sfogarsi, era rimasta come coloro che leggono un romanzo il cui finale resta in sospeso. Non aveva ben capito a che cosa si riferisse la figlia, infatti lei non l'aveva detto. Continuava a rimuginare sui casi suoi, poi, all'improvviso, si rese conto che Giulia era in arrivo, lì, a casa sua. No, devo impedirlo, sarebbe in pericolo! Tentò di richiamarla, più volte, ma quella non rispondeva. Provò a mandarle dei messaggini: «Non venire adesso! Non venire adesso!». Nessuna risposta. Ma in fin dei conti, che cosa le era capitato?

Da un'ora e più, del tutto indifferente al trionfale ingresso della Kakoiannis-Sforza e della sua altrettanto rumorosa uscita di scena, l'inquilino dell'appartamento 15, il signor Claudio Giorgi, stropicciava un foglio che recava l'intestazione Procura della Repubblica di

Milano. Era un atto ingiuntivo che gli avevano consegnato in mattinata ed era perentorio.

Non era il primo documento di quel tipo che gli fosse pervenuto, ma ora, se non si affrettava a fare quello che gli era imposto, sarebbero arrivati i carabinieri.

Per riprendersi, per fare mente locale, il Giorgi dovette bersi, e in fretta, un paio di bicchieri di bitter Campari con aggiunta di gin, che ebbero presto effetto. Si sentiva più lucido, e quindi anche più alle corde. Si aggirava per casa come un lupo in gabbia, pensò e ripensò, poi prese una decisione, che gli sembrava l'unica possibile, dopo una terza dose abbondante di Campari corretto.

Uscì dall'appartamento e bussò alla porta di Consonni, che gli aprì immediatamente. Pareva piuttosto confuso, forse si aspettava qualcun altro, cioè Angela.

«Buongiorno signor Giorgi, che sorpresa! A cosa devo...».

«Ah, se sapesse signor Amedeo, se sapesse...».

«E cosa c'è da sapere? Entri, prego, si accomodi. Le posso offrire qualche cosa? Un caffè? Un tè? Non faccia caso alla confusione...». L'appartamento in realtà era come al solito in perfetto ordine, la mobilia odorava di cera, non c'era un granello di polvere sui tappeti orientali. Claudio resistette, altro che caffè, avrebbe gradito un ulteriore aperitivo, ma il coraggio di parlare lo trovò lo stesso.

«Signor Consonni, non so come dirglielo... lei mi deve aiutare. Sono nei pasticci...».

Consonni era al corrente di quali fossero i pasticci nei quali di solito si andava a cacciare il Giorgi. Una brava persona, purtroppo un po' troppo affezionata alla bottiglia. Ed era riuscito a distruggere la sua famiglia.

«Veda Consonni, devo subito lasciare casa mia, immediatamente! Il giudice me lo ha intimato, perché in casa tornerà mia moglie e tutta la famiglia. E io dovrei affrontare un'altra volta la detox in ospedale. Due settimane di prigionia. E poi lo sa dove mi mandano? In una casa famiglia dovrei andare. Si rende conto? No e no, io nella casa famiglia non ci metto più piede, piuttosto mi butto sotto il tram. Mi capisce? E la detox non la voglio. Lei lo ha visto, negli ultimi tempi mi sono messo da solo sulla strada giusta. Ho anche ricominciato a lavorare. Ma mia moglie non mi crede, non mi vuole dare fiducia. Ha detto che di me ne ha abbastanza e che non mi vuole più vedere. Senza contare il fatto che non mi ha perdonato quella faccenda del... insomma, non mi dà un'altra chance. Ma la detox...».

«Ma che cos'è questa detox?».

«La detox? È la disintossicazione. Quindici giorni in ospedale con la flebo, in mezzo ai moribondi. E quando esci bello pulito ti danno l'Antabuse, si rende conto? Ti trattano come se tu fossi un criminale, come se tu avessi commesso un reato. L'assistente sociale ti controlla come un secondino. L'Antabuse lo devi prendere per forza... e lei lo sa, no?, che cos'è l'Antabuse».

«No, veramente no».

«È un farmaco che serve a non bere più. Cioè, con quello se bevi qualcosa ti senti malissimo...».

«Eh, beh, che male c'è, tanto lei non beve più...».

«Non è per quello! È una questione di principio, è che non si fidano. È anticostituzionale. E comunque io in ospedale non ci torno... mai e poi mai... ma il problema è la casa...».

«E perché?».

«Perché il giudice ha intimato che me ne devo andare comunque, anche se non faccio la detox. Me ne sarei dovuto andare già da un po', ma la Donatella mi ha dato qualche giorno in più. Io arrivo martedì mattina con i bambini, mi ha detto, tu fai in modo per quella data di non essere nel raggio di alcuni chilometri. Il giudice l'ha stabilito chiaramente, mi è assolutamente vietato frequentare la famiglia e soprattutto i bambini».

Consonni era addolorato per il Giorgi, ma sinceramente non capiva...

«E allora io che cosa potrei fare per lei?».

«Ecco, beh, sono veramente sfacciato, ma so che lei è una così brava persona, mi capirà, io non ho proprio nessuno a cui chiedere aiuto, mi hanno tutti fatto terra bruciata intorno, è che io non so dove andare, sto cercando ma per il momento... Quindi volevo chiederle se era possibile, solo per qualche giorno... prima di trovare una sistemazione... insomma... questione di pochi, pochissimi giorni...».

«Sì?».

«Insomma» Claudio deglutì a vuoto, aveva bisogno di un altro di quei bicchieri «potrebbe ospitarmi per qualche notte? Non le darei nessun fastidio, esco presto la mattina, vado al lavoro, il pomeriggio lo occupo a trovare un posto dove stare...».

Consonni non seppe che dire. Si chiedeva com'è che a quell'ora il Giorgi fosse lì, e non a lavorare. Non seppe dire altro che: «Mah, veda, per me questo periodo è un po' particolare, magari lo sa anche lei, l'Angela, l'Enrico...».

Claudio dei problemi personali del Consonni non ne sapeva niente, fatto sta che la conversazione durò un'altra mezzoretta, nella quale l'alcolista sbrodolò ulteriori dettagli, delineando meglio i contorni della tragedia della sua vita. Alla fine tutti i particolari dolorosi, soprattutto il fatto che Claudio i suoi figli non li potesse mai neanche guardare da lontano, misero alle corde il Consonni.

«Ma quand'è che dovrebbe trasferirsi qui?».

«Ah, entro domani, cioè oggi stesso».

«Oggi stesso?».

«Sì, ma non subitissimo. Diciamo nel tardo pomeriggio, o stasera».

«Ah...».

Consonni mostrò a Claudio la camera da letto che era stata di sua figlia. Era ancora arredata come quando Caterina aveva 15 anni. Negli ultimi tempi in quella camera ogni tanto dormiva l'Enrico, c'erano ancora molti suoi giocattoli, vestiti, scarpe, libri per bambini. Amedeo, mentre andava a prendere delle lenzuola pulite ebbe un moto di malinconia, pensando che pure a lui veniva impedito di vedere il bambino che gli era tanto caro. In fondo anche il Consonni era stato vittima di una specie di atto giudiziario, indiscutibile, non aggirabile. Anche se... Giorgi tornò nel suo appartamento per fare i bagagli, approfittandone per bersi tre, o quattro, o cinque bicchieri.

Alle 14.30 Consonni uscì di casa aggirandosi con atteggiamento circospetto. In dieci minuti raggiunse i giardinetti di piazza Gobetti e si mise in attesa, nervoso. Evidentemente aveva un appuntamento con qualcuno. Con lieve ritardo le persone che stava aspettando arrivarono. Una era una ragazza ucraina dalle movenze flessuose e dai capelli color giallo, l'altro era un bambino sui quattro anni che appena lo vide gli abbracciò le gambe.

«Ciao Cipolla» gli fece radioso il Consonni. «Guarda cosa ti ha portato il nonno». Si trattava di un paio di Kinder Pinguì, che il bambino avrebbe dovuto consumare seduta stante. Non poteva certamente fargli regali meno effimeri, che Enrico avrebbe portato a casa: la mamma se ne sarebbe accorta, e allora tutto il piano sarebbe saltato. Quindi aveva ripiegato sulle solite merendine, peraltro anche quelle bandite dalla madre, ma una volta consumate, come se ne sarebbe accorta?

«Bene, Ludmilla, può andare tranquilla».

«Tranquilla per niente. Lei mi farà licenziare e così perdo lavoro».

«Macché licenziare, se il suo datore di lavoro sono io».

«Eh, sì, ma se signora Caterina lo sa, male per tutti».

«Non lo saprà mai, vero Enrico?».

Enrico si era già scatenato sullo scivolo, allontanando gli altri bambini che stavano facendo la coda per montare sulla scaletta.

«Va bene, signor Consonni, io vado».

«D'accordo Ludmilla, ci vediamo alle sedici».

La baby-sitter invece non se ne andava, e restava di fronte a lui, in attesa.

«Lei dimentica il solito...».

Consonni si batté il palmo della mano sulla fronte.

«Che stupido, ecco qua».

Estrasse il portafoglio di tasca e consegnò alla ragazza una banconota da 10 e una da 5. Lei le prese e se ne andò.

Quella era la mercé pattuita. Ludmilla, ovviamente senza dire niente a Caterina, accettava questa integrazione alle sue spettanze per far incontrare di nascosto il nipotino col nonno, anche per una breve ora, ora e mezza pomeridiana. Così per quel lasso di tempo in cui il nonno e il nipotino passavano il tempo insieme segretamente lei veniva pagata due volte: la prima dalla madre del bambino, che peraltro si faceva dare i soldi dal nonno stesso, la seconda direttamente dal nonno, perché gli lasciasse il bambino e non lo dicesse a nessuno.

E in più durante quell'ora a doppio stipendio lei non lavorava, e poteva dedicarsi ad altre attività. Alle sue conterranee che svolgevano mansioni analoghe neanche l'aveva raccontato, tanto non ci avrebbero creduto.

All'ora del tè Antonio stava rimettendo in ordine il cantiere. Era stato impegnato tutto il giorno nel rumoroso lavoro delle tracce. Si era dato da fare con il mazzuolo e con il flessibile, certo con il percussore si sarebbe fatto prima, ma la sua dotazione era veramente minima. Si trattava di scavare le tracce per i nuovi condotti elettrici. Non gli era mai capitato di lavorare da solo, e questa nuova dimensione gli piaceva. Attaccava la mattina presto, poi faceva la pausa per la lezione, qualcosa di dovuto, mangiava a mezzogiorno, riattaccava alle 13 fino alle 17 circa. Era un bel lavorare. Non pensava a niente e non c'erano quelle due o tre persone a osservarlo, che non facevano un cazzo ma stavano sempre al telefono e avevano costantemente qualcosa da dire sul suo lavoro. Ogni tanto fischiettava, come fanno tutti i muratori, ma non provava alcuna sensazione di solitudine.

Per lui era un piacere sconosciuto e nuovo quello di avere in carico la gestione per conto suo di un cantierino, per piccolo che fosse, un appartamento di quattro stanze di questa ignota signora che conosceva l'Angela, e che voleva dargli una rinfrescata. Soprattutto si trattava di riorganizzare in qualche modo la distribuzione delle stanze, che da quattro sarebbero diventate tre, buttando giù un muretto di mattoni sottili che qualcuno aveva tirato su anni prima per aumentare il numero dei locali. Adesso si tornava indietro e le due stanzette, la cucina e il salottino sarebbero tornate ad essere una sola, un living, come si dice. Antonio non ci aveva messo molto a demolire quel muretto, il problema era come liberarsi dei materiali di risulta, non aveva un furgone, né un'Ape, dove buttare i calcinacci per poi andarli a scaricare dove sapeva lui, cioè in un altro cantiere. Così si dovette procurare una bella quantità di sacchetti del supermercato, che riempì. Ormai si era fatto buio, l'operazione poteva scattare, il problema era che gli ci sarebbero voluti almeno dieci viaggi, ma con pazienza, e cercando di non dare troppo nell'occhio, Antonio scese e risalì le scale tutte le volte che occorreva, per raggiungere in un vicolo defilato una bella serie di bidoni della spazzatura. Cercò di fare le cose per bene, in ogni bidone gettò al massimo due sacchi di calcinacci, ciascuno pesava almeno dieci chili. Un paio di sacchi li infilò anche nel bidone per l'organico.

Fu una vera faticata, la giornata se l'era proprio guadagnata, adesso una bella doccia, e un salto al bar a bere una birra e a fare quattro chiacchiere sui destini del Milan.

La signorina Mattei-Ferri si era alla fine stufata di spiare Antonio che andava avanti e indietro con quei sacchi della spesa. Purtroppo quello che stava facendo si capiva benissimo. Ma anche se si trattava sicuramente di qualcosa che non era consentito fare, non era abbastanza gravido di misteri da scoprire.

In quello stesso momento, in un palazzo di Milano centro, era in corso la seguente conversazione.

«Vedi, questo non è un pastiche come quelli che ci troviamo di solito davanti. Noiosissimi. Questo ti fa venire la voglia di leggerlo, ti appassioni alle vicende, anche se sai che sono un'imitazione degli stereotipi dell'avventuroso-rosa, con qualche puntatina nell'eros. Non è il solito esercizio ludico, oppure una pura e semplice presa per il culo del feuilleton, con ogni puntata che ti lascia in sospeso, o con le riprese del tema di routine in chiave metaletteraria, cioè, diciamocelo, pallosa. Qui l'imitazione del genere che si vuole parodiare è talmente azzeccata che non c'è più differenza fra ipotesto e metatesto. Un po' come il *Nome della rosa*. Milioni di persone lo hanno letto perché si sono appassionate alla storia, anche quelli, pochi, che capivano che era un pastiche. Allora qui noi, forse, dico forse, abbiamo il *Nome della rosa* post-postmoderno, sul genere, sull'avventura, ma con un armamentario difensivo che sfido qualsiasi critico a infamarci perché pubblichiamo un libro apparentemente così inconsistente. È apparentemente inconsistente perché è profondamente inconsistente, ma la sua consistenza è data dal fatto che imita l'inconsistente così bene che è uguale all'inconsistente, ma per questo è più consistente del consistente che imita il consistente. Mi capisci? Ci possiamo lavorare finché vogliamo, ho già l'idea di chi incaricare delle recensioni. E poi chi è questo Amedeo a cui la narratrice si rivolge? Guarda che è interessante sai? La vendetta del post-moderno. Un post-moderno popolare però, pop. È intelligente ma piace. Ti rendi conto? E del fatto Costa Smeralda ce ne vogliamo dimenticare?».

«Ma la storia della Innocenti-Laudadio non le pare un po' pesante?».

«E che è nostra la Innocenti-Laudadio? Ci sarà da divertirsi. L'unica cosa è che deve essere più lungo. Si deve arrivare alle trecento pagine. Certe parti vanno ampliate, sbrodolate un po' di più... Un cartonato da 20 euro. E non ci costa niente, capisci?».

L'uomo che fra i due evidentemente contava di più camminava avanti e indietro nella stanza pavimentata in marmo.

«Ma di chi è questo manoscritto? Non è che ci stanno facendo uno scherzo? Ti sembra possibile che arriva per caso, proprio a noi, un manoscritto interessante, molto interessante?».

«Che vuole che le dica... gliel'ho detto come è stato trovato. In effetti che sia un caso mi pare strano... però era carta da riciclare all'ufficio sanitario delle Ferrovie dello Stato, dove il fratello del Mandretti fa il tirocinio».

«Quello che mi intriga è che manca il finale, e che sul manoscritto non c'è niente che ci possa far risalire all'autore, anzi, chiamiamola autrice, dubito molto che si tratti di un uomo... è che... io sono sicuro che nel giro di un paio d'anni il rosa-avventuroso tornerà... eccome se tornerà... magari con qualche punta di soft-porno... ora in questa storia di porno proprio non ce n'è, però c'è la redenzione di una donna, che passa anche attraverso il sesso. Un po' di lavoro da fare c'è, credo per esempio che di amanti occasionali ce ne voglia un terzo, per la famosa legge del tre. Ma questi sono dettagli, l'importante è che la storia l'abbiamo e se come penso la scrittrice misteriosa ha una cinquantina d'anni, anche qualche cosa di più, abbiamo anche il personaggio. La storia del manoscritto trovato per caso ce la giochiamo eccome, ed è la prima su cui lavoriamo.

La seconda, ascoltami bene, è che si tratti di una storia vera, che è veramente accaduta all'autrice, ed è per questo che il manoscritto è anonimo. Tre, troviamo un bello pseudonimo, che ne so, qualcosa come Amanda Nos, e allora il titolo diventa *Il segreto di Amanda*, roba del genere, non ti fa romanzo rosa di fine Ottocento? E dentro gli ingredienti ci sono tutti. Fra l'altro secondo me questa qui è veramente una professoressa di Italiano, che insegna in un liceo. Ti sembra così impossibile trovarla?».

«E se mettessimo un annuncio sul giornale, del tipo "Cercasi disperatamente l'autrice del romanzo *Il segreto*. Contattare urgentemente..."».

«Divertente, estremamente divertente. Su questa storia del manoscritto senza autore potremmo montarci qualche cosa. La scrittrice misteriosa. La ricerca dell'autrice senza volto, una specie di caccia al tesoro. Se facciamo le cose per bene poi ci troviamo un lavoro già fatto... andiamo dalla D'Urso e dalla Bignardi senza neanche passare dal via. Una donna che aveva cestinato il suo manoscritto, che viene ritrovato per caso e diventa un successo... non è il sogno di tutte? E poi a quel punto, zac, entra in gioco il fatto che "potrebbe" essere una storia vera... ma fino a che punto? Dalla D'Urso e dalla Bignardi ce la mandiamo a volto coperto. Possiamo addirittura cercare una controfigura, se questa è una donna sfatta o sulla sedia a rotelle».

«Perché dice sedia a rotelle?».

«Boh, dico per dire, l'autrice deve avere un bel fisico, come la protagonista, anche se non ce l'ha veramente. E se no con chi si identifica la lettrice? La lettrice si deve identificare con una donna bella e misteriosa che ha vissuto mille traversie, ma che adesso è ricca e famosa, grazie al successo del suo libro, nato per caso, da un manoscritto gettato nella carta straccia. Il destino premia gli infelici... bel titolo sarebbe, fra l'altro... E ti dico una cosa, se non la troviamo, se non viene fuori il finale, il finale lo facciamo noi, ho già un'idea. Secondo te come va a finire?».

«Mah, se restiamo nel genere l'amante ricco e affidabile, dopo alcune traversie, la sposa. Con l'amante giovane rimarrà un rimpianto. Qui però abbiamo anche un divorzio, cioè il coraggio di dire no alla vita passata, alla schiavitù, agli obblighi femminili, al peso della famiglia, anzi, di tutte le famiglie. Per questo concordo con lei che ci voglia un terzo amante, magari un intellettuale frustrato...».

«Bene, bene, vedremo... però bisogna trovare questa signora... chiedi al fratello del Mandretti chi può aver gettato quella carta nel cestino... Ma forse non ce ne è neanche bisogno. Basta cercare questa insegnante di Italiano. Me la devi trovare entro domattina. Basta individuare il liceo dove era iscritto Ranieri Reperti».

«Mah, veramente forse l'ho già trovata. Ho chiesto un po' in giro, quel ragazzo prima del rapimento frequentava il Liceo *** e la sua professoressa di Italiano si chiamava Angela Mattioli».

«E me lo dici adesso? Angela... Angela... è meglio di Amanda. Bisogna chiamarla, e subito... *Il segreto di Angela*, ci pensi?».

«E col rapimento Reperti come la mettiamo? Lo sa, no, che è un fatto vero».

«Meglio, molto meglio, qui facciamo il botto».

«Avrei qui un numero di telefono di questa Angela Mattioli».

«Bene, chiamami Zanconi, il manoscritto lo sta leggendo lui. Ho intenzione di mettere l'autrice nelle sue mani, ci penserà lui a sistemare quello che c'è da sistemare».

Il dottor Mecca lasciò l'ufficio del capo piuttosto deluso. Visto che il manoscritto l'aveva portato lui dal direttore sperava che nei suoi confronti ci sarebbe stata un po' di riconoscenza. E invece no, toccava a Zanconi.

Soltanto dopo le quattro e mezza il Consonni fu libero, e poté dedicarsi alle sue ricerche. Andò a chiamare il De Angelis che era pronto da un bel po'. Secondo la prassi gli consegnò alcune banconote, per la benzina. Partirono.

«E alora Amedeo, dov'è che andiamo oggi pomeriggio?».

«Ma, guarda, non lo so neanch'io, ormai abbiamo girato tutta Milano, e non so più, potremmo andare un'altra volta dalle parti di piazzale Corvetto, o piazzale Lodi, ci sono quartieri...».

«Ma ormai sono quartieri tutti nuovi... hanno buttato giù tutto, via Piacenza, via Romano, parco Ravizza...».

Consonni teneva in mano la solita fotografia.

Raggiunsero quella zona di Milano e cominciarono a incrociare per parallele e perpendicolari, via

Bellezza sembrava poter andare bene, ma ci sono troppi alberi, troppi alberi, e il numero 33, ma no, non c'entrava niente, era una palazzina di sei sette piani..., via Vittadini, Consonni teneva sulle gambe la carta geografica, via Ripamonti, viale Bligny, lì dove c'è la Bocconi, e poi Porta Lodovica, e via e via per un'infinità di altre strade, fra le quali via Burigozzo, un po' più appartata, che poteva fare al caso, c'erano delle palazzine che potevano anche essere... ma no... ma no... il posto non era quello. E via Sambuco? Macché, ti riportava verso piazza XXIV Maggio. Arrivarono a Porta Ticinese e Amedeo si accorse per la prima volta che sopra c'era scritto PACI POPULORUM SOSPITAE.

«Ma cos'è che vuol dire PACI POPULORUM SOSPITAE?».

«Boh! Io so che la chiamavamo Porta Cicca, chiedilo all'Angela, lei lo sa il latino».

All'Angela? All'Angela? Fu come se una ferita si riaprisse.

Fecero il giro intorno alla Darsena da viale Gorizia e poi viale D'Annunzio, ma erano fuori strada, tanto che si arresero in viale Papiniano.

Consonni aveva perso le speranze. Ormai di strade come quelle ne avevano viste a centinaia, ma nessuna... era una ricerca vana e disperata.

«Va là, Luis, fermiamoci, non arriviamo a niente in questo modo, è come cercare un ago nel pagliaio... ma aspetta... fammi un po' vedere qui...».

Via Savona lo illuse per un istante, con le sue case basse e qualche poggiolino.

Erano quasi le sette e quando all'incrocio con via Montevideo il De Angelis vide l'insegna della trattoria Aurora e fu immediatamente colto da due languori di tipo diverso.

«Io te l'ho sempre detto Amedeo che quel posto lì non è in zona Ticinese, Corvetto, Lodi, siamo da un'altra parte, io tornerei all'Ortica».

«All'Ortica? Ma se ci siamo stati già due volte».

«Ma secondo me quelle palazzine lì, con quei poggiolini, sono all'Ortica, ci scommetterei quello che vuoi...».

«Ma si va là, seguiamo il tuo intuito, se non la conosci te Milano...».

Ripresero verso est in direzione piazzale Medaglie d'Oro, passarono da via Lombroso dove una volta c'erano i Frigoriferi Milanesi e il Palazzo del Ghiaccio. Erano secoli che il Consonni non ci capitava. Avevano buttato giù tutto, e adesso c'era un palazzo moderno con scritto sopra Open Care. Raggiunsero le case basse dell'Ortica e si misero ancora una volta a pattugliare il quartiere, percorrendo le strade parallele una in su e l'altra in giù. Presto, tuttavia, il Luis attuò la seconda mossa del suo piano. Erano le sette e mezza.

«Io avrei una certa fame, e tu?».

«Ah, no, sono sfinito».

«Dai, andiamo in quella trattoria che si mangia bene e si spende poco. Io ho proprio fame. Offro io, tirati su».

«Eh, fosse così facile, e poi in casa ho il Giorgi, devo aiutarlo a sistemarsi».

«Il Giorgi? A casa tua? E perché?».

«Ah, è una storia lunga, sai? Ma mi raccomando, non lo deve sapere nessuno che è a casa mia, se lo sa il giudice...».

«Il giudice? E perché, che cosa ha fatto? È ricercato?».

«Ma no che non è ricercato, ma Luis, patti chiari, non dirlo assolutamente a nessuno».

Il De Angelis si districava nel traffico.

«Muto come una tomba. Ma fermiamoci a mangiare un boccone, facciamo una cosa veloce, io ho proprio appetito, e poi così non ti ritrovi a preparare la cena al Giorgi».

«E va bene, come vuoi tu».

Consonni era in crisi. Giravano a vuoto, una cosa così semplice, trovare un edificio di Milano, ben riconoscibile. Eppure niente. E chi glielo diceva adesso alla Kakoiannis-Sforza che non era stato capace di tirare fuori un ragno dal buco? Che figura ci faceva?

Luis restò fedele al suo intento, e alle otto meno dieci i due stavano varcando la soglia della trattoria «La bella Trapani».

Carmela quando vide entrare il Consonni e il suo amico stava per vacillare. Corse immediatamente nella toelette che recava la scritta «Privato» e cercò di darsi una rassettata. «Gesù Maria, è venuto qui!». Ripensava alle rose.

Respirò profondamente e si dispose ad accogliere i clienti.

«Ah, i miei ospiti preferiti! Stasera cous cous alla trapanese, non potete non assaggiarlo».

La cena si protrasse più a lungo di quanto il Consonni si sarebbe augurato. Carmela si profuse in mille salamelecchi e occhiolini – al Consonni – ormai era sicura che quel bell'uomo avesse un debole per lei. Alla fine, al momento del conto, fece pagare ai due una cifra veramente irrisoria.

«Ma io qui ci vengo tutti i giorni a mangiare, con quello che ti fanno pagare, non trovi Amedeo?».

Insieme al conto «da amici» Carmela aveva lasciato un biglietto da visita per ordinazioni speciali. Lanciò uno sguardo d'intesa al Consonni, che però aveva altro per la testa. Pensava a tutti i casi suoi, che erano tanti. Ricerche a zero, e quando sarebbe tornato a casa invece di Angela, come si sarebbe augurato, avrebbe trovato il Claudio. Del biglietto neanche se ne accorse.

Se ne accorse invece perfettamente il De Angelis che lo raccolse come una reliquia. Oltre al numero della trattoria, che peraltro era di dominio pubblico, c'era anche un cellulare segreto, e questo per De Angelis valeva quanto un lingotto d'oro.

Pur se scossa dalle bravate erotiche della signora Angela e dalla visita della Kakoiannis-Sforza la signorina Mattei-Ferri non aveva trascurato i suoi impegni: ovvero ottenere più notizie possibili sulla signora Kakoiannis stessa.

Nel pomeriggio la Mattei-Ferri si era concentrata su un evento che in tempi non lontanissimi aveva finito per far comparire la Kakoiannis-Sforza sulle prime pagine di tutti i giornali, ma non nel modo che avrebbe voluto lei. Si trattava del caso della Merda d'Artista.

Qualche anno prima Luisa Kakoiannis-Sforza si era data molto da fare nel mondo dell'arte contemporanea. Possedeva due gallerie d'arte nel cuore pulsante di Milano e si era circondata di importanti critici e curatori affermati, per dare spessore alle sue mostre. Nel 2006 aveva cercato di allungare il passo, organizzando una importantissima mostra sull'artista milanese Piero Manzoni, che operava fra la fine degli anni Cinquanta e i primi anni Sessanta.

Purtroppo Manzoni era morto molto giovane, a neanche trent'anni, nel 1963, ma, come sempre succede, questa morte prematura aveva finito per fare di lui un vero e proprio oggetto di culto. Fin qui la Mattei-Ferri non ci vedeva niente di strano. Lei non aveva la più pallida idea di quale fosse l'opera del Manzoni, né di quali fossero le tendenze informali e concettuali in voga fra gli anni Cinquanta e gli anni Sessanta. Lei sinceramente non ci capiva niente. Non che di non capirci niente se ne vantasse, come fanno molti. Si trattava di una materia che esulava dai suoi interessi e basta. Certo quando sentiva dire che un dipinto fatto di macchie era stato venduto per qualche decina di milioni di euro ci rimaneva male anche lei. Però, almeno su questi temi, non era ispirata da istinto polemico.

Ma quando venne a sapere della storia della Merda d'Artista stentava a crederci. Nonostante questo, essendo una persona ordinata e precisa, raccolse le notizie con la maggiore neutralità possibile.

Insomma, a quanto riferito dai giornali l'artista Manzoni aveva confezionato novanta scatolette, simili a quelle della carne in scatola, nelle quali raccolse i suoi escrementi, e sulle quali scrisse, in tutte le lingue: «Merda d'Artista». I giornali dicevano che si trattava di una forte provocazione, come a dire che nel mondo dell'arte bastava che uno fosse considerato un artista che poteva anche proporre la sua merda come opera d'arte. Ed effettivamente era andata così! Le scatolette di Merda d'Artista nel corso degli anni avevano raggiunto delle quotazioni stratosferiche.

Negli anni Duemila i multipli di Merda d'Artista erano diventati ricercatissimi, anche perché delle novanta copie prodotte ne erano rimaste in giro un numero esiguo. Essendo così poche non avevano prezzo: addirittura pare che ne esistessero dei falsi, dei falsi di Merda d'Artista!

La Mattei-Ferri scuoteva la testa, eppure andava avanti, nel redigere il suo rapporto.

Perché, comunque fosse, Luisa Kakoiannis-Sforza si era ficcata in testa, consigliata dal suo curatore di fiducia, di mettere in piedi una mostra «storica» sulla Merda d'Artista. Era riuscita a contattare tutti i collezionisti in possesso di una copia della scatoletta, convincendoli a prestare la propria opera d'arte alla galleria. In più, e questo avrebbe dovuto essere il vero e proprio scoop, Luisa era riuscita a ritrovare ben tre scatolette di Merda d'Artista che non risultavano dai cataloghi ufficiali, ma certificabili ed autentiche. Come aveva fatto? In base ad una lunga ricerca, spendendo varie decine, forse centinaia, di migliaia di euro, aveva acquisito ben tre copie numerate, firmate, di tale opera. E chi, al mondo, dispone di ben tre copie di quell'importantissimo multiplo? Nessuno.

Luisa fece lavorare a tutto motore gli uffici stampa, in preparazione della sua mostra epocale: nella sua galleria sarebbero state esposte ben otto copie della Merda d'Artista di Manzoni, una cosa inaudita, mai successa al mondo. E in effetti tutto il mondo dell'arte era in subbuglio. Otto scatolette della Merda d'Artista, tutte insieme? Incredibile. Questa volta Luisa aveva fatto il colpaccio.

Ma quello che accadde al vernissage della mostra, alla presenza di troupe televisive italiane e anche straniere sarebbe rimasto ben impresso nell'immaginario dei commentatori, e se ne sarebbe parlato in tutto il mondo.

Eh, già, perché, in un momento quasi magico e sacrale, nel quale le scatolette di Merda venivano disvelate agli sguardi del pubblico e dei giornalisti, alle diciannove e trenta, le tre scatolette di merda di proprietà di Luisa Kakoiannis-Sforza si misero a vibrare. Vibravano e quasi si muovevano sugli eleganti piani di vetro dove erano esposte, come si trattasse di vasi attici.

Fu un grande scandalo. Importanti esperti provenuti da tutto il mondo abbandonarono immediatamente la galleria. Le tre Merde d'Artista erano dei falsi, all'interno dei quali c'era un congegno, una specie di vibra-call telecomandato, inserito dai falsari, che erano riusciti a convincere la Kakoiannis che quelle scatolette erano degli originali. Una beffa ben organizzata e sicuramente costosissima.

La Mattei-Ferri era indecisa, pensava di essere anche lei vittima di una beffa, una specie di burla.

Ma dalla stampa sembrava tutto chiaro, gli acquisti di Luisa erano stati incauti: qualcuno, facendo un lavoro di spionaggio e controspionaggio, l'aveva convinta ad acquistare dei falsi – a caro prezzo, fra l'altro – che potevano essere comandati a distanza, fatti vibrare con una semplice chiamata telefonica: «Vibrazioni di Merda», titolò un articolista sulla stampa nazionale, e ne aveva tutte le ragioni.

Il colpo era stato quasi fatale. Luisa aveva fatto una figura veramente analoga alle opere d'arte di Manzoni. L'abile curatore, un importantissimo operatore nel mondo dell'arte contemporanea che era anche stato direttore della Biennale e che aveva il monopolio su un certo tipo di mercato, aveva chiesto danni per milioni, quando in realtà le autenticazioni dei tre barattoli di Merda d'Artista le aveva fatte lui. Ma più del danno economico valeva il danno di immagine, che almeno nel mondo dell'arte era enorme. E inoltre, pur in un paese che di arte contemporanea si interessa così poco, la beffa della Merda d'Artista che vibra aveva travalicato il confine, invadendo tutti i media, citata anche nei bar o nei talk-show pomeridiani.

Dopo alcune ore di lavoro la Mattei-Ferri era stanca e abbacinata. Ma possibile? Merda d'Artista in scatolette tipo Simmenthal? E qualcuno le paga milioni?

E ne fanno anche dei falsi? Ma il punto più importante era un altro, sul quale la stampa si era soffermata non più di tanto. Il fatto era che la Kakoiannis-Sforza aveva dei nemici, che si erano impegnati duramente per farle fare una figura tale da distruggerla nel suo campo. È vero, nei giorni successivi la Kakoiannis aveva tentato di affermare che la beffa l'aveva organizzata lei stessa, per dare uno scossone – diceva lei – a un mondo dell'arte atrofizzato e codino. Ma c'era da crederci? Tutti i suoi prezzolati scherani l'avevano abbandonata, e lei per un lungo periodo non era più comparsa in pubblico.

E dunque, chi erano questi nemici?

Angela era tormentata da contorti ragionamenti sul da farsi: era pronta a restituire quello che doveva restituire e accadesse quel che doveva accadere.

In fondo che le potevano fare? Se le avessero fatto del male che cosa ci avrebbero guadagnato? La potevano torturare fino al limite, ma a che scopo?

E se, invece, avessero fatto qualcosa a Giulia?

Questo solo pensiero, improvviso, le provocò un tracollo psicologico.

No, Giulia no.

Si immaginò che quelle persone sequestrassero Giulia, la torturassero e tutto il resto, in modo tale da costringerla a cedere.

Ma se ho già deciso di mollare, di confessare, di restituire... che c'entra Giulia.

No, Giulia no, non deve assolutamente venire qui.

Però quella non aveva risposto al suo primo messaggio, e neanche ai successivi, nei quali le comunicava di non azzardarsi a venire da lei, che non era proprio il momento, che stavano succedendo cose, che avrebbe dovuto tenersi molto lontana, ancora più lontana di quanto non fosse normalmente. Avrebbe voluto consigliarle di trovarsi un posto segreto e nascosto, di non farsi avvicinare da nessuno, di...

Giulia lesse i messaggi e pensò che sua madre se ne era andata definitivamente di testa, ma non ne fece un dramma. Salì sul treno in partenza per Torino-Milano. Sarebbe arrivata molto presto la mattina dopo.

Alle 21.34 Consonni, esausto, fece ritorno a casa. Ripensava ai suoi numerosi fallimenti. Aveva mangiato troppo in trattoria, De Angelis non voleva mai alzarsi.

Trovò il Claudio in cucina, si era trasferito nel pomeriggio, portando un paio di valigie di vestiti e altro, e il suo computer. La cameretta era già tutta in disordine.

L'intenzione di Claudio era quella di dar subito prova di un atteggiamento cooperativo. Si era messo al lavoro ai fornelli, e con quello che aveva trovato aveva preparato degli spaghetti, una sorta di puttanesca che aveva un aspetto abbastanza immangiabile, soprattutto adesso che erano freddi e aspettavano di essere consumati da più di un'ora. In cucina c'era un gran disordine che su Consonni produsse un effetto destabilizzante.

Amedeo ringraziò, ma disse che aveva già mangiato in trattoria. Claudio ci rimase un po' male, Consonni notò che era già parecchio alticcio e verboso, cercava empatia. In apparenza non c'erano bottiglie di vino in giro. In realtà, e di questo Consonni si sarebbe accorto in seguito, Claudio aveva già aggredito alcune bottiglie di alcolici e superalcolici che Consonni teneva nella credenzina. Allo scopo di non farsene accorgere, aveva bevuto un bicchiere da ogni bottiglia: in molti casi si trattava di liquori ormai imbevibili, che erano lì da anni, per esempio del Marsala per cucinare o un Unicum più che decennale.

Il Giorgi tirò fuori un'altra padella e dette una riscaldata alla pastasciutta. Ma quante pentole sporcava, per due spaghetti? si domandava l'Amedeo, che si sedette a tavola per fare compagnia al Claudio, il quale mangiando si guardava intorno, come se fosse alla ricerca di qualche cosa.

«Le posso offrire un bicchiere di vino?» chiese Consonni, che aveva un fiasco di Chianti Spalletti da parte, sfuggito alla perlustrazione del Giorgi.

«Oh, grazie, ma solo un bicchiere, sa?».

Dopo una ventina di minuti il fiasco da due litri era già stato consumato per metà, e il signor Giorgi aveva raccontato almeno la stessa proporzione della sua vita. In parte erano storie che Consonni conosceva già, ma non sapeva che, almeno secondo la versione del Claudio, era stato organizzato un vero e proprio complotto da sua moglie Donatella che per farlo risultare mezzo matto, e dunque liberarsi definitivamente di lui, si era inventata delle storie assurde, per esempio che lui avesse accusato i figli di averlo segregato per alcuni giorni in uno scantinato della casa di ringhiera, faccenda che peraltro, a raccontarla tutta... ci sarebbe stato da divertirsi, divertirsi per modo di dire, visto quello che era successo. Claudio, biascicando un po' le parole, cercò di raccontarlo, per un verso avrebbe voluto dire tutto, per un altro sapeva che non poteva sbilanciarsi troppo, altrimenti ci sarebbero andati di mezzo i suoi figli, e inoltre...

Consonni non ci capì niente, d'altra parte era più concentrato sui casi suoi che su quelli di Claudio.

E così cominciò a raccontare, confusamente e, anche lui, con una certa reticenza. Espose i fatti salienti della crisi con Angela, anche quelli della rottura verticale con la figlia Caterina, e finalmente cominciò a parlare di questo ultimo grattacapo, della indagine che doveva svolgere per la signora Kakoiannis-Sforza.

«Ma chi, *quella* signora Kakoiannis-Sforza?».

«Sì, proprio lei».

Consonni andò a prendere la fotografia, e la mostrò al Giorgi.

«Sono giorni e giorni che sto girando per Milano, ma senza nessun risultato. Eppure mi accompagna il De Angelis, che Milano la conosce come le sue tasche. Lui dice che quella palazzina è in una zona come la Bovisa, o l'Ortica».

Claudio osservò con attenzione la fotografia. Andò in cameretta e prese il suo computer. Lo accese.

«Per fare certe ricerche ci vuole la tecnologia, caro signor Consonni».

Tutto fiero esibì a Consonni le meraviglie di Street View. Per prima cosa mostrò la parte esterna della casa di ringhiera. Consonni era stupefatto. Se pensava a tutti i chilometri che si era fatto, senza peraltro cavarne un ragno dal buco, e ora si vedeva di fronte quella magia, che bastava spostare il puntatore del mouse nella direzione desiderata e ti permetteva di passeggiare per Milano guardandoti intorno. Che cosa incredibile!

«Eh, beh, il computer...». Il rapporto di Consonni col computer non era dei migliori, ci aveva anche provato, senza successo: quando aveva bisogno di qualcosa si riferiva ad Angela, ma adesso... lo travolse una vampata di malinconia... quanti giorni erano passati dall'ultima volta che aveva parlato ad Angela... aveva parlato... si fa per dire... era Angela che aveva parlato, per dirgli cose terribili, e cioè che fra di loro era tutto finito.

E la lettera? Neanche la lettera aveva sortito degli effetti? Ma allora Angela era diventata una persona senza cuore.

Mentre Claudio si era messo al lavoro Consonni stava riprendendo la solita litania.

«Beh, forse Angela se l'è presa soprattutto per il mio atteggiamento, un atteggiamento un po' sufficiente sulla sua storia, ma gliel'ho già detto? Per quello lei si era sentita offesa, per mancanza di interesse: ma che cosa ci posso fare io se di romanzi non me ne intendo affatto...».

«Guardi qua» gli fece il Giorgi «vede? Adesso siamo nella Bovisa. Riconosce i posti? E secondo me esiste anche un metodo per...».

Nonostante fosse ubriaco, si vedeva che ci aveva la passione. Consonni poteva raccontare quello che voleva, ma il Claudio non lo ascoltava, e col computer viaggiava per Milano come un ossessionato.

Visto che il suo ospite neanche lo considerava più Consonni andò in cucina a rassettare un po'. Che macello! Riordinò e caricò la lavastoviglie. Spiò il Giorgi che si agitava sul computer, mentre dava fondo al fiasco di Chianti.

«Signor Claudio, io adesso vado a letto, ma lei faccia come se fosse a casa sua. Io sono stanco, sa? Ho avuto una giornata pesante, e poi è un periodo che...».

Il Giorgi neanche lo sentì. Amedeo se ne andò a letto, dopo essersi assicurato che il Claudio avesse asciugamani piccoli e grandi.

In tarda serata De Angelis prese una decisione, dopo che per ore si era trastullato fra le mani il biglietto da visita che gli aveva lasciato Carmela, con il numero di cellulare personale. Con grande difficoltà riuscì a inviare un messaggino telefonico che recitava così: «Perché non viene a trovarmi domattina. Via *** ecc. Se le fa piacere potremmo fare una gita con la mia auto, o altrimenti intrattenerci nel mio appartamento».

Alle quattro di notte il Consonni fu svegliato da un invasato Giorgi che trionfalmente gli annunciò: «Signor

Consonni, mi scusi se mi permetto... a quest'ora, ma l'ho trovato! L'ho trovato!».

«Che cosa ha trovato?».

«Ho trovato il posto, è alla Bovisa».

Martedì 12 gennaio

Marilou cerca disperatamente di liberarsi delle cinghie che la tengono legata, ma più prova a liberarsi e più avverte dolore. Suda e ha freddo. Lui sta per arrivare, dove è andato? Ah, non tornasse più. Se torna... Ma se non torna, chi mi farà uscire di qui?

Alle otto del mattino Consonni era già in ordine di marcia. Uscì di casa col suo grosso cappotto grigio, la sciarpa di cachemire che gli aveva regalato Angela – ah, Angela... – e il cappello a tesa stretta con motivi a spina di pesce. Assomigliava un pochino al commissario Maigret e in qualche modo a quel personaggio si sentiva apparentato. Era ancora piuttosto scettico sulle meraviglie della tecnologia del computer, e che con quell'aggeggio – com'è che si chiamava? – si potevano riconoscere tutte le strade di Milano e anche di altre città. In tasca aveva la famosa fotografia e un fogliettino con l'indirizzo, nel quartiere Bovisa, che peraltro era il primo che lui e De Angelis avevano setacciato e che era quello dove il Luis era nato.

Così Consonni a Piola prese la metro fino a Garibaldi e poi con un suburbano arrivò alla Stazione Bovisa.

Nel freddo pungente e umido, con le mani in tasca, si diresse senza incertezze in via Broglio, a quanto pareva la palazzina doveva trovarsi lì.

Ed effettivamente lì si trovava. Estrasse la foto dalla tasca, non c'erano dubbi, la palazzina era quella, con tanto di graffito.

Ma l'istantanea da dove era stata scattata? Sembrava presa dal primo piano, proprio di fronte. E cosa c'era di fronte?

C'era un alberghetto, una specie di residence, o di B&B, come li chiamano adesso.

Camminando avanti e indietro, osservando le facciate, capì che la foto era stata eseguita da una certa finestra.

Consonni, indeciso, restò lì fuori ad osservare la situazione e a pensare. Poi si mosse, ed entrò nel Bed & Breakfast. Non c'era nessuno. Aspettò pazientemente, poi arrivò un tipo sui cinquanta, spelacchiato e per nulla gentile, al quale il Consonni raccontò che aveva bisogno di una stanza al primo piano, ma prima di prenderla voleva se possibile darci un'occhiata.

«Ah, la stanza gliela mostro volentieri, ma per quando le servirebbe?».

«Beh, oggi stesso, a partire da adesso».

«E per quanti giorni?

«Mah, direi uno, uno solo».

«Eh, guardi, noi qui facciamo minimo tre giorni, pagamento anticipato».

«Eh? Tre giorni?».

Il portiere lo guardò di traverso, con espressione ironica.

«Sì, queste sono le regole, ed esigiamo i documenti di tutti gli occupanti».

«Beh, se è così gentile da farmi vedere le stanze, poi decido».

Il portiere a malincuore mostrò al Consonni le tre camere del primo piano. Consonni capì subito che quella buona era quella centrale, la 12. Decise di prenderla.

«Sa, la stanza mi serve solo per qualche ora, sono un rappresentante di commercio e ho un appuntamento nelle vicinanze, vorrei riposarmi un po', non è che potrebbe darmi la stanza per un giorno solo?».

Il portiere sapeva benissimo che quel tipo non era un rappresentante di commercio e che non aveva nessun appuntamento nelle vicinanze, sparò la cifra di 40 euro e il Consonni non fece una piega. «Ma lei non ha bagaglio?».

«No, l'ho lasciato alla stazione».

«E neanche la borsa con i campionari?».

Nel giro di venti minuti Consonni era nella stanza e cominciò a perlustrarla. Prima di tutto confrontò la foto con quello che si vedeva dalla finestra, per capire quale fosse la posizione esatta dalla quale era stata scattata. Un po' strano, a dire il vero, era come se l'autore della fotografia fosse dovuto salire su una sedia, per inquadrare anche il marciapiede. Consonni ripeté l'operazione. Se la figlia della Kakoiannis aveva bisogno di inviare un messaggio in extremis alla madre, che ne so, per farle sapere dov'era in quel momento, che bisogno c'era di montare su una sedia?

Consonni, senza togliersi il cappotto e il cappello, ispezionò il resto del locale. Rifletteva sul fatto che pareva molto strano che una come Marilou Kakoiannis-Sforza potesse frequentare un posto del genere, lei che era abituata ad hotel a cinque o sei stelle. Ma non trascurò nessun particolare, ormai era entrato nel personaggio. Aprì l'armadio, setacciò il bagno, ispezionò i cassetti dei comodini e quelli di un mobiletto che includeva anche un frigorifero, vuoto e spento. Fu lì che trovò un cartoncino, un biglietto da visita, evidentemente dimenticato da qualche cliente. Era il biglietto di un lounge-bar, che Consonni non sapeva cosa volesse dire. Era collocato in una zona molto prestigiosa di Milano, e si chiamava Go-Go-Go. Non lo aveva mai sentito nominare, ma del resto Consonni non era un frequentatore dei bar di Milano centro. Prese il biglietto e se lo infilò in tasca. Per quel poco che poteva intuire quel bar era roba di lusso, il biglietto da visita era addirittura stampato con caratteri dorati in rilievo. Non gli sembrava possibile che un cliente di quel B&B di seconda categoria frequentasse un bar per VIP.

Non erano ancora le dieci che Donatella fece il suo ingresso nella casa di ringhiera con la Renault, carica di bagagli e oggetti vari.

I bambini erano a scuola. Dietro di lei una vettura dei carabinieri. Così aveva stabilito il giudice, sulla base delle informazioni che Donatella stessa gli aveva passato. A quanto le risultava Claudio non aveva nessuna intenzione di abbandonare la casa, e lei era più che convinta che, tristemente, sarebbe stato necessario fare ricorso alla forza.

I due militi la accompagnarono alla porta. Lei suonò il campanello con decisione. Non rispondeva nessuno.

«Lo sapevo» pensò Donatella, sicura che quello stronzo non aprisse apposta, ammesso che fosse nelle condizioni di intendere e di volere.

Dopo alcuni tentativi aprì la porta con le sue chiavi, ed entrò con prudenza in casa. Quell'uomo chissà che cosa poteva aver organizzato, c'era da stare attenti.

Dunque penetrarono nel trilocale, che pareva vuoto, per ispezionarlo per intero non ci volle molto tempo. In effetti Claudio non c'era, e per di più aveva portato via le sue cose, il computer e un paio di valigie. Gli armadi erano ancora aperti, e svuotati, almeno per quanto riguardava certi effetti di Claudio. La casa era abbastanza in ordine, in cucina non c'erano piatti sporchi o bottiglie vuote. Donatella ne rimase stupita, e anche un po' imbarazzata nei confronti degli agenti, che effettivamente si guardavano l'un l'altro, senza sapere se restare ancora un po' o andarsene via.

«Potrebbe essere una trappola» disse Donatella, ma sinceramente si trovava un po' in difficoltà, non voleva fare la figura della paranoica.

I militi si trattennero per una mezzoretta, e addirittura aiutarono Donatella a scaricare la macchina. Tutta quella roba l'aveva portata nella casa di suo fratello che aveva ospitato lei, Gianmarco e Margherita per più di un mese, ma che adesso non ce la faceva più.

Donatella intravedeva con paura il momento in cui i CC se ne sarebbero andati, lasciandola sola in quella casa, col rischio che il marito potesse fare la sua comparsa improvvisamente, alterato e assetato di vendetta. Ma dove era andato? Dove si nascondeva?

Per l'appuntamento Carmela si era tirata a lucido. Nonostante il freddo di gennaio aveva scelto uno chemisier che lasciasse bene in vista il suo prorompente décolleté.

Si era truccata in modo vistoso, forse anche un pochino troppo. Il fatto è che Carmela senza occhiali non ci vedeva granché e per truccarsi gli occhiali non li poteva indossare: quindi ci dette dentro con un ombretto verdastro e l'eyeliner. Si colorò il volto con un po' di «terra» e sopra abbondò con il fard. Inoltre applicò un rossetto veramente violento, lo si sarebbe potuto vedere da lontano. Eccedette anche col profumo, ma a questo proposito la miopia non c'entrava niente, semmai aveva a che fare col costante e non del tutto immotivato terrore di Carmela di emanare cattivo odore. Portava una gonna di lana rossa, per la sua età un po' corta, per nulla in asse con l'altezza della pelliccia rispolverata per l'occasione, che le arrivava a mezza gamba. I voluminosi polpacci erano fasciati da calze velate e ai piedi facevano bella mostra di sé due scarpe verdi e lucide, scollate anche quelle, con un tacco un po' sproporzionato per una matineé, di circa 7-8 centimetri. Erano le migliori calzature in suo possesso, le aveva comprate a caro prezzo per un matrimonio e indossate soltanto in quella occasione.

In quel momento, dopo una faticosa trasferta in metropolitana e bus, le sue estremità inferiori le dolevano parecchio e probabilmente erano già in formazione delle proverbiali vesciche. Con il pelliccione addosso, che odorava un po' di canfora, odore che si mischiava con il profumo, era stanca e accaldata, nonostante il suo radiatore naturale, la scollatura, lavorasse a tutto vapore.

Con un pacchetto in mano, cannoli siciliani appena preparati, si inoltrò entro la corte della casa di ringhiera, ma, solito problema, come rintracciare l'appartamento del suo spasimante? Non c'era nessuno da cui ottenere l'informazione. Unico segnale rassicurante era che al centro della corte troneggiava la macchina sportiva di Amedeo. Prese la rampa di scale sulla destra, alla ricerca di un indizio, magari una semplice targhetta. Niente.

Guardandosi in giro scorse il volto di una signora che osservava, la fissava, dalla finestra. Si diresse da quella parte e bussò alla porta. Le aprì una poverina in sedia a rotelle alla quale Carmela, scusandosi infinitamente per il disturbo, domandò se sapeva qual era l'appartamento del signor Consonni Amedeo.

La Mattei-Ferri ebbe bisogno di qualche istante di silenzio, durante il quale squadrò Carmela dal basso in alto e dall'alto in basso.

Ah, adesso quel maiale fa arrivare le donnine a casa... e che donnine... questa era piuttosto matura, per non dire passata, e guarda te come se ne va in giro... sembra una maschera di carnevale... e che odore... che odore disgustoso... Dopo aver riflettuto un po' su tutto ciò la signorina rispose: «Appartamento 8, è su questo stesso piano».

Roba da pazzi, pensava.

Carmela raggiunse il portoncino e suonò il campanello. Nessuna risposta. Provò di nuovo. Niente. Eppure... eppure le sembrava di aver sentito un rumore provenire dall'interno. In effetti era Claudio, che però, essendo un ospite segreto, non doveva aprire a nessuno. Carmela era perplessa e scocciata. Che voleva da lei quell'uomo? La prendeva in giro? O forse ci aveva ripensato? Forse mi sbaglio ed è dovuto uscire urgentemente per una qualche emergenza. Carmela aspettò una decina di minuti lì fuori, al freddo. Poi tornò dalla signorina Mattei-Ferri.

«Mi scusi se approfitto di lei così sfacciatamente, ma non potrebbe essere così gentile da aiutarmi? Vede, dovevo consegnare questo pacchetto al signor Consonni, non potrei lasciarlo a lei? Oppure saprebbe consigliarmi come meglio fare? Sa, cannoli sono, non vorrei che si rovinassero».

La signorina Mattei-Ferri ci pensò un po' e infine, perfidamente, disse: «No, guardi, a me no, ma se suona all'appartamento 2, alla signora Mattioli, può lasciarli a lei, conosce molto bene il Consonni».

Carmela così fece. La signora Mattioli fu gentile, almeno sul piano formale, anche se sembrava fredda se non addirittura molto innervosita. Aveva guardato Carmela come fosse un'extraterrestre, a stento trattenendo un'espressione di disgusto. Ritirò i cannoli e disse che in qualche modo li avrebbe fatti avere a Consonni. Chiuse la porta quasi sbattendola. Ma che minchia di gente è questa qua? aveva pensato Carmela, assai poco soddisfatta dell'esito della sua visita e del bidone che le era stato tirato.

Delusa e immalinconita, ripercorse a rovescio la strada verso il portone principale e si trovò davanti l'auto sportiva che secondo lei apparteneva al Consonni. Estrasse dalla borsa un foglietto di carta e ci scrisse sopra: «Ma Amedeo, dove sei? Perché mi hai fatto questo?». Se ne uscì mestamente dall'androne.

De Angelis, che era ancora in mutande perché non sapeva decidersi su quali pantaloni indossare per l'appuntamento galante, gettò uno sguardo dalla finestra e vide Carmela proprio mentre stava abbandonando il condominio. In fretta e furia si vestì e si lanciò fuori, sul ballatoio, per chiamarla, ma era troppo tardi, se ne era già andata.

Lesse il biglietto sul tergicristallo e capì, capì che quel traditore infame del Consonni lo aveva preceduto, e senza dirgli niente faceva il cascamorto con Carmela, certamente privo dei sentimenti profondi che provava lui. Canaglia! Bastardo!

Angela, nonostante tutti i grattacapi che aveva, non voleva mancare all'impegno di dedicare almeno un'ora al giorno alla rieducazione di Antonio. Per quanto riguarda Consonni la bilancia, dopo la bizzarra visita di quella signora un po' conciata, pendeva dalla parte di rimandare, se non congelare, un eventuale processo di riavvicinamento. Ma poi, con quello che stava per accadere, ce ne sarebbe stato il tempo e l'occasione?

L'appartamento di Antonio era ancora più in disordine del giorno precedente.

«Buongiorno Antonio».

«Buongiorno signora Angela». Ad Angela sembrò che in realtà Antonio avesse detto «Buongiorno signora maestra» ma probabilmente era solo una sua allucinazione uditiva.

«Come va con il lavoro nell'appartamento 22?».

«Bene, signora Angela, ho buttato giù il muro fra la cucinetta e il salotto».

«È stato attento a non fare troppo rumore? Lo sa che quella demolizione... insomma, la proprietà non è che abbia... insomma, mi capisce».

«Dica alla proprietà di stare tranquilla. Nessuno si è accorto che ho buttato giù un muro... e poi se mi vengono a cagare il cazzo so io come fare...».

«Antonio, le ho già detto più volte di controllare il linguaggio».

«Ho capito, ma se quelli mi cagano il cazzo non è mica colpa mia!».

«Va bene. E i materiali di risulta dove li ha buttati?».

«Come dove li ho buttati? Ma nei bidoni della spazzatura, no? L'ho fatto ieri sera, non mi ha visto nessuno».

«Ma lo sa che non si gettano i calcinacci nei bidoni della spazzatura, no? È vietatissimo».

«Ma se le dico che non mi ha visto nessuno».

«Ma che cosa importa! Non è che le azioni vietate non si fanno solo perché si ha paura del vigile o della multa. Non si fanno perché è ingiusto farle, in quanto si danneggiano gli altri!».

«Eh?».

«Ma lei il senso civico non sa che cosa sia?».

«Il senso civico, e che cazzo c'entra con i calcinacci?».

Ad Antonio pareva di aver fatto le cose nel migliore dei modi. Voleva spiegarsi meglio, ma si accorse che Angela non era la stessa. Aveva dei pensieri. Non è che si era accorta che la sera precedente si era fumato 50 euro alle slot?

«Come va con la lettura del libro?».

«Quale libro?».

«Quello che le ho dato ieri».

«Ah, quello...».

«Guardi che con me non si scherza, sa?».

«Eh, signora Angela, ieri sera volevo cominciare a leggerlo, ma mi sono addormentato, ero stanco, con tutti quei sacchi di calcinacci».

«Non mi parli più di quei calcinacci, e non si azzardi più a buttarli nelle pattumiere! E non mi prenda alla leggera, sa? So essere molto severa». Angela parlava così ma sapeva che non era vero, perché tutto poteva cambiare radicalmente nel giro di poche ore. Valeva la pena di raccontare ad Antonio che forse, presto, tutto si sarebbe rivoluzionato e lei se ne sarebbe dovuta partire improvvisamente? No, non sarebbe servito a niente, e dunque decise di procedere nella lezione prevista per la giornata, ovverosia le norme della buona educazione, in particolare quando si aveva a che fare con estranei. Angela era sicura che questo fronte educativo fosse estremamente importante per il futuro sociale e professionale di Antonio, aveva capito che era meglio focalizzarsi solo sull'educazione e le buone maniere, prima di affrontare temi più complessi come il senso civico e l'educazione alla cittadinanza, sui quali Antonio pareva mostrare qualche resistenza. Un paio di intense lezioni le aveva già spese sull'educazione a tavola, ritenendo che fosse una materia più facile da approcciare, in corpore vili. Infatti queste lezioni erano state tenute effettivamente a tavola, davanti a veri piatti di minestra – insidiosissima – e di pollo arrosto.

Fra l'altro, Angela aveva insegnato ad Antonio che non si dice buon appetito, non si fanno i rutti, ci si pulisce educatamente la bocca col tovagliolo, che si tiene su una gamba, che non si dice sono pieno, che non si rovista nel piatto, né si gira e si rigira ciò che c'è dentro, si mangia e basta. Si finisce tutto, era superata la norma secondo la quale bisognava lasciare sempre qualche avanzo, per non fare la figura dei bifolchi. Antonio sembrava già essersi spontaneamente e perfettamente adeguato. Angela aveva spiegato che non si fa la scarpetta, a meno di essere in situazioni private e in grande confidenza con il padrone di casa, allora il gesto può essere preso come una simpatica eversione. «Ma che cazzo dice questa qua?». Almeno nel pensiero Antonio era certo che le parolacce si potessero utilizzare. Non si usano mai gli stuzzicadenti, nemmeno mettendosi una mano davanti alla bocca mentre si perlustra la dentatura. Mai! Non si beve dalla bottiglia – cosa che Antonio anche a casa aveva sempre fatto e che poi mostrano anche nelle pubblicità. «E dalla lattina?». «Figuriamoci!».

Si era passato del tempo anche a curare la posizione a tavola: su con le spalle, non si puntano i gomiti sul tavolo e si tengono adiacenti ai fianchi. Mai, dico mai, appoggiare il braccio per largo davanti al piatto!

Antonio da quelle esercitazioni ne usciva stremato, la signora Mattioli gli faceva ripetere cento volte gli esercizi.

Uso delle posate: coltello, non si mette mai in bocca, col cucchiaio non si succhia mai, con le mani si mangia il pollo e forse anche il coniglio, ma le altre cose no.

«Adesso Antonio mi passi quel coltello... ah, lo sapevo! I coltelli si porgono col manico dalla parte di chi li riceve! Non così!!».

Bisogna ammettere che Antonio si impegnava, si affaticava molto ma non gli dispiaceva avventurarsi in questo pianeta per lui del tutto sconosciuto.

Dunque questa volta il tema era quello di come ci si comporta con le persone che non si conoscono, cosa che accade di frequente nel mondo del lavoro. In primo luogo i saluti.

«Si dice sempre buongiorno, o anche buon pomeriggio, e la sera buonasera. Ripeta con me: "Buongiorno signora Mattioli"».

«Buon giorno signora Mattioli».

«Buongiorno è una parola sola. Ripeta... Quando ci si saluta prima di andarsene ci sono delle formule: tipo "Le auguro una buona giornata", oppure "Le auguro di passare una buona giornata". Ecco, ripeta con me: "Le auguro di passare una buona giornata", "Le auguro di passare una buona giornata", dieci volte. Adesso: "Le auguro di passare un buon pomeriggio", dieci volte...».

Rubrica «comuni saluti di commiato». «A me piace arrivederci, meglio arrivederci a presto. Ripeta: "Arrivederci a presto"».

«Arrivedèrci a presto».

«Eh no, curiamo un pochino anche la pronuncia, si dice arrivedérci, con la e acuta, riproviamo».

«Arrivedèrci».

«Vabbè, sulla pronuncia lavoreremo meglio la prossima volta. Ora Antonio, veniamo alle presentazioni. Mi faccia sentire come lei dà la mano». Antonio non era molto esperto, allungò una mano floscia e incerta e Angela rabbrividì.

«La mano deve essere pulita, ma comunque non ci si puliscono le mani sui pantaloni. Le mani si lavano sempre, a meno di essere in cantiere... Che cosa si dice quando ci si presenta, mentre si stringe vigorosamente la mano?».

«Piacere, Scognamiglio Antonio».

«Ah... argh, non si dice "piacere", si dice "Buongiorno, mi chiamo Antonio Scognamiglio", il nome prima del cognome».

«E perché? Che differenza fa?».

Angela stava per spazientirsi, Antonio, da solo, trovò la formula corretta.

«Mi chiamo Antonio Scognamiglio, è un grande piacere conoscerla».

«Ecco, mettiamo che la persona che ha appena conosciuto le chieda "Signor Antonio, gradisce un caffè?". Lei cosa risponde?».

«No».

«Ma come no, non è mica educato».

«Allora, sì».

«No, non è questo il concetto, lei il caffè lo può anche non desiderare, il concetto è che bisogna sempre aggiungere grazie. Si dice, sì grazie, no grazie. Ripeta con me, quindici volte... Si ricordi Antonio, ringraziare sempre, ma senza eccedere in leziosità».

Angela a quel punto pensava di passare all'uso del «per favore» ma si era fatto tardi, e l'allievo sembrava stremato.

«Un domani» – ma ci sarà un «domani»? si chiedeva Angela... – «un domani lavoreremo sulla locuzione "per favore" e simili, Antonio».

La lezione volse al termine e Angela si accinse a salutare Antonio, con un po' di struggimento. Le succedeva come a scuola: poteva avere per la testa una infinità di problemi, essere attraversata da mille angosce, ma la lezione era la lezione. Poi si tornava alla vita e anche lei doveva tornarci. Disse ad Antonio, assumendo toni preoccupati e allarmati, che nei giorni successivi non sapeva se sarebbe stata nelle condizioni di continuare con le lezioni, perché poteva esser presa da impegni inderogabili.

Antonio tirò un sospiro di sollievo interiore.

«Se mi dovessi assentare lei faccia riferimento al geometra Donvito, anche per le spese e per il compenso. L'ho avvisato... Beh, a domani, spero».

«Grazie, signora Mattioli, molte grazie».

Aveva detto grazie.

Giulia arrivò nella casa di ringhiera a piedi, dalla Stazione Centrale. Una camminata di una ventina di minuti, niente più, e lei che viveva all'estero non si faceva tante fisime, se c'era da camminare non era un problema, in autobus o in taxi ci avrebbe messo lo stesso tempo.

Entrò nella corte, era un bel po' che non veniva a trovare sua madre, trascinandosi dietro il suo trolley raggiunse l'appartamento della mamma, ma lì nessuno accorse ad aprirle la porta. Si immaginò che la mamma fosse fuori a fare la spesa, ma presto realizzò che non era così, perché Angela stava uscendo da un altro appartamento della casa di ringhiera, e sulla porta si trattenne a scambiare quattro parole con l'occupante, un uomo giovane e abbastanza malmesso.

La mamma quando arrivò di fronte a casa sua e vide Giulia mostrò incomprensibilmente un'espressione smarrita e confusa.

«Ma tu che ci fai qua? Non hai letto i miei messaggi?».

«Mamma, te l'ho detto ieri che stavo arrivando».

«Tu qui? Ma allora non hai capito. Sei impazzita?».

Giulia rimase veramente perplessa per l'atteggiamento della madre, che le intimò di entrare dentro, e che si guardava intorno come se fosse spiata da qualcuno. «Entra, entra, presto!».

La signorina Mattei-Ferri non aveva perso un frammento di questa scena. E già elucubrava sulla depravazione della madre, che, colta sul fatto, proprio mentre stava uscendo dall'alcova dove aveva piazzato il suo virile mantenuto, era diventata tutta rossa e aveva perso il controllo della situazione di fronte alla figlia.

Erano quasi le undici e mezza e Consonni aveva perlustrato da cima a fondo la camera del B&B. A parte il ritrovamento iniziale del biglietto da visita che sembrava lasciato lì apposta come su un piatto d'argento, non aveva reperito altri oggetti interessanti. Quanto tempo era passato? Neanche un'ora e mezza. Che fosse il caso di presentarsi al portiere, saldare il conto e andarsene? Beh, lui il posto l'aveva trovato, se poi l'averlo trovato non svelava alcun retroscena particolare su dove fosse la Marilou Kakoiannis-Sforza, era colpa sua?

Raggiunse il portierato, ma non c'era nessuno. Consonni fu tentato di chiamare a voce alta, ma prima volle dare un'occhiata. Sotto un ripiano del bancone della concierge c'erano fogli, foglietti e opuscoli, ma soprattutto c'era il registro.

Per fortuna nel vano scale regnava un gran silenzio. Il Bed & Breakfast non doveva fare affari d'oro, e questa intuizione fu confermata quando Consonni consultò di nascosto il registro delle presenze. Scarse. Per cui fu molto facile risalire indietro di un paio di settimane e verificare chi erano stati gli occupanti della camera 12 nella data di interesse, vale a dire quella in cui era stata scattata e inviata la foto alla Kakoiannis-Sforza.

Ebbene gli occupanti erano due: Ricky Goffi, nato a Leggiuno il 20-7-1970 e residente a Como, via Panoramica San Pietro, e Mariella Crescenzago, nata a Vimodrone il 7-3-1991 e residente a Milano, in via Ulisse Salis.

La firma della ragazza suscitò l'interesse del Consonni, dalla grafia sembrava più che altro una ragazzina, quelle scritture tonde tonde dove la enne sembra una u e il puntino sulla i è un circoletto vuoto. Che fosse un nome falso? Che si trattasse della Marilou Kakoiannis-Sforza che voleva farsi passare per qualcun'altra? Molto probabile.

Consonni ricopiò accuratamente i dati su un quadernetto che portava sempre con sé, quindi, esaurite tutte queste operazioni, cercando di riprendere un po' di contegno, chiamò il portiere, prima con garbo, poi con una certa risolutezza.

Il portiere era sempre più incazzato per motivi evidentemente suoi.

«Ha già riposato?» lanciò velenosamente.

«Sì, per me si è fatta l'ora».

«Fattura o ricevuta fiscale?».

«Mah, come vuole lei, non importa...».

«Ma come, non ha detto che è un rappresentante di commercio? I rappresentanti vogliono sempre la fattura. Mi dà la Partita IVA?».

«Ma no, le dico che non importa...».

Consonni pagò in fretta. Il portiere non ci vedeva chiaro, ma forse invece ci vedeva assai più chiaro di quanto non si possa pensare.

Consonni si avviò a piedi verso casa, voleva sgranchirsi le gambe e riflettere un po'. Passò per il centro della Bovisa, piazza Bausan, nella quale di milanese, soprattutto dal punto di vista della popolazione, sembrava esserci rimasto poco. Ma che c'era venuta a fare Marilou Kakoiannis-Sforza in quel quartiere?

Prese una via a caso, che lo riportasse verso la linea gialla della metro. Stava per piovere, affrettò un po' il passo quando sulla sinistra vide un parco, la cui entrata era sormontata da un portale di pietra o cemento che recava la scritta, in stile liberty, «Armenia Films». Sembrava una scritta hollywoodiana, tipo quella della Metro Golwin Meyer. Armenia Films, e che roba è? Armenia... Kakoiannis, questi nomi esotici turbinavano nella mente semplice dell'Amedeo.

Giulia aveva lasciato la sua valigia in mezzo all'ingressino. Era venuta per cercare rifugio per qualche giorno, un po' di comprensione e di tranquillità per riflettere e prendere delle decisioni. Però adesso si rendeva ancora meglio conto che sua madre era in uno stato mentale a dir poco caotico e diceva cose stranissime. Appena rientrata in casa Angela si impegnò in certe operazioni urgenti al computer, controllava dei documenti, spuntava delle note su certi foglietti scritti a mano.

«Mamma, rilassati un attimo, sono qua, sono venuta per...».

«Qui non c'è tempo da perdere, Giulia, devi solo darmi un minuto e sono da te...». Sembrava avesse il fuoco di Sant'Antonio, poi cominciò a sudare e a sventolarsi con un ventaglio siciliano. Era tutta rossa.

Oddio, ma che le succedeva?

«Mamma, che hai?».

Angela sembrava riprendersi, ma subito squillò il telefono, e corse come una furia a rispondere, dall'apparecchio in camera sua. Chiuse addirittura la porta. Ma che stava succedendo?

Angela alzò la cornetta.

«Vorrei parlare con la dottoressa Angela Mattioli».

«Sono io, chi parla?».

«Lei mi deve scusare signora Mattioli, noi non ci conosciamo, ho trovato il suo numero e mi sono permesso di chiamarla per una circostanza un po' particolare. Io mi chiamo Antonio Mecca e le telefono per qualcosa che non so neanche se la riguarda personalmente, non so se sto parlando con la persona giusta...».

Angela cominciò a sudare freddo.

«Ma di che cosa si tratta, non è che sono i soliti sondaggi sulla qualità del sonno? Guardi, se sta cercando di propormi qualche offerta commerciale non ho tempo da perdere».

«No signora, anzi, professoressa, dico bene? Parlo con la professoressa Angela Mattioli, che ha insegnato per alcuni anni al Liceo *** di Milano?».

«Sì, sono io, ma dica, è successo qualche cosa?».

«Beh, vengo al punto, anche se la faccenda è piuttosto delicata...».

Ad Angela tremavano le gambe.

«Veda, professoressa Mattioli, io la chiamo a proposito di un certo manoscritto...».

Angela crollò sulla seggiolina davanti al telefono.

«Manoscritto? Quale manoscritto?».

«Un manoscritto dal titolo *Il segreto*... pensavamo che ne fosse lei l'autrice...».

«Io... un manoscritto... no, no e no, non ho mai scritto manoscritti...».

«Eppure noi pensavamo che... guardi che se l'avesse già fatto leggere a qualcun altro, in effetti a noi il manoscritto è pervenuto in circostanze molto particolari, ma lo abbiamo qui, e l'abbiamo anche letto...».

«Ah, l'avete letto...».

«Certo che l'abbiamo letto, l'abbiamo letto eccome...».

Angela in un istante si rese conto che non c'era più niente da fare. Sapevano tutto. Sapevano quello che era successo, sapevano la sua storia, non aveva scampo. Ormai non c'era più soluzione possibile. Fuggire? Partire per destinazione sconosciuta? Con Giulia? Era venuto il momento di raccontare anche a lei la verità?

«Io non ho scritto alcun testo, e non vedo chi vi autorizzi a contattarmi visto che io... ma come siete venuti in possesso di quel...».

«Signora professoressa, non dica così. Noi sappiamo che quel manoscritto l'ha scritto lei. Non lo neghi, abbiamo fatto dei riscontri. Ormai lei non ci sfugge. E vorremmo parlare con lei al più presto, anche oggi, subito, non c'è tempo da perdere».

Angela ormai aveva capito che era inutile negare e insistere. L'avevano trovata. Tutta colpa sua: era lei che aveva voluto raccontare a Consonni la sua avventura, avvenuta cinque anni prima. Ma indulse a un certo fatalismo: tanto prima o poi mi avrebbero beccato, l'ho sempre saputo. E adesso...

«Un'altra cosa professoressa Mattioli, lei può dirci se il manoscritto è stato letto da altre persone? È già caduto in altre mani? Altri gruppi si sono messi in contatto con lei? Le hanno fatto delle "proposte" di accordo?».

Il ventaglio, dove aveva messo il ventaglio?

«Mi scusi signor...».

«Mecca».

«Resti in linea».

Angela corse in cucina a recuperare il ventaglio e se ne riscappò via. Un'ondata di calore fu seguita da sudori gelati. A che valeva continuare a negare?

«Pronto?... No, del manoscritto esiste una sola copia, e a quanto pare è quella che avete in mano voi...».

«Bene, signora Mattioli, potremmo venire noi da lei, ma preferiremmo, per ovvi motivi, che fosse lei a venire da noi. Che ne dice di oggi pomeriggio alle sei?».

Che roba, pensava Angela, questo qua fa anche il gentile con me, quando mi sta minacciando di morte. Ma io lo sapevo, lo sapevo...

Il signor Mecca le dette l'indirizzo, e le suggerì di chiedere di lui. «Poi la porterò dal "capo"».

«Il “capo”?».
«Sì, il capo in persona».
«Oh, santo cielo».
«A questo pomeriggio professoressa Mattioli, e mi raccomando, non faccia pazzie, tipo parlarne con qualcuno, con un consulente legale, con un avvocato, mi capisce?».
«Certo che la capisco...».
«A dopo, e guardi che non la perdiamo d’occhio!».
Angela chiuse la telefonata e si alzò, barcollando. Giulia la vide uscire ancora più stravolta, non ci aveva capito niente, ma era preoccupata.
«Mamma, mi vuoi dire una buona volta?».
«Fammi riprendere, portami un bicchier d’acqua. È venuto il momento che ti spieghi alcune cose...».

Consonni si era un po’ perso alla Bovisa. Tornò a casa che erano quasi le due, aveva una fame da lupo. Claudio era sempre lì, ma questa volta, forse perché memore dell’esperienza della sera precedente, al Consonni non aveva preparato niente da mangiare. Per sé si era cucinato due uova, però aveva almeno tentato di riordinare la cucina, senza lontanamente avvicinare gli standard di pulizia del padrone di casa.
Consonni era elettrizzato, quasi in trance, aveva mille cose da fare. Prima di tutto avvertire la Kakoiannis-Sforza dell’esito delle sue ricerche: la palazzina l’aveva trovata, così come il posto da dove la foto era stata scattata, oltre agli altri indizi lì reperiti. Poi voleva saperne di più su questo signore che si chiamava Ricky

Goffi, che si trattasse di un nome falso? E una signorina Mariella Crescenzago esisteva veramente? Voleva anche andare a dare un'occhiata a questo bar, di cui possedeva un biglietto da visita. Qui ci voleva il De Angelis. Mentre distrattamente mangiava un po' di stracchino assieme a delle bietole lesse, il signor Claudio lo osservava indeciso se raccontargli che poche ore prima sua moglie i suoi figli avevano ripreso possesso dell'appartamento, e lui non era neanche potuto andare a lavorare, perché non doveva farsi vedere da nessuno.

L'Amedeo però gli fece una domanda: «Ma signor Claudio, lei, col suo computer, non potrebbe fare una cosa per me? È una faccenda piuttosto confidenziale, mi capisce? Ma avrei da sapere qualcosa su due persone». Estrasse l'appunto e lo sottopose al Giorgi, che lo lesse.

«Ricky Goffi? Ma questo lo sanno tutti chi è. Non l'ha mai sentito? È un ex calciatore, che ha giocato nel Milan, e anche in altre squadre, è uno famosissimo, anche oggi ne parlano tutti, è uno che compare sempre nelle cronache mondane. Ma come, non ha mai sentito nominare Ricky Goffi, detto Go-Go-Go?».

Il Consonni non seguiva il calcio, e nemmeno le cronache mondane, però in quel settore aveva una consulente imbattibile. Avrebbe immediatamente chiesto alla Mattei-Ferri un lavoro supplementare, sul Goffi, con relativo adeguamento della gratifica. 50 euro.

«L'altro nome, quello della ragazza, no, non mi dice niente, ma possiamo provare a fare una ricerca su Google, magari qualcosa viene fuori».

Prese l'appunto e andò in cameretta, senza mettere tempo in mezzo. Consonni ne approfittò per andare ad avvertire il De Angelis che nel pomeriggio aveva bisogno di lui e della sua automobile. Ma quello ebbe una reazione inopinata: senza neanche aprire completamente la porta di ingresso, guardò Consonni di traverso, con odio, e gli disse: «Io da te una cosa del genere non me la aspettavo mica, Giuda Iscariota. Fra me e te non ci sono più rapporti, e non farti più vedere, baloss di ligéra!».

«Ma Luis, che cosa stai dicendo? Ma sei ammattito?».

«No, lurida canaglia, io non sono ammattito, e tu sei un traditore... non ti fare più vedere» e così dicendo serrò la porta.

Mah, pensava Consonni grattandosi la testa, ma che cosa gli ha preso? Fece un passaggio dalla signorina Mattei-Ferri, e le domandò se poteva raccogliere più informazioni possibili sull'ex calciatore Ricky Goffi. Ovviamente anche in questo caso ci sarebbe stata una adeguata ricompensa. La Mattei non sollevò obiezioni, ma produsse un sorrisetto ironico, che Consonni non capì. Forse si riferiva alla visita di quella signora meridionale piuttosto volgare che aveva chiesto di lui e che voleva lasciargli dei cannoli.

Tornando in casa, ancora più scombussolato di quanto non lo fosse di per sé, trovò il Claudio che lo aspettava con una notizia.

«Signor Consonni, lo sa che quella ragazza l'ho trovata? È lei, non è un nome molto comune, anche se il cognome lo è, insomma, non può essere che lei, ho trovato anche delle fotografie... insomma...».

«Ah, bene, allora un colpo di fortuna, no?».

«Colpo di fortuna mica tanto, sa, perché vede, c'è un fatto».

«Un fatto? Che fatto?».

«Eh, un fatto. E cioè che quella ragazza lì è morta, alcune settimane fa, in circostanze neanche del tutto chiare».

«Morta?».

Nel corso del primo pomeriggio Angela e Giulia ebbero modo di parlare. In realtà parlò quasi soltanto la madre e Giulia ne rimase stupita e preoccupata. Era venuta da così lontano perché a Bruxelles aveva dei problemi, dei problemi con Marc. Ma di questi alla mamma non pareva importare quasi niente, se non proprio niente.

Perché Angela era nel panico, e accatastava confusi resoconti di una serie di vicende che Giulia non comprendeva, tutte impregnate di un sentimento tragico.

Parlava di vita e di morte, di fuga e di miseria, del fatto che niente sarebbe stato come prima, il tutto a causa di quel manoscritto nel quale Angela aveva raccontato la Verità e che quel cretino del Consonni aveva perso, e che, finito nelle mani sbagliate, avrebbe cambiato tutto, e allora la situazione vissuta negli ultimi anni non avrebbe potuto più continuare. Ad Angela non importava tanto per se stessa, ma il suo cruccio era proprio Giulia. E se si fossero vendicati su di lei?

«Ma mamma, di che stai parlando?».

Angela drammatizzava gli avvenimenti, pensando di essere finita nel sacco, e mentre Giulia cercava di mettere ordine – possibile che se la fosse presa tanto perché il Consonni le aveva perso il romanzo? Ma che ci sarà stato mai scritto? – Angela procedeva per conto suo.

«Tu non puoi rimanere qui, sei un bersaglio troppo evidente, te ne devi andare da qualche parte, o loro ti troveranno».

«Ma loro chi? Ma che hai combinato?».

«Oh, non è il momento di parlarne adesso, e chissà se ci sarà un'altra occasione per farlo... nel pomeriggio li vedrò, e tutto sarà chiaro... ma prima... dobbiamo sistemare le cose... ecco... guarda...».

Nel totale disorientamento di Giulia, sua madre aprì con la chiave un cassettino della credenza. Ne tirò fuori una busta.

«Avevo già dato mandato all'avvocato di renderti nota una certa cosa, ma visto che siamo alle strette posso farlo io adesso».

«L'avvocato? Ma cos'è? Qualcosa che riguarda il papà? Che è successo?».

«Ecco, questo è il numero di conto presso la Banque Suisse a tuo nome. Ci sono depositati 400.000 euro».

«400.000 euro? Ma stai scherzando?».

«No, non sto scherzando affatto. Avevo lavorato perché la cifra fosse molto ma molto più consistente, ma purtroppo temo che questo sia il massimo, perché il resto lo devo restituire. Ammesso che sia sufficiente».

«Il resto, ma il resto di che?».

Giulia sapeva che quando era stata venduta la casa

della nonna la mamma aveva messo qualche soldo da parte, ma non certo cifre del genere.

«Ma sappi, qualsiasi cosa mi dovesse succedere, gli appartamenti della casa di ringhiera alla mia morte saranno tutti tuoi, quelli non te li potranno togliere».

Giulia era frastornata e incredula, e chiedeva disperatamente alla madre di spiegarle che cosa era successo, e com'è che aveva tutti quei soldi, quattrocentomila euro? Ma Angela pareva invasa da un demone, e continuava a mettere premura a Giulia perché se ne andasse via al più presto, dato che poteva essere in pericolo anche lei. «Proprio oggi, poco dopo il tuo arrivo, mi hanno telefonato, perché mi hanno trovato. Per stanotte allontanati, non restare qua, ormai mi hanno scoperto e localizzato».

«Ma mamma, che hai fatto, hai perso la testa?».

«Ti spiegherò meglio tutto in seguito, adesso bisogna che te ne vada».

«Che me ne vada dove? Ma sei ammattita, io sono venuta per parlare con te, per parlare di Marc, ecco, è successo un fatto... io volevo...».

«Guarda, per il momento non mi viene un'idea migliore, prendi questi ottocento euro e sparisci. C'è un residence qui vicino, una volta ci ho dormito, sono discreti, nessuno ti chiederà niente, portati la tua valigia, questi documenti, e nasconditi lì».

«Nascondermi? Ma mamma, che hai combinato?».

«Non mi fare parlare, non mi fare parlare, è bene che tu non sappia niente... se tu sapessi qualcosa potrebbero torturarti per fartelo dire, ma se non lo sai, cosa potrai raccontare...».

«Mamma, a me sembra che tu abbia perso la ragione, ma chi c'è di mezzo, il Consonni? È perché avete litigato? Quel pirla si è messo nei guai con le sue indagini?».

«Vestiti ed esci, ti darò notizie al più presto».

«Ma mamma...».

Alle ore 14 circa accadde un fatto importante, almeno per qualcuno, arrivò un messaggino al De Angelis. Per leggerlo dovette cambiare gli occhiali e svolgere una serie di operazioni complesse, ma alla fine ci riuscì, era di Carmela e recitava così: «Ma perché ti comporti così? È questo che merito? E cosa vuoi da me? Le tue scuse non sarebbero sgradite».

Per De Angelis fu una botta terrificante, in quanto pensò che il messaggio fosse rivolto a lui, e che il suo corteggiamento non avesse avuto esiti positivi, a differenza di quello parallelo del Consonni.

De Angelis non ci poteva credere. Quello stronzo di Consonni, che, bella forza, aveva 17 anni meno di lui, si era messo a fare il cretino con Carmela! Ma quando era successo? Mai, mai più avrebbe fatto un piacere a quello stronzo, traditore e Giuda.

Il Luis non stava nella pelle. Avrebbe desiderato recuperare il terreno perduto, ma come fare? Forse nel messaggio di Carmela c'era un contenuto cifrato, qualcosa che potesse dargli delle speranze. Cosa intendeva per chiedere scusa? E di che?

Consonni era in ritardo. L'appuntamento ai giardinetti era alle tre e lui arrivò alle tre e dieci passate. La baby-sitter era molto seccata però non disse niente, ritirò le sue spettanze e si affrettò ad andare dove voleva andare. Enrico era già scatenato sulle scalette di corda, salutò il nonno da lontano e continuò nelle sue attività psicomotorie.

Consonni, nella sua solita tenuta invernale, col cappello in testa, si sedette su una panchina, ed estrasse il suo quadernetto. Ivi riepilogò i fatti della mattinata. Quale condotta doveva tenere a questo punto? E come comunicare i suoi risultati alla Kakoiannis-Sforza?

Ogni tanto, fra un gioco e l'altro, tutto inzaccherato, Enrico lo veniva a salutare: «Nonno, mi disegni un topo?».

Ma sul quadernetto Consonni appuntava ipotesi, senza riuscire a prendere una decisione. E che quella ragazza fosse morta era una circostanza puramente casuale? Rimandò il punto della situazione di qualche ora, una volta compiuta la visita al Go-Go-Go-Bar, dalle parti di via Solferino.

La baby-sitter avrebbe dovuto ripresentarsi alle quattro, alle quattro e un quarto però non compariva ancora. Ma dove se ne andava quella là, mentre il bambino era col nonno? Consonni non era un tipo né intrigante né maligno, e non fece alcun tentativo di darsi una risposta a questa domanda, sta di fatto che Ludmilla quando tornava era sempre molto trafelata e con le guance rosse. Andava a farsi una corsetta?

Finalmente arrivò: «Tu fa tardi, io fa tardi» fu quello che ebbe da dire. Consonni andò ad abbracciare Enrico, che era tutto sporco.

«E guarda come ridotto bambino! Signora Caterina mi amazza!».

«Ciao Cipolla, il nonno deve correre, mi raccomando eh... acqua in bocca».

«Ciao nonno».

Se ne andarono in fretta, ma subito Consonni si dette del pirla. Porco cane, mi sono scordato di dirle che... Voleva annullare l'appuntamento del giorno dopo, e anche quello dei giorni successivi. Provò a telefonare a Ludmilla, ma gli ci volle un po' di tempo. Non sapeva come fare a memorizzare i numeri sul cellulare, dovette cercarlo su un foglietto che teneva nel portafoglio. Riuscì finalmente a digitare il numero, ma quella non rispondeva. Allora, operazione ancor più complessa, con grande fatica scrisse un messaggino, il più breve possibile: «Domani alle tre non posso venire, neanche il giorno dopo».

La signora Robecchetti sentì il segnale dell'SMS in arrivo sul telefono del marito, che era appena tornato e che si era chiuso in bagno, per una urgenza. La Robecchetti si affrettò a leggere il messaggino che recitava: «Domani alle tre non posso venire, neanche il giorno dopo». L'SMS proveniva da un numero sconosciuto, che comunque la signora si annotò. Ci avrebbe pensato lei, a quello stronzo. E che cos'era tutta quella fretta di andare in bagno? Porco!

Consonni raggiunse infreddolito il Go-Go-Go-Bar e ne osservò attentamente l'esterno, provvisto di due entrate con porte di vetro e di quattro vetrine opacizzate. Con circospezione solcò la porta di ingresso. A quell'ora il locale era semivuoto. L'interno era molto più caratterizzato dell'esterno: di stile moderno, a quanto poteva capirne il Consonni, era pieno di tavolini e seggioline di alluminio. Al centro troneggiava un bancone di zinco che sarà stato lungo dieci metri, sopra il quale c'erano dei ripiani sospesi, tutti pieni di bottiglie di liquore illuminate da dietro. Ma il dato saliente era che le pareti, la base del bancone, le colonne, erano tutte tappezzate di fotografie di un giocatore di calcio in azione. Amedeo si immaginò che quel giocatore ritratto in tutte le pose, mentre esultava per una marcatura, mentre si allacciava una scarpa, mentre volava in alto per colpire di testa, fosse proprio il signor Goffi. Si mise a passeggiare per il locale, come se fosse un vecchio appassionato di calcio che voleva ripercorrere alcune pagine del campionato italiano. In realtà il Consonni di calcio non si intendeva affatto, prova ne sia che non sapeva neanche chi era Ricky Goffi, ma ora che vedeva i ritratti di quel bel ragazzone capì che quella faccia l'aveva già vista. Tutte le foto erano autografate.

Gli arrivò in quel momento un messaggino. Consonni ci mise un po' ad aprire il telefonino e a leggerlo. Diceva: «Ricevuto, pezzo di merda!».

Che modi, pensò il Consonni, convinto che quella reazione di Ludmilla fosse dovuta ai mancati introiti, infatti rispose: «Non ti preoccupare per i soldi, ci mettiamo d'accordo».

Senza togliersi il cappello, con fare professionale, si avvicinò al bancone del bar, c'era un ragazzo straniero che stava sostituendo i fusti delle birre alla spina. Per giustificare la sua presenza lì il Consonni doveva pur consumare qualche cosa.

«Buonasera».

«Buonasera».

«Fa un bel freddo eh?».

«Eh... cosa prende?».

«Eh, con questo freddo mi ci vorrebbe un bel punch al mandarino. Lo avete?».

Il ragazzo lo guardò come se fosse un pazzo. No, il punch non lo avevano.

«Beh, allora una china calda?».

Senza volerlo il nostro si immedesimava un po' nella parte del vecchio commissario che frequenta i bar per annusare la situazione. Gli fu servito un bicchiere rovente, con una dose generosissima di liquore riscaldato, senza limone. Si sedette a un tavolino, proprio vicino a una foto del Goffi davanti a una macchina sportiva, sembrava una Porsche, ma quel modello il Consonni non lo conosceva. Bisognava chiederlo al De Angelis. Già, il De Angelis, chissà che cosa gli era capitato. Perché l'aveva trattato in quel modo, come se ce l'avesse con lui? Con scrupolo Consonni si annotò il numero di targa della Porsche sul piccolo taccuino, parola che invece a Milano vuol dire portafoglio.

Rimuginava sulla possibilità che il Ricky avesse portato anche Marilou nel B&B e su altre cose. Il ragazzo ogni tanto lo guardava, non rappresentava il prototipo del frequentatore di quel locale. Quando Consonni si riavvicinò al banco per pagare e gli chiese: «Ma il signor Goffi ci viene sempre qui? Il bar è suo?», lui si domandò che volesse quel tipo. Forse era solo un tifoso a caccia di un autografo.

«Sì, ogni tanto viene, ma non molto spesso. Voleva farsi una foto insieme a lui? Voleva un autografo?».

«Eh, magari... Come ha fatto a capirlo?».

«Non è mica il primo sa, però di solito sono più giovani, e sono ragazze».

«Ah... beh, verrò un'altra volta, quant'è?».

«Cinque euro».

Accidenti, cinque euro una china calda.

Insieme al portafoglio Consonni estrasse una fotografia. Era il ritratto di Marilou Kakoiannis-Sforza che gli aveva dato la Luisa, pensando che potesse essergli utile. Consonni lo pose accanto ai cinque euro. «Senta, visto che lei è così gentile, la vede questa ragazza? La conosce? L'ha mai notata qui, magari col Goffi?».

Il barista si fece immediatamente sospettoso e chiese: «Ma lei chi è, un poliziotto? Guardi che qui è tutto in regola...».

Allora Consonni fece quello che aveva visto fare nei film: tirò fuori una banconota da venti euro e la mise sullo zinco. Venti euro? Forse sono troppo pochi? si chiese.

Il barista prese i venti euro: «Certo che l'ho vista, questa è la Marilou».

«Ah, è venuta qui?».

«No, non mi pare, ma sa, qui viene tanta gente...».

«E come è che la conosce?».

«Ma lei dove vive, questa la conoscono tutti, l'ho vista in televisione... no? Non l'ha visto lo spot della... Quella ci ha un lato B che...».

Consonni sulla via di casa temette di aver buttato venti euro, ma il quadro si faceva più chiaro. Ricky Goffi aveva dormito nel B&B dal quale la foto inviata da Marilou era stata scattata, e con lui forse si trovava un'altra ragazza che poi era morta.

Ma com'è che era morta?

Per quanto in vita sua la signorina Mattei-Ferri non avesse lavorato molto, essendo che la sua pensione di invalidità per una lesione gravissima alla spina dorsale era maturata dopo soli nove anni di impiego al Catasto, la sua etica del lavoro era solida e indistruttibile.

Quindi quando si dedicava a qualche cosa, e per questo qualche cosa godeva anche di un emolumento, non si risparmiava, anche se ciò in parte la distraeva dagli avvenimenti nella casa di ringhiera. Nella maggior parte dei casi questi avvenimenti erano privi di interesse, ma se lei non li veniva a conoscere, in che modo stabilirlo? Così si dovette comportare come una sorta di camaleonte che ha gli occhi snodabili e indipendenti: con un occhio studiava i materiali a sua disposizione sulla Kakoiannis-Sforza e sul Ricky Goffi, con l'altro sorvegliava la situazione della casa di ringhiera dalla sua finestra-osservatorio.

Ciò che la intrigava particolarmente era il comportamento del Consonni. Perché prima le chiedeva informazioni sulla Kakoiannis-Sforza e poi su Ricky Goffi? In quali giri si era infilato?

Per cui, nel suo sforzo di concentrazione, era obbligata a privilegiare lo sguardo dell'occhio sul gossip, rispetto a quello dell'altro occhio che ruotava come un faro sul condominio, Consonni compreso.

Si era messa subito al lavoro sull'ex calciatore, il re della bella vita milanese, ormai da vent'anni sulla breccia del pettegolezzo.

Consultò la sua biblioteca. L'aspetto favorevole delle riviste di settore è che per capire di chi si parlerà basta guardare la copertina, e in molti numeri di «Chi», «Eva 3000», «Gente» eccetera troneggiava proprio Ricky Go-Go-Go, nella maggior parte delle occasioni a torso nudo, affiancato da una femmina prosperosa e sfacciata. Di materiale ce n'era in abbondanza, lo dispose sul tavolo di cucina, e presto fu in grado di pervenire a un quadro riassuntivo.

Chi non conosceva Ricky Goffi, detto Go-Go-Go? Si dice che quel soprannome fosse dovuto non alle sue abilità calcistiche, ma a prestazioni di altro tipo. Quarantenne, aveva smesso di giocare da qualche anno, ma questo non aveva portato a una rarefazione delle sue frequentazioni nel gran mondo: perlopiù le sue presenze nell'enciclopedia del gossip erano motivate dai suoi continui cambiamenti di partner. Sempre belle ragazze, starlette televisive, presentatrici, veline. Non vale la pena qui elencarne i nomi. Il modello era sempre lo stesso: 1) La nuova fiamma segreta X di Ricky, con foto all'infrarosso dei due che si sbaciucchiano in un ristorante. 2) Ricky e X non si nascondono più: foto in atteggiamenti intimi in una qualche località balneare meglio se all'estero. 3) X aspetta un bambino da Ricky? 4) Ricky e X: a quando le nozze? 5) Burrasca fra X e Ricky. 6) La nuova fiamma di Ricky; e così via.

Insomma la sua vita era quella di un vero playboy. Numerose giovani donne del popolo dichiaravano di avere avuto un figlio da lui.

La Mattei-Ferri non sapeva se credere a quello che tanti dicevano: che molte se non tutte quelle relazioni erano preparate a tavolino, e che il Ricky, per prestarsi a questo tourbillon, si faceva dare dei soldi. Secondo la signorina erano solo malignità degli invidiosi. E in effetti nella vita del Goffi qualcosa da invidiare c'era.

Sempre presente nella Milano che conta, frequentava i nomi più noti della televisione, della politica, della moda: si dice fosse anche molto amico di Lapo e di gente come quella. Non c'era festa, per esclusiva che fosse, dove lui mancasse. Droga? I soliti malmostosi della stampa di sinistra avevano dato molto rilievo alla notizia che il Goffi fosse coinvolto in un affare di cocaina. Ma il Goffi di queste campagne non pareva curarsene molto, anzi, per lui era solo pubblicità in più.

Era stato anche coinvolto in una questione di scommesse calcistiche clandestine, il solito accanimento della Magistratura, ma degli esiti dell'indagine della Procura le riviste in possesso della Mattei-Ferri non parlavano. Peraltro lei sapeva che, oltre alla faccenda del calcio scommesse, il Goffi aveva sofferto di una crisi finanziaria, perché aveva avviato varie attività che però erano finite piuttosto male, fra cui la produzione di una linea di occhiali da sole, la Go-Go-Glasses, ovvero la GGG.

Si diceva che per una comparsata nelle serate nei locali in provincia chiedesse 10.000 euro, 20.000 per mettersi in costume da bagno. Mah, chissà se era vero.

Ma la notizia bomba più recente sulla tumultuosa vita del Ricky era che aveva messo la testa a posto. Si trattava delle sue future nozze. Nel mondo del gossip gli annunci di nozze sono molto frequenti, ma spesso poi si dimostrano un flop, un nulla di fatto. E il Goffi era stato sul punto di sposarsi molte volte, ma tutto si era sempre risolto in una bolla di sapone. A questo giro però la faccenda sembrava diversa, perché la promessa sposa non era la solita velina e «presentatrice tv» ecc. ma una donna molto potente e straordinariamente ricca: Olga Cislaghi. Una bellissima donna, più grande di qualche anno del Ricky; quanti anni di preciso non si sapeva perché l'età della Cislaghi era ignota. Sembrava una splendida quarantenne ma la Mattei-Ferri era sicura che avesse superato i cinquanta. Anche la Olga era un personaggio noto nel gran mondo. Rimasta vedova molto giovane del ricchissimo signor Cislaghi, negli ultimi ruggenti anni ne aveva fatte di tutte anche lei, per esempio aveva avuto una relazione da prima pagina con un giovane cantante.

Di lei si diceva che fosse una spietata imprenditrice e anche che avesse a che fare con le mafie balcaniche, quelle ucraine e altre ancora, con le quali aveva degli interessi in comune in tutta Europa. E anni prima aveva avuto le sue belle grane, indagini, processi eccetera perché in alcuni camion delle sue ditte avevano trovato molta droga. Naturalmente col fior fiore di avvocati che aveva era riuscita a venirne fuori, lei sosteneva che quella droga lì ce l'aveva messa qualcun altro, per danneggiarla...

Ma adesso, era ufficiale, erano prossime le nozze col Goffi, conosciuto sul panfilo della Cislaghi stessa in Costa Smeralda.

Amore a prima vista? Purtroppo la Mattei-Ferri non aveva documenti sufficienti su quella fase amorosa, le mancavano alcuni numeri. Ma in un articolo di sei pagine abbastanza recente, ricco di fotografie della coppia in atteggiamenti teneri e volitivi, si annunciava la data delle nozze, proprio la prossima domenica, vale a dire nel giro di cinque giorni.

Come non pensare che anche queste nozze sarebbero saltate con quella testa matta del Goffi? Beh, questa volta pareva proprio che non potesse accadere, anche perché si vociferava di un contratto. A quanto pareva la Cislaghi aveva fatto firmare un contratto prematrimoniale molto accurato: se il matrimonio non fosse andato in porto per responsabilità ascrivibili a Ricky, quest'ultimo si sarebbe trovato a pagare una penale gigantesca... Ma c'era di più: la Olga aveva spergiurato che con il Goffi voleva avere un figlio, ad ogni costo, lei che probabilmente aveva più di cinquant'anni e che di figli non ne aveva partorito alcuno. Si sapeva peraltro che con i suoi tre figliastri, figli di primo letto del Cislaghi, non andava molto d'accordo.

E così Go-Go-Go aveva attaccato la sua divisa di playboy al chiodo? I diritti fotografici della cerimonia di nozze, che si sarebbero celebrate a Civate, in provincia di Lecco, erano stati venduti in esclusiva a una rivista specializzata. Quelli della festa, che si sarebbe tenuta nella faraonica villa della Cislaghi a Lugano, a una rivista concorrente.

Antonio ci aveva pensato durante tutto il corso della giornata lavorativa: oggi i calcinacci dove li vado a buttare?

Alla fine gli venne un'idea, c'era sempre il sottosuolo disabitato, quello della cella frigorifera negli scantinati della casa di ringhiera, che lui conosceva bene, e che a quanto gli risultava di calcinacci e residui vari era già pieno. E a quanto ne sapeva lui non c'era nessuna legge che proibisse di scaricare materiale edile in uno scantinato abbandonato e mezzo cadente.

Un po' timoroso si avventurò col primo sacco oltre il portoncino verde, aiutandosi con una torcia elettrica che teneva in bocca ripercorse la rampa di scale che conduceva in basso, e ritrovò quell'ambiente a lui ben noto. Non era cambiato nulla, e di calcinacci e mattoni rotti ce n'erano in abbondanza. Chi avrebbe potuto dimostrare che quelli che ci lasciava lui non appartenevano ai muri cascanti?

Era un ambiente lugubre, pieno di immondizie, di bottiglie di plastica, di scatolette di latta aperte, di taniche sfondate, di ogni schifezza. Materassi sventrati, resti di vecchi escrementi, barattoli di olio meccanico e di yogurt, vecchie bombole del gas. Antonio stava attento a come si muoveva perché rischiava di farsi cadere qualcosa addosso, reti metalliche arrugginite, scatole di cartone marcio.

E poi in quel posto si sentivano sempre strani rumori, sembrava che ci fosse qualcuno, qualcuno che respirava affannosamente.

Scaricò il primo sacco, e a seguire ne portò altri nella ex cella frigo abbandonata. Una bella faticata, visto che l'appartamento cosiddetto del professore era al secondo piano, e la cella frigo nel sottosuolo.

Anche adesso gli sembrava di sentire un respiro: lui lo sapeva, a produrre quel rumore era un minuscolo aeratore da finestra, di quelli rotondi con dentro un'elica che gira, bastava che ci passasse un filo d'aria e sembrava che qualcuno, un forte fumatore, esalasse l'ultimo rantolo.

Mentre stava scaricando gli ultimi due sacchetti, l'aeratore fece più rumore del solito e disse: «Ciao, Antonio».

Antonio con la pila in bocca cercava di capire da dove venisse questa voce, ma rovesciando i materiali aveva sollevato un gran polverone nella cella, e adesso il raggio di luce produceva gli stessi effetti di un faro abbagliante nel nebbione: non si vedeva niente.

«Chi sei, che cazzo vuoi?».

«Io amico, tu non mi riconosce?».

Antonio riuscì a puntare la torcia verso l'angolo dal quale proveniva la voce. Era Adrem.

«Ah, e tu che ci fai qui?».

«Eh, tu deve dire me, cosa fa tu qui».

«Ma non lo vedi? Sto al lavoro».

«Anch'io sto al lavoro, perché venuto a parlare con te».

«Adesso? Adesso non posso, devo andare su a mettere in ordine il cantierino, ci vediamo in un altro momento».

Antonio si incamminò verso le scale e Adrem lo seguì.

«Non così trattare amici. Non preoccupare se hai da fare, Adrem accompagna a cantiere, tu fai e Adrem parla».

Nell'appartamento 22 Adrem controllò lo stato terribilmente sporco dei suoi stivaletti a punta e si accese una sigaretta. Cercò di dare una spolverata anche al suo consunto doppiopetto rigato. Dette una lustrata ai suoi anelli, dal medio al mignolo, sfregandoli sulla tasca della giacca.

Antonio riordinava gli attrezzi e ripuliva cazzuole e secchi per il giorno dopo. Non la vedeva bene. Adrem era una persona che non incontrava volentieri, legata ad un periodo della sua vita che pur essendo recente gli sembrava lontanissimo.

«E allora Antonio ha cantiere tutto per sé e anche appartamento dove dormire. Cose girano bene, eh?».

Antonio continuava a sistemare il cantiere, spazzando con la scopa di saggina, come gli avevano insegnato a fare una volta.

«Insomma, ho trovato questo lavoretto...».

«Ah, ultima volta tu sognavi. Tu nascondevi, Adrem ricorda bene, e tu molta paura. Per via di sciura... più morta che viva, anzi, morta propi ben, e tu paura».

«Eh, beh, no, tu la sapessi tutta, è che mi sbagliavo, è che le cose non sono andate come ti ho raccontato a te, ma adesso, devo andare... devo...».

Adrem si mise a sedere su un sacco di cemento. «Tu non prendi per il culo Adrem. Adrem sa tutto di te e anche aiutato quando avevi bisogno...».

Antonio ripensò a quello che era successo un mese prima, quando aveva parlato con questo Adrem, uno che si diceva ti potesse aiutare se avevi urgente bisogno di lasciare il paese. Lui aveva raccontato tutto ad Adrem: era veramente nei pasticci e lo stavano cercando, per la storia di quel maledettissimo pomeriggio in cui era stato un po' violento con la moglie Erika, e se lo avessero trovato per lui era finita. E in questa situazione non aveva in tasca neanche un centesimo. Adrem non si sa se a tutte queste cose ci avesse creduto: soprattutto all'ultima. Ma si chiedeva com'era che uno che doveva stare alla macchia per l'omicidio di una donna, e che non aveva neanche un euro, adesso se ne fosse tornato tranquillo a casa, a piede libero, avesse un lavoro, e a quanto ne sapeva lui una relazione privilegiata con una certa signora Angela Mattioli, sulla quale peraltro aveva preso le sue informazioni.

Adrem in questa situazione anomala intravedeva terreno fertile per lavorare un po', e ricavarne una cifra interessante.

«Come finita con donna? Cum'è che tutto cambiato in pochi giorni? E non dire balle perché Adrem sa, e quello che non sa lo sa presto».

Antonio cercò di cambiare discorso.

«Adesso devo andare, devo passare in negozio a prendere delle punte per il trapano, devo correre, ci vediamo in un altro momento, ti racconterò».

Adrem si accese una sigaretta: «Tu non dire balle ad Adrem. Adrem pazienza, ma non tanta pazienza, Adrem sa fare che persona come te finisce in guai più brutti. Tu non prendi per il culo Adrem. E Adrem vede che qui c'è il danèe. E quando c'è il danèe una parte è per Adrem. D'accordo?».

«Sì, sì che siamo d'accordo, ma adesso devo andare».

«Okkey Antonio. Tu pensa bene. Signora Angela Mattioli per noi è super milionario. Tu crede?».

Antonio si era già infilato nel suo microappartamento. Adrem con calma si allontanò, camminando sul ballatoio, si affacciò sulla corte. Dall'appartamento numero 2, quello che lui sapeva appartenere alla benefattrice di Antonio, si stava affacciando una ragazza. E che ragazza, un grandissimo pezzo di figa. E chi sarà stata quella bella ragazza? In che grado di amicizia o di parentela era con la ex professoressa Angela Mattioli? Adrem lo avrebbe saputo la sera stessa e la cosa gli sarebbe parsa molto interessante.

Alle cinque e mezza del pomeriggio si era fatto buio e il signor Claudio aveva già esaurito tutte le riserve alcoliche del Consonni, ma non la sua sete. Doveva assolutamente uscire per andare a comprare un po' da bere: la faccenda era che si vergognava di fronte a Consonni, nel caso si fosse accorto che le bottiglie nella vetrinetta erano tutte vuote, quindi voleva sostituirle, ricomprandone di analoghe. Però non è che poteva rimpiazzare delle bottiglie semivuote con altre piene, il Consonni se ne sarebbe accorto lo stesso. Beh, una soluzione si sarebbe pur trovata.

Il problema più serio però era che non poteva farsi vedere da sua moglie e dai suoi figli, ma l'urgenza era tale che Claudio aguzzò l'ingegno e indossò un impermeabile del Consonni, insieme a una sua sciarpa e a un suo cappello.

Così mascherato, con la sciarpa che gli copriva il volto fino al naso, si decise a uscire.

La signorina Mattei-Ferri lo vide e si confuse: ma non era già uscito alle tre? Che sia rientrato senza che io me ne accorgessi? Oppure non era uscito affatto? Ma ne sono certa, per Bacco. Sto perdendo colpi.

Su un foglietto appuntò: ore 17.45, Consonni esce.

Dopo un quarto d'ora Claudio era di ritorno, con due sacchetti di plastica contenenti due bottiglie l'uno. Per fortuna la corte della casa di ringhiera era poco illuminata. Donatella era lì da basso, stava scaricando altri bagagli dalla sua macchina e salutò il Consonni: «Buonasera Amedeo». Claudio fece un cenno con la mano e si infilò velocemente nel vano scale. Donatella si stupì della poca cortesia del signor Consonni, che di solito era un tipo molto gentile. E poi, l'ultima volta le aveva raccontato tutte quelle storie...

Comunque la Mattei-Ferri siglò: ore 18.02, Consonni rientra.

Erano le sei meno dieci quando Angela, vestita di tutto punto, con un tailleur marrone di tweed e un foulard di Gucci al collo, varcò la soglia della SR38, gli uffici all'interno dei quali si sarebbe decisa la sua sorte. Raggiunse la stanza indicata e bussò. Le aprì una segretaria che senza che Angela le dicesse niente la accolse con un «Buonasera dottoressa Mattioli, si accomodi un secondo qui, il direttore arriva subito».

L'anticamera durò pochissimo, e ti credo, con tutti quei soldi in gioco. La accompagnarono nell'ampio ufficio, strapieno di libri. Ma perché l'avevano fatta andare lì? Si aspettava da un momento all'altro di veder saltar fuori il diretto interessato, magari anche sua moglie, che di tutta la faccenda era la maggiore responsabile.

Sulla scrivania, lo riconobbe subito, c'era il suo manoscritto. Dall'altra parte della scrivania invece non c'era Reperti, bensì un signore sui sessanta, con i capelli bianchi e gli occhiali d'oro, si presentò educatamente come Giuseppe Ruotolo.

«Signora, è con vero piacere che le stringo la mano» gliela strinse, «a fatica ma l'abbiamo trovata... E non ci sono dubbi che lei è l'autrice di questo manoscritto, no?».

Angela afferrò il manoscritto e lo strinse a sé.

«Lo avete letto? Tutto? E dove l'avete trovato?».

«Dove l'abbiamo trovato? Eh, questa è una storia interessante e non propriamente ortodossa. Ma al momento non mi pare più tanto importante. Non capita spesso che sia l'editore a cercare lo scrittore. No, noi il suo manoscritto lo vogliamo pubblicare, e anche presto! Non è contenta? Che cosa si aspettava che l'avessimo chiamata a fare?».

«Ma io... pubblicarlo? Per fare cosa, per rovinarmi?».

«Rovinarla? Ma perché dice così? Noi la facciamo ricca, sa?».

«Ma quante persone hanno letto questo manoscritto?».

«Mah, guardi, la stessa domanda stavo per fargliela io. A quante case editrici lo ha inviato? Non è che ha già preso accordi con la concorrenza? Sappia che la nostra casa editrice ha una politica di particolare riguardo per i suoi autori, gli anticipi che proponiamo noi gli altri editori se li sognano. Inoltre noi pensiamo di proporle un contratto per una trilogia, ormai questa è la formula, ci dovrebbe scrivere altri due romanzi dello stesso genere e con la stessa protagonista... Comunque può starne certa, l'abbiamo letto solo in quattro, colui che l'ha trovato per caso, il mio più stretto collaboratore, il dottor Mecca, l'editor Zanconi che se ne occuperà, e io. E ce ne guardiamo bene dal farlo leggere ad altri. Anzi, le chiederemmo... la massima riservatezza...».

Angela era confusa, ma sicura che si trattasse di una trappola. Trilogia? Ma di che parlava quel dottor Ruotolo?

«Senta, io non so chi sia lei, ma so perché mi avete chiamata qui, e sono pronta a rimediare a quello che ho fatto. So che l'ammontare in questione non è uno scherzo, ma io sono disposta, affinché questo testo torni nelle mie mani, a pagare una grossa cifra, e a pagarne una ancora più alta perché nessuno, dico nessuno, lo possa più leggere. Io credo di capire che cosa intende lei: rendere pubblica questa mia storia. Quindi mi state semplicemente ricattando. Ma io sono pronta a pagare, a pagare l'intera cifra».

«Ricattando? Noi? Sì, capisco quello che lei intende dire, il modo in cui siamo entrati in possesso del manoscritto potrebbe essere considerato poco corretto, ma in fondo non abbiamo rubato niente, è come se l'avessimo trovato nell'immondizia, anzi, veramente, l'abbiamo trovato proprio nell'immondizia. Lei ha già un accordo con altri? È questo che mi vuole dire? E chi sono? Quanto le hanno offerto? Moltiplichi per due ed otterrà quanto le offriamo noi...».

«Ma io non posso permettere che questa storia venga pubblicata... è la storia del... è una stupidaggine... solo un prodotto della mia fantasia... ma mi vergognerei moltissimo, non l'ho scritta perché venisse pubblicata. Anzi, se mi restituisce il manoscritto io posso pagare bene perché non se ne sappia niente in giro, le assicuro che posso pagare molto».

Il direttore era esterrefatto. Si alzò dalla poltrona girevole e cominciò ad andare avanti e indietro per la stanza, grattandosi la testa.

«Guardi signora, non esagero se le dico che una situazione del genere non mi è proprio mai capitata. Riceviamo decine di manoscritti al giorno e uno su mille attrae la nostra attenzione, ancora meno vengono pubblicati, soprattutto se si tratta di esordienti. Molti sarebbero disposti a pagare fior di soldi perché il loro testo fosse pubblicato da noi, che notoriamente *non* siamo una casa editrice a pagamento, e lei mi dice che pagherebbe perché noi non lo pubblicassimo. Il suo modo di condurre le trattative è veramente spinto, sa? ... È che ci piace la sua storia. La sua fiction rientra in un settore che vogliamo implementare, e il suo romanzo è proprio quello che cerchiamo. A partire da un fatto di cronaca esso sviluppa una trama giallo-rosa piena di riferimenti parodistici e di stereotipi magistralmente governati, con un forte potenziale di autoimmedesimazione critica, sempre sul filo dell'ironia e anche della passione... È che noi pensiamo che in futuro il rosa-avventuroso con punte di erotismo spinto sfonderà: sarà sdoganato, non sarà più roba da collane specializzate da edicola, noi lo pubblichiamo in cartonato, e non lo facciamo pagare 4 euro, ma 19 o 20. E lei mi vuol dire che non l'ha scritto per pubblicarlo? E poi perché mi dice che sono solo fantasie, certo che lo sono, è fiction. Ma non mi venga a dire che si vergognerebbe a pubblicarlo... Guardi che se sta già iniziando la contrattazione mi pare un po' presto...».

«Glielo assicuro, e le ripeto che non desidero assolutamente che questo testo venga pubblicato, se lo ha letto si può anche immaginare il perché... le ripeto, io posso risarcirvi. Ma i riferimenti alla realtà, al rapimento Reperti, sono tutti immaginari, le garantisco... e soprattutto il finale... veda, non avendolo scritto perché lo leggesse qualcuno, ci ho messo dei personaggi veri... perché io... e il finale poi».

Ruotolo cominciò a capire che quella signora recitava la parte della donna smarrita e priva di senno, ma non era affatto una sprovveduta.

«... Ecco, il finale, questo è un bell'enigma. Purtroppo la copia del manoscritto che è casualmente venuta sotto i nostri occhi è incompleta, manca il finale, di conoscere il quale siamo molto curiosi. Veda, se un romanzo è capace di condurti all'esigenza di conoscere il finale vuol dire che è riuscito. Se lei lo ha fatto di proposito a non metterci il finale, cosa che credo, devo dire che la trovata è veramente geniale... perché siamo rimasti tutti con una forte curiosità. Che ne sarà della protagonista, rincontrerà Daniele, si troverà di fronte anche Alberto? Chi ha ingannato chi? Veda, lei sa senz'altro meglio di me che il romanzo rosa, anche quello avventuroso, ha delle regole, e che dopo l'allontanamento ci vuole il riavvicinamento. L'eroina si riavvicinerà ad Alberto? Io penso di sì, magari all'aeroporto stesso, ci sarà un disvelamento, si scoprirà che Alberto non è cattivo, ed è innamorato di lei, non la vuole perdere, a costo di rivelarle qual è il suo ruolo. L'amante giovane, no, quello non è affidabile... ci sarà un incontro anche con lui, ma l'atteggiamento della professoressa è quasi materno, nei suoi confronti, quasi incestuoso il suo rapporto e anzi, su questo aspetto svelerei di più, espliciterei maggiormente l'idea, che ne so, in termini di riflessioni della protagonista, che vive un conflitto fra amore e atteggiamento materno...».

Ruotolo aveva davanti a sé un paio di fogli dattiloscritti nei quali c'era la cosiddetta sinossi del *Segreto*, strumento assai utilizzato nelle case editrici e che non è altro che il riassunto del romanzo.*

O questo è matto o questo è perfido, pensava Angela. Ma che mi sta dicendo? Come può pensare che io

* Vedi Appendice.

adesso stia a questo gioco imbecille? Perché non parla chiaro, invece di blaterare sulla pubblicazione del manoscritto? Ma quello continuava.

«Il finale, il finale a questo punto ce lo deve far leggere».

Angela rimase per un po' in silenzio, attonita.

«Vorrei essere sicura che il manoscritto è stato letto solo da voi... e poi... in che senso manca il finale; io il finale l'ho scritto eccome... mi state prendendo in giro dicendo che manca il finale? Non sembra abbastanza un finale?».

Il direttore mostrò ad Angela il suo manoscritto, si fermava a pagina 199.

Angela non ci credeva, pensava che il capitolo finale, che era quello che disvelava la Verità, fosse stato messo da parte apposta, per ricattarla: magari in quel momento si trovava sotto chiave presso un notaio. Ma quello non si fermava.

«Sulla sua identità non si faccia dei problemi: noi, per il momento non vogliamo che si sappia chi è l'autrice. Lo pubblicheremo con un nome di fantasia, diremo che il manoscritto ci è arrivato in modo anonimo, avevamo anche pensato di raccontare che l'abbiamo trovato nel modo in cui l'abbiamo trovato... cioè del tutto casuale... e che non sappiamo, come non sapevamo, chi fosse l'autrice. Però questo trucchetto funziona solo con un romanzo, e invece noi abbiamo bisogno di pubblicarne molti. Allora avremmo deciso di sostenere che questi manoscritti ci arrivano in maniera anonima da un'autrice misteriosa – non sappiamo nemmeno se sia maschio o femmina – ma lo pseudonimo deve far pensare a una donna. In più, sempre che lei sia d'accordo, vorremmo specificare che i diritti d'autore non sappiamo a chi pagarli, e che per volontà dell'autrice misteriosa vengono devoluti in beneficenza. Non lo trova interessante? Nessuno saprà chi è l'autore, almeno fino a quando lei deciderà di uscire allo scoperto. Su quello bisogna lavorare: l'idea di una ex professoressa non è molto accattivante, ma ci inventeremo qualcosa. Che ne pensa?».

Angela cosa pensare proprio non lo sapeva. E se per puro caso fosse stato vero che quello lì era un editore e che voleva pubblicare il suo romanzo? E se fosse stato vero che nella copia del manoscritto mancavano le ultime pagine, quelle decisive, che la mettevano a rischio della vita?

«Professoressa Mattioli, nella speranza di non aver invaso troppo la sua privacy, ma comunque convinti che se lei ha prodotto una simile opera è per darla alle stampe, le proponiamo un incontro con i nostri uffici Contratti, per un rapido avvio dell'iter amministrativo ed editoriale. Le proponiamo un accordo, che speriamo di finalizzare al più presto in un contratto, sulla base di un anticipo di 50.000 (cinquantamila) euro, trattamento che di solito riserviamo ad autori affermati, ma che secondo noi la sua opera merita, e speriamo che ce ne siano anche altre. Io per il momento la pregherei di mantenere una assoluta riservatezza sulla nostra proposta. Non le chiedo di dirmi un sì in questo momento. Ma domani, ecco, ci aspettiamo che questo sì possa arrivare. Ecco qua, le do la bozza del contratto. E non ci dormo la notte a pensare al finale del suo romanzo».

Angela sentì che le montava una caldana, che a Milano si chiama scalmana, cominciò a sudare e diventò tutta rossa.

«C'è qualcosa che non va? Tutto bene?».

Tutto bene? Qualcosa che non va? Ma che cazzo dice questo.

Angela tornò a casa a dir poco destabilizzata. Ma possibile che fosse vero? Tramite Google si informò su chi fosse il signor Ruotolo: era veramente il direttore della casa editrice più importante d'Italia. C'erano anche delle fotografie: era proprio lui.

Consonni fece ritorno nella casa di ringhiera dopo la sua visita al Go-Go-Go-Bar. Tremava di freddo e non vedeva l'ora di godersi il calduccio.

La Mattei-Ferri registrò come al solito l'ingresso: ore 19.13, Consonni rientra. Eh no, qui c'è qualche cosa che non va! Ma come è possibile, e per giunta prima mi sembrava vestito diversamente! E adesso che faceva? Una volta ancora andava a bussare alla porta della Mattioli.

Consonni non voleva demordere. Chissà se l'Angela ha letto la mia lettera. Chissà se questa volta mi aprirà?

Come per magia la porta si aprì. Oddio Signore, che la lettera avesse sortito qualche effetto? Erano giorni e giorni che l'Angela si rifiutava anche di scambiare una parola con lui.

Tuttavia le speranze di Consonni si infransero, perché ad aprirgli era stata Giulia: «Buonasera Consonni».

Dopo un istante di smarrimento l'Amedeo ritrovò le buone maniere.

«Ah, Giulia, che piacere vederti, non sapevo che eri arrivata. Come vanno gli studi?».

Accidenti che bella ragazza si era fatta la Giulia. Anzi, per meglio dire era una bella donna. Non era più una ragazza. Aveva una valigia in mano, sembrava sul punto di uscire.

«La mamma non è ancora tornata. E lei come sta signor Consonni, lo sa che sembra il commissario Maigret? In Belgio farebbe il suo figurone, lì è un'istituzione...».

«Beh, se è per quello anche qua, ma la mamma non ti ha detto niente?».

«Eh, sì, qualcosa mi ha detto... mi dispiace...».

«Ah...».

«Ma vedrà, vedrà che alla fine tutto si sistema...».

«Eh...».

Uno di fronte all'altra non sapevano più che dire.

«Beh, signor Consonni, la saluto. Provi a ripassare più tardi, io me ne sto andando. Ah, però, aspetti. Qualcuno ha lasciato per lei dei dolci, siccome lei non c'era li hanno dati a noi... ecco qua... e arrivederci».

Consegnò i cannoli di Carmela a Consonni e chiuse la porta. Lui ne rimase sorpreso. Dei dolci? Per me? Che fosse una complessa strategia dell'Angela, tendente alla riconciliazione? Ma come, ma perché?

Consonni rientrò nel suo appartamento, dopo poco comparve il Giorgi. Questa volta non si era dato da fare in cucina, come se si aspettasse che fosse il Consonni a portare la cena. Ma neanche Amedeo aveva voglia di cucinare: decisero di ordinare due pizze al Pizza carry. «Pago io, mi raccomando». «Ma si figuri, non se ne parla proprio».

Consumarono una Napoli e una Calabra, innaffiate da due birre che peraltro bevve entrambe il Claudio. Poi, visto che erano lì, si mangiarono un cannolo siciliano a testa.

«Signor Claudio, vuole un po' di passito, dovrei averne ancora».

«Oh, no, grazie...» rispose il Giorgi, nel suo intimo terrorizzato. Si era scolata anche la rimanenza della bottiglia di passito, e quella non l'aveva rimpiazzata. Cambiò decisamente discorso e venne al punto: la ragazza morta. Era andato avanti con le ricerche. In effetti il caso era poco chiaro: era stata ritrovata in un fosso, vicino a una strada provinciale nel Comasco, deceduta da alcune ore. Non aveva segni di traumi esterni evidenti, quelli tipici di chi viene investito sulle strade, escoriazioni, fratture. Però, apparentemente era morta per un problema delle vie aeree, come se una forte compressione le avesse impedito il respiro. La sua morte più che a una forte lesione da trauma, cioè a un incidente stradale nel quale il pirata se l'era data a gambe, sembrava dovuta ad altri motivi. Un soffocamento, le cui cause però non erano chiare.

Di notizie non ce n'erano altre, a onor del vero. Anche i genitori, dopo l'autopsia, avevano deciso di ritirare la denuncia, non ne volevano più sapere.

Consonni era turbato. A parte il fatto che a lui di solito per raccogliere notizie di questo genere ci volevano giorni, perché il suo archivio era fatto solo di pezzi di giornale, mentre il Claudio, col suo computer, ci aveva impiegato poco tempo, si faceva un sacco di domande. In che data la ragazza aveva passato una notte nel B&B con Goffi, e in che giorno era morta? Si informò presso il Giorgi. La ragazza era stata trovata il giorno seguente a quello in cui il Goffi aveva passato una notte con lei al B&B. Questa era grossa. E adesso chi glielo diceva alla Kakoiannis-Sforza? E la polizia?

Rassettata la cucina Consonni si decise a fare quello che doveva fare, cosa che gli pesava abbastanza. Telefonare alla sua «cliente». Quello che aveva da dirle, messo tutto insieme, non sarebbe stato per lei molto incoraggiante. Per quanto fosse un membro del gran mondo era sempre una madre.

«Signora Kakoiannis, ci sono delle novità».

«Non mi faccia stare sulle spine, ha trovato mia figlia?».

«No signora, sua figlia no, però ho trovato il posto».

«Il posto, quale posto?».

«Quello da dove sua figlia, o qualcun altro con il suo telefonino, le ha mandato quella foto».

«E dov'è? Ha trovato degli indizi?».

«Beh, per la verità qualcosa ho trovato».

«E di che si tratta? Che aspetta a dirmelo?».

«Signora, per telefono non vorrei fare nomi, e poi sono tutti da verificare, ma tracce di sua figlia, no, non ne ho trovate, però... lei conosce un tal Ricky Goffi?».

«Ricky? Ma certo che lo conosco, lo conoscono tutti a Milano».

«Ma a quanto le risulta il Goffi conosce sua figlia? Si sono mai incontrati?».

«Certamente, anche l'estate scorsa, abbiamo fatto qualche giorno di vacanza insieme... ma cosa vuol dire, che c'è di mezzo Ricky?».

«Non lo so signora Kakoiannis-Sforza, devo verificare alcune cose, ma se mi dà ancora un giorno... io vado avanti per la mia strada...».

«Vuol dire che Marilou è dal Ricky? Oh, questa poi...».

«No signora, non l'ho detto, ma il nome è venuto fuori... però prima di affrettare conclusioni vorrei...».

Consonni non fece menzione della ragazza morta, non voleva inquietare la signora più del dovuto. E poi forse sua figlia Marilou aveva, o stava avendo una avventura sentimentale con l'ex calciatore sciupafemmine e non voleva che si sapesse in giro. Ma anche il Consonni ormai aveva capito che in quel mondo le relazioni sentimentali senza che nessuno lo sappia in giro non hanno senso. E allora che cosa era successo?

Mah, si sarebbe visto, per la mattina successiva aveva comunque un programma preciso.

Era molto stanco. Indossò il suo pigiamino a righe,

bianche, rosse e celesti, e dette la buonanotte al Giorgi da fuori della porta della cameretta.

Proprio un minuto dopo che si era coricato, immerso nelle sue riflessioni, suonò il campanello. Oddio, e chi era? La moglie del Giorgi che aveva scoperto che quello si nascondeva lì? Oppure il De Angelis, che voleva spiegargli che cosa aveva contro di lui? O la Mattei-Ferri che aveva fatto scoperte importanti su Ricky Goffi? O la Kakoiannis-Sforza stessa? Quella lì era una imprevedibile e per lei le dieci e mezza di sera era l'ora per uscire di casa.

No, nessuno di questi... era Angela. Angela... alla sua porta...

«Angela... tu qui... finalmente...» fece inebetito il Consonni, nel suo pigiama a righe. «Angela... non sai come tu mi renda felice... Angela... entra...».

Angela era un po' accigliata e contemporaneamente un po' impacciata, il che è difficile a immaginarsi ma così pareva. Notò che anche il Consonni era imbarazzato, e che si guardava intorno, soprattutto nella direzione della cameretta, la stanza dove di solito dormiva l'Enrico. Lì c'era la luce accesa. Consonni aveva ospiti? Mah...

«Non sono qui per parlare con te. Non ne ho nessuna intenzione. Sono qui, invece, per un motivo serio, e quindi concentrati».

«Un motivo serio? Angela... e perché, quello che c'era fra di noi non era una cosa seria?».

«Lascia perdere queste frasi sdolcinate, e cerca di rispondere alla domanda che sto per farti. Pronto?».

«Oddio, sì, Angela, sono pronto».

«Ecco, quando hai letto il mio manoscritto, prima di perderlo, era tutto insieme?».

«Ma sì, Angela, mi pare proprio di sì».

«Non ne mancava un pezzo? Per la precisione la parte finale?».

«No Angela, mi pare di no... perché?».

«Prova a fare mente locale: dov'eri quando hai letto l'ultimo capitolo?».

Consonni se lo ricordava benissimo, era al gabinetto, ma non gli faceva piacere raccontarlo ad Angela.

«Prova a pensarci bene». Amedeo ci aveva già pensato.

«Aspetta un attimo, forse...».

Consonni andò in bagno e controllò nella piccola libreria che lì si trovava, piena di «Settimana Enigmistica», «Topolino» e altre letture consone. Dietro le riviste era scivolata una piccola pila di fogli. La raccolse e la portò ad Angela:

«È questo quello di cui parli?».

Sulla prima pagina, che era la numero 200, c'era scritto un titolo: «Trionfo sulla vita». Angela lo afferrò e quasi lo triturò con le mani.

«Allora è vero Amedeo, allora è vero! Non sanno un cazzo! Non sanno un cazzo di niente!».

Lo avrebbe abbracciato, se non fosse stato per quella zozzona che aveva portato i cannoli.

«Buonanotte Amedeo! Buonanotte!».

Mercoledì 13 gennaio

Lui è tornato, il carnefice, e canterella fra sé e sé «Oggi che magnifica giornata, che giornata di felicità». Come stai bambina mia? Oggi il tuo Ivan ti preparerà qualcosa di speciale. Marilou sta cercando di recidere la cinghia che la tiene legata.

Per Consonni la nuova giornata si presentava con un compito preciso e qualche spiraglio di speranza. La visita notturna di Angela, che il ritrovamento del capitolo finale del libro aveva reso visibilmente sollevata e soddisfatta, lo aveva sorpreso, tuttavia non poté non farsi un po' più ottimista, per quanto riguardava i suoi orizzonti sentimentali. Inoltre riflettendo, quando era ancora buio, si rendeva conto che almeno quello che gli era stato chiesto dalla Kakoiannis-Sforza lui l'aveva eseguito, ciò era indubitabile. E oggi il suo proposito era quello di andare a buttare un occhio, tanto per completezza, a quel misterioso indirizzo della residenza del Goffi, che probabilmente era falso. A questo proposito si domandava se la Mattei-Ferri avesse qualche primizia da comunicargli, ma non c'era tempo, ci avrebbe parlato dopo. Così di buon'ora andò alla Stazione Cadorna, per prendere un treno per Como. Da lì, non sapeva bene neanche lui come, avrebbe raggiunto il posto, 5 o 6 chilometri in direzione Cernobbio da Como. Forse avrebbe trovato un taxi, altrimenti ci sarebbe andato a piedi, cosa che non lo spaventava. Fra l'altro il tempo era cambiato, era più freddo ma meno umido, e un pallido sole invernale aveva fatto la sua capatina.

Anche l'umore di Angela quella mattina era decisamente migliore, ora che era certa che il capitolo finale del suo romanzo non era stato letto da nessuno se non da Amedeo. In effetti questa scoperta non lo scagionava minimamente dalle sue colpe, anche perché in fondo era dovuta ad una sua *ulteriore* disattenzione: si deposita il capitolo decisivo del romanzo della propria donna in gabinetto? La carta assorbe così tanto gli odori...

Ma adesso tutto ciò che le avevano detto in quell'ufficio della casa editrice assumeva un altro senso. Che veramente volessero pubblicare il suo romanzo? Durante la notte Angela ci aveva pensato molto, aveva letto e riletto la bozza di contratto, sembrava vera. Ma i tempi si erano fatti stretti in quanto alle otto e mezza del mattino, mentre stava facendo colazione, la aveva chiamata un tal Zanconi, che si definiva editor della casa editrice SR38, e che caldeggiava un appuntamento con Angela per quella mattina stessa.

«Facciamo alle dieci?».

«No, per le dieci non ce la faccio, arrivo alle undici».

Alle otto Angela aveva telefonato alla povera Giulia, che si trovava nel residence. Quella non rispondeva, ma che faceva, dormiva ancora? A proposito, come mai era tornata a Milano? Che le era successo? Perché non le aveva detto niente? Eppure un motivo per fare visita a sua madre ci doveva pur essere. Ma perché non parlava? Angela pensava a queste cose, fra le altre, mentre il telefono squillava a vuoto. Ma dai, rispondi, che aspetti?

Giulia si svegliò e finalmente rispose. Angela le spiegò che l'allarme era in parte, solo in parte, rientrato, ma che poteva tornare a casa, perché Loro, Loro non avevano in mano il finale, e quindi non potevano sapere.

«Mamma, tu mi fai diventare pazza, ma Loro chi? E perché ieri rischiavi la vita e oggi non la rischi più? Ma cos'è, la menopausa che ti dà questi scompensi? Sei fuori?».

«Ma è molto semplice Giulia! Come facevo a sapere che il finale era rimasto nel gabinetto del Consonni? Adesso lo so, e so che Loro non hanno in mano niente contro di me. A parte che mi vogliono pubblicare il romanzo, lo crederesti?».

Giulia aveva sentito parlare di forme di demenza senile galoppanti, rapidissime, che si possono manifestare bruscamente, con deliri, ossessioni, manie di persecuzione.

«Va bene mamma, faccio colazione e torno subito a casa, tu non muoverti, me lo prometti?».

«Ah, non ho un momento libero, devo passare da Antonio e poi devo correre all'appuntamento con l'editore».

«Antonio? Antonio chi?».

«Antonio, il marito di Erika, quello che era convinto di averla uccisa. Ma non l'ha uccisa, sai? Credeva solo di averlo fatto, ma Erika è viva e vegeta...».

«Erika? Ma chi è Erika? Mamma, non ti muovere di lì».

«Di solito vado da Antonio, gli faccio lezioni di buone maniere, ma oggi non posso, devo andare dall'editor, per parlare del manoscritto».

Giulia, riattaccando il telefono, ebbe un lungo momento di smarrimento, che culminò con un breve pianto. Ma com'è possibile? La mamma fino a poco tempo fa era lucidissima, anche troppo, e adesso ha perso la testa in pochi mesi. Come devo fare? Chiamare il papà? Ma lui che ne sa, che cosa può fare?

Antonio stava valutando lo stato del cantiere e avrebbe voluto pensare solo a quello.

Ci voleva anche Adrem. In fondo lui ad Adrem cosa gli doveva? Un bel niente. Quello stronzo, nel momento più critico, non aveva fatto niente per lui. Voleva mille euro per farlo arrivare in Germania con un pulmino di rumeni. Ma lui i mille euro non ce li aveva, se avesse avuto mille euro in Germania avrebbe saputo come arrivarci da solo. Il problema era proprio quello, se Adrem lo avesse aiutato, gli avrebbe anticipato mille euro, poi Antonio, un po' più in là, glieli avrebbe resi, e con gli interessi. Il fatto brutto era che Adrem sapeva tutto di lui, sapeva della faccenda con Erika e che Antonio aveva molto da nascondere, a cominciare da se stesso e...

Antonio azionò la minibetoniera elettrica da 130 litri che aveva acquistato con i soldi che gli aveva anticipato Angela. Quest'oggi doveva risistemare il massetto nel punto in cui aveva tirato giù il muro. Il calcestruzzo ci avrebbe messo un po' per tirarsi e asciugarsi, e per quei giorni programmava di dedicarsi ai servizi igienici, nei quali doveva rimuovere i sanitari e la piastrellatura vecchia, rifare l'intonaco e poi ripiastrellare. In realtà se non veniva quello stronzo di trombeé, lui di preciso non sapeva come muoversi.

La betoniera era un bell'articolo, Angela aveva detto che quando si fanno questi acquisti non vale la pena di risparmiare: lo stesso aveva detto per il flessibile e per gli altri attrezzi di base. Effettivamente per lei i soldi non sembravano un problema, Adrem ci aveva visto giusto. Ma a proposito, che le era successo? Cosa volevano dire quegli strani discorsi sul futuro, sul fatto che tutto probabilmente sarebbe cambiato, che si sarebbe dovuta assentare?

Angela entrò nell'appartamento 22, il cantiere, senza neanche bussare, come se fosse casa sua.

La Mattei-Ferri registrò: 9.45, Mattioli da stallone nel cantiere.

Antonio si impaurì: non si era detto che oggi la lezione saltava? No, no, poteva stare tranquillo, Angela era venuta lì solo per salutarlo e per vedere come andavano i lavori. Ma come, non se ne doveva andare via? Del cantiere non doveva occuparsi il geometra? Non era tutto in forse?

Dalla baldanza di Angela Antonio capì che i timori del giorno prima in qualche modo erano fugati. Antonio stentava a comprendere questo repentino mutamento nella signora, ieri era drammatica, tutto sembrava finito, oggi era tornata quella di prima. D'altronde glielo aveva spiegato bene la ex professoressa che lui le donne non le capiva, ma Antonio su questo ci aveva messo una pietra sopra, non era compito suo.

Ora però c'era Adrem, che se si faceva un'idea non la abbandonava facilmente. E allora valeva la pena di mettere sull'avviso Angela che c'era questo qua, un tipaccio, che aveva messo gli occhi su di lei, per via che lui...

Ma Angela così come se ne era arrivata se ne andò, aveva a quanto diceva lei un appuntamento molto importante.

La Mattei-Ferri registrò anche l'uscita e si sorprese che a quei due fossero bastati pochi minuti per fare quello che dovevano fare.

Nel freddo della stazione di Como di taxi non ce n'erano, e il Consonni se la fece a piedi, seguendo la piantina che si era preparato a casa, ma aveva sottovalutato il percorso. Per raggiungere quel remoto indirizzo, via Panoramica di San Pietro, doveva farsi tutta via Borgo Vico, una strada piena di macchine che non finiva mai. Poi cominciava la salita e si inerpicò per delle stradine secondarie. Si era fatto vivo un certo solicello che all'inizio pareva gradevole, poi, con tutta quella salita, Consonni cominciò ad accaldarsi e a sudare. Finalmente, dopo un'ora e mezzo, arrivò in via Panoramica, che lo era veramente: in basso giaceva immerso nella foschia il lago di Como.

Ma la sorpresa arrivò quando Consonni raggiunse il casamento, quello dove si supponeva che il Goffi abitasse. La zona era molto bella e prestigiosa, su un tratto collinare a qualche centinaio di metri dal lago, al margine dei boschi. Il problema era che non trattavasi di residenza o villa, ma di cantiere.

L'ingresso era imponente ma privo di cancello, si poteva tranquillamente entrare. C'erano degli operai? Un cartello intimava chiaramente che l'accesso era vietato ai non autorizzati, ma non c'era proprio nessuno.

Ma dove sono finito? si domandava Consonni, che però quando vide il cartello dei lavori in corso si tranquillizzò: lavori di ripristino proprietà Go-Go-Go SRL. Bene, almeno il viaggio non era stato fatto a vuoto.

Consonni si inoltrò nella proprietà che un tempo doveva essere tutta nel verde ma che adesso era devastata, visti gli sbancamenti necessari a edificare una villa che in parte sembrava una costruzione ottocentesca, forse era un residuo dell'edificio preesistente, in parte un moderno garage. La deforestazione maggiore riguardava uno spiazzo dove era in costruzione una piscina, al momento pareva una via di mezzo fra un bunker e un poligono di tiro. Ma i lavori erano a metà, e parevano essersi interrotti da un bel po'. L'aspetto generale era quello dell'abbandono. Ma come fa il Goffi ad avere la residenza qua? Boh, forse per ottenere il mutuo prima casa: devi risultare già residente anche prima di fare i lavori per cui stai chiedendo soldi. Ma chissà se nel mondo dorato di Ricky Goffi si chiedono i mutui. La Mattei-Ferri avrebbe saputo rispondergli: si chiedono, eccome se si chiedono.

Tecnicamente si sarebbe detto che della villa era stato completato il grezzo, muri, pareti e tetto, tutto il resto non c'era. Consonni fece il periplo dell'edificato per farsi un'idea, ma si stava convincendo che da quella spedizione avrebbe ricavato ben poco. Probabilmente il Goffi aveva comprato il posto e progettato enormi lavori di ristrutturazione, poi aveva finito i soldi, o cambiato idea. Ma la residenza l'aveva mantenuta lì.

Le sorprese però non finivano qui, col fatto che sicuramente in quel cantiere non poteva risiedere nessuno.

Perché nel luogo immaginario dove avrebbe dovuto trovarsi l'ingresso principale della villa c'erano i sigilli della Magistratura. Il cantiere era sotto sequestro. In effetti quei nastri non avevano molto senso perché non c'erano infissi e porte, si poteva entrare tranquillamente. Fra l'altro i sigilli erano già stati abbondantemente rotti e vandalizzati.

Consonni si guardò ancora una volta intorno e poi decise di entrare.

A possedere un elevato grado di immaginazione su quale potrà essere l'aspetto di una casa nel momento in cui è in costruzione – e Consonni ne disponeva, visto che aveva lavorato per quarant'anni nell'arredamento – gli ambienti della villa sarebbero potuti diventare veramente belli e sontuosi. Il salone principale aveva una finestra enorme che garantiva una impareggiabile vista sul lago e sulle montagne. Ora da quella grande apertura entrava un bel freddo, ma una volta completata...

Le scale erano di cemento, chissà quale rivestimento era previsto per loro. Queste giravano intorno a un vano verticale che pareva esser pensato per contenere un ascensore. Consonni prese le scale verso il primo piano, aveva freddo, in casa eravamo sotto lo zero. Poi ridiscese verso il seminterrato e qui scoprì altre, future, meraviglie.

In un ambiente enorme c'era quella che con tutta probabilità sarebbe diventata una palestra; vicino una piscina coperta, con tutte le peculiarità di una SPA. Saune, jakuzzi, e via dicendo. In fondo a un corridoio Consonni trovò un locale dotato di porta metallica. Strano. La porta era chiusa con un lucchetto, che però era aperto; lo rimosse facilmente, ed entrò in un altro grande ambiente molto meglio rifinito degli altri, dotato di un pavimento di cemento rasato e financo di una stufa.

Consonni si immaginò che quello fosse il posto dove i muratori mangiavano e si riparavano dal freddo.

C'erano anche un paio di materassi per terra. Sembrava che qualcuno avesse messo piede lì dentro abbastanza di recente.

Consonni perlustrò l'ambiente, solite cose, bottiglie di acqua minerale, alcune piene altre vuote, coperte, metri lineari, livelle, elmetti da cantiere, eccetera, anche qualche oggetto del quale non comprendeva la possibile utilizzazione. Appesi a una trave del soffitto c'erano delle cinghie e dei tiranti molto strani, tutti di colore nero. Cos'erano, attrezzi che usano gli operai per assicurarsi con l'imbragatura quando lavorano in condizioni di pericolo di caduta? Consonni non capiva assolutamente di che cosa si trattasse ma prese nota dei nomi delle ditte produttrici. Poi, sfidando il destino, si fece coraggio e si impossessò di una di quelle cinghie, la avvoltolò e se la mise in tasca.

All'uscita dalla villa si fece prudente, e controllò più di una volta che nessuno lo potesse scorgere. E così, dopo un'altra ora abbondante di cammino, fu alla stazione di Como, dove si concesse un panino con speck e fontina.

Alle undici in punto Angela, un po' in tensione, era davanti alla porta dell'ufficio dell'editor Zanconi, il quale la fece attendere, l'avrebbe ricevuta soltanto alle undici e diciannove.

Oddio ora mi viene, ora mi viene, ma la caldana non arrivò.

In quei diciannove minuti che passò nella sala d'aspetto Angela ebbe modo di raccogliere le idee. Ammettiamo pure che fosse vero che volessero pubblicare quel manoscritto, senza alcuno scopo ricattatorio, ma d'altronde, se non avevano letto il finale, a proposito di che cosa potevano ricattarla? Certo alcune persone sarebbero state in grado di riconoscere i fatti, si facevano anche nomi e cognomi, ma che cosa rischiava a questo punto Angela? In fondo lo sapevano anche i Reperti che lei era la professoressa di Ranieri, e che era andata in Sardegna per comunicare loro la storia del tema in classe. Ma la faccenda, a posteriori, era stata giudicata ininfluente, solo frutto dell'immaginazione distorta di una professoressa. Neanche la polizia aveva preso in seria considerazione la sua posizione. Però c'era qualcun altro che poteva riconoscerla, uno su tutti Alberto, per non parlare del proprietario della Jaguar, e delle altre persone coinvolte. Ma che la Vuitton l'avesse presa lei non poteva proprio immaginarselo nessuno.

La decisione era stabilita, non aveva alternative: si sarebbe fatta restituire il manoscritto, oddio, certamente ne avevano fatte delle fotocopie, ma lei li avrebbe minacciati di querela se avessero diffuso anche in parte i contenuti.

Passò una ragazza con in mano alcune buste gialle, manoscritti inviati in lettura alla casa editrice? Vide che li buttava direttamente in uno scatolone.

D'altronde... Angela si distrasse un attimo, quindi, inconsapevolmente, si lasciò andare ad altri tipi di pensieri.

Fantasticò che alla fine il manoscritto fosse pubblicato veramente e che le librerie fossero piene dei suoi volumi, in pile alte metri. Lei, che si era sempre considerata una seria professionista dell'educazione, aveva costantemente respinto queste fantasticherie, ma in quel momento il suo pensiero andò alle sue ex colleghe, quelle stronze, ah, come le sarebbe piaciuto farle morire d'invidia! Chi di loro si era fatta viva dopo che lei era stata costretta a lasciare la scuola? Nessuno poteva sapere che non ne aveva affatto necessità, e quindi, belle stronze, nessuna l'aveva chiamata per sapere se aveva bisogno di aiuto, praticamente buttata fuori di casa e dalla scuola, senza un soldo e una prospettiva, credevano loro. Quindi stronze doppiamente!

Chissà cosa penserebbero se vedessero che io pubblico un romanzo per l'editore numero uno, vedranno il mio nome in libreria, ne sentiranno parlare sui giornali...

Senz'altro, loro che guadagnano 1.600 euro al mese, si chiederanno anche quanto mi hanno dato di anticipo! Meschine! E sicuramente faranno finta di non saperlo: «Ah, sai, certo genere di pubblicazioni, fiction di intrattenimento, non lo seguo, mi interesso di altre cose... Angela? Angela Mattioli? Ma che si è messa a fare...». Oppure denigreranno l'opera, dicendo che è un romanzetto rosa da quattro soldi, e che l'editoria italiana è veramente scesa in basso. Tutta invidia, pensava Angela.

Quelle crederanno che per campare mi sono messa a fare la romanziera di serie B. Ma quale serie B! Se sapessero... e lo sapranno, ah se lo sapranno, lo sapranno tutte. *La vendetta di Angela* questo sì che potrebbe essere il titolo della seconda puntata.

Così nella sua mente rapidamente guadagnò punti la lusinga, ma subito dovette fare una riflessione: se lo pubblico con pseudonimo, come faranno le mie colleghe a sapere che si tratta di me?

Ormai Angela stava semplicemente fantasticando. Per pubblicare il romanzo a nome Angela Mattioli andava riscritto quello che rendeva riconoscibile l'autrice come protagonista. La persona rapita doveva essere una ragazza, ecc. ecc., i protagonisti non stavano a Milano ma da qualche altra parte, la narratrice non era più una professoressa, insomma andava cambiato tutto di sana pianta, e riscritto il finale, completamente: ma il finale era una questione a sé, e che cosa c'era scritto a quanto pareva lo sapevano solo Angela e il Consonni, che Angela poteva debitamente tacitare.

Dell'avventura originale sarebbe rimasta soltanto la protagonista femminile, la tensione erotica, la separazione dal marito, la rottura col mondo precedente a cinquant'anni, che in fondo era quello che interessava all'editore. Ma l'editore non avrebbe capito perché Angela a tutti i costi non poteva permettere che la storia fosse riconoscibile.

Che ne sapeva l'editore di tutte le reali implicazioni che quella storia aveva per lei? Oh, mamma mia, era un vero dilemma.

Nel momento in cui si poneva questa domanda interiore fu ricevuta dall'editor Zanconi.

Giulia era a dir poco disorientata. Era venuta via da Bruxelles perché aveva litigato furiosamente con Marc e tutta la sua esistenza, dalla residenza universitaria alla casa, dalla vita in quella città di merda dove piove sempre a quegli stronzi dei belgi, Marc compreso, anche se era nero come la pece, la nauseava, sperava che sua madre potesse darle un aiuto. Ma quella... era uscita di testa, si era ammalata, oddio, Giulia adesso non aveva le risorse per occuparsi della madre, forse vittima di una sindrome bipolare, o di chissà quale forma precoce di degenerazione senile. Quella viveva in un mondo immaginario, parlava di soldi, di romanzi, di essere in pericolo di vita, e il suo egotismo aveva preso una china così ripida che neanche le aveva chiesto che cosa le fosse capitato, perché era tornata in Italia, perché... e poi quella faccenda dei 400.000 euro, più ci pensava e più Giulia si preoccupava.

Per non parlare della frequentazione di quel tipo, quell'Antonio... aveva sentito dire che in caso di sindrome bipolare, nei periodi «di mania», le persone perdono qualsiasi inibizione sul piano sessuale, si danno al sesso sfrenato, se trovano qualcuno che sia disponibile. E a quanto pareva la mamma, alla sua età, qualcuno di disponibile l'aveva trovato, magari a pagamento, santo cielo, non è facile pensare queste cose della propria madre, ma d'altronde, come altro si poteva spiegare il suo comportamento?

Giulia tornò alla casa di ringhiera, trascinandosi dietro il suo trolley. La signorina Mattei-Ferri registrò anche questa entrata. La ragazza rientrò nell'appartamento della mamma, lei non c'era, naturalmente, chissà dove era andata a cacciarsi, in quale dei mille mondi immaginari in cui viveva.

Giulia pensò di telefonare a papà, Gianni. Dopo la separazione non le capitava di parlarci più di tre o quattro volte l'anno. Non gli disse che era in Italia, lo chiamò col cellulare come se fosse ancora a Bruxelles.

Il papà fu molto contento di sentirla. Dopo una serie di frasi di rito Giulia cercò di arrivare senza parere al punto: «Come sta la mamma, non riesco a trovarla, sai niente? È fuori? Ha cambiato numero? Ci sono novità?».

Gianni disse che era almeno un mese che non sentiva la sua ex moglie, più o meno dal periodo natalizio, che gli era sembrata di buon umore, lei e il suo fidanzatino. Non riuscì a evitare una leggera ironia sul fidanzatino, come al solito, ma questo confermò Giulia nell'idea che il papà non sapeva niente degli ultimi accadimenti, che la mamma aveva litigato col Consonni, ecc.

Telefonò anche agli zii, fratello e sorella della madre, per cercare di capire se avevano avuto qualche segnale. No, loro non erano aggiornati, però si stupirono entrambi che la nipote si facesse sentire: «È successo qualche cosa?» chiesero diacronicamente tutti e due, forse con qualche speranza di vendetta. «No no, volevo solo farvi un salutino».

E dunque con chi parlare? Col Consonni stesso, forse, ma se la mamma lo fosse venuta a sapere si sarebbe scatenato un incidente diplomatico. E con chi altro?

Che fosse il caso di andare a parlare con questo signor Antonio?

Claudio aveva sete. Indossò ancora una volta il soprabito, la sciarpa e il cappello di Consonni e si avviò fuori, ma quando fu sul ballatoio vide da basso due bambini, erano i suoi figli Gianmarco e Margherita, che trasportavano bagagli più grossi di loro, valigie, sacconi, scatole, e li portavano in casa. Claudio ebbe una crisi di struggimento, sentì ancor più forte il bisogno di bere qualcosa, non ce la faceva.

I bambini si becchettavano: «Perché a me tocca sempre portare le cose più pesanti?».

«Perché tu sei un co-co-cococo...».
«Cosa hai detto?».
«Ho detto che tu sei un coccocococo...».
Gianmarco lasciò a terra il carico che stava trasportando e si mise a inseguire sua sorella che fuggì ratta come un volpacchiotto.
«Se ti prendo la smetti di ridere».
«Mamma, mamma! Gianmarco mi picchia!».
Gianmarco capì che aveva un'unica possibilità, acchiapparla subito, darle un bel paio di sberle, e poi si sarebbe visto.
Ma Margherita aveva colto la situazione, e corse a nascondersi dietro la BMW del De Angelis, urlando come un'aquila: «Mamma! Maaaammmaaaa! Gianmarco mi fa male!».
Svelta era svelta, e riusciva a rimanere sempre dalla parte opposta della BMW, rispetto al fratello, che a un certo punto, esasperato, montò sul cofano della roadster, l'avrebbe presa, a tutti i costi, quella scimmia.
Claudio nell'assistere a questa scena si intenerì così tanto che gli vennero le lacrime agli occhi. Non altrettanto il De Angelis, che si affrettò ad uscire di casa per reprimere quei comportamenti teppistici.
«Bambini, siete matti? Volete che chiami le guardie? Vi sembra il caso di montare con i piedi sulla mia macchina?».
In quel momento uscì Donatella che richiamò all'ordine i figli, con fare spento.
«Bambini, venite qua».
Controllò insieme al De Angelis che sulla BMW non ci fossero danni, poi, mestamente, tornò in casa. I

bambini ripresero il loro carico e lo trascinarono fino all'appartamento.

Claudio, vestito da Consonni, seminascosto dietro una colonna, versava fredde lacrime. Dunque si decise a muoversi, camminando lungo la parete.

Ciò non fu sufficiente a non farlo notare dalla Mattei-Ferri, che registrò fedelmente: Consonni esce alle ore 11.15.

Finalmente Angela fu ammessa nell'ufficio del dottor Zanconi. Costui era al telefono, ma mentre parlava non toglieva gli occhi dal monitor del suo computer e da certi appunti cartacei sulla scrivania.

Era livido e scheletrico, avrà avuto una quarantina d'anni ma ne dimostrava il doppio. Spelacchiato, gli era rimasto un ciuffo di capelli ritti sulla fronte, esageratamente lungo. La pelle era la sua caratteristica peggiore, piccole e diffuse cicatrici sul volto dimostravano che il tipo anni addietro aveva sofferto traumaticamente di acne giovanile. Particolare disgustoso, almeno per Angela, non portava la cravatta, e invece teneva i due primi bottoni della camicia sbottonati, mostrando un sottocollo color mozzarella decorato da due o tre peletti già grigi. Indossava un abito un po' frusto, color antracite, la giacca gli piombava malissimo sulle spalle a gruccia. E questo stronzo lasciava Angela lì, in piedi, continuando a fare i suoi comodi. A un certo punto senza alzare gli occhi: «Buongiorno signora Mattioli, si accomodi» disse freddamente quella larva umana. Angela lo scrutava con diffidenza, lui sembrava fare finta di essere impegnato in altre cose importanti al computer. Finalmente le rivolse lo sguardo, uno sguardo in tralice, attraverso le spesse lenti degli occhiali da ultramiope. Il suo atteggiamento era scostante, sospirava, come se facesse una grandissima concessione a questa signora candidata a essere una scrittrice esordiente solo per i deliri di onnipotenza del direttore.

Angela fu presa dall'ennesima caldana, lui scosse la testa, come a dire, ma con chi devo avere a che fare...

«Come lei sa sono stato incaricato di lavorare con lei alla stesura definitiva del suo romanzo *Il segreto*, in vista della pubblicazione nella nostra prestigiosa collana di narrativa italiana SIV (Scrittori italiani viventi). Per far questo ho dovuto distogliermi da altri importanti lavori che stavo seguendo ai quali tenevo moltissimo. Il direttore crede immensamente nel suo lavoro ed è convinto che lei sia pronta a finalizzare il contratto oggi stesso. Ma questi non sono problemi miei».

L'editor sembrava distrutto, come se non avesse dormito. «Veda, ho lavorato tutta la notte al suo manoscritto, non ho potuto far altro che una lettura superficiale, senza contare che ieri sera avevo un'intervista alla radio con un autore americano importantissimo, in inglese naturalmente...».

Angela avrebbe voluto intervenire per dire che della pubblicazione non se ne faceva niente, ma non ci riuscì, perché quello continuava.

«Sono qui a indicarle una serie di "debolezze" nello stile e nella trama, e alcune possibili revisioni del testo allo scopo di produrre un romanzo il più possibile compiuto e riuscito. Questo tipo di intervento, che in molti chiamano *editing*, ha il solo scopo di esaltare il testo e il talento dell'autore o dell'autrice. Io sarò solo un suo consigliere, un lettore speciale a lei dedito con passione, perché è lei che dovrà fare il duro lavoro. Io mi limiterò pedantemente a segnalarle tutto ciò che mi pare dubbio e migliorabile, e a invitarla a riflettere, a perfezionare, a riscrivere, a emendare, aggiungere, cancellare. Insomma, sarò un suo esegeta crudele, magari anche un po' irritato, analitico, feroce. La prego di comprendere che i miei suggerimenti non hanno nulla di personale, riguardano il testo e la sua raggiungibile "perfezione", e non la sua persona, il suo talento, le sue capacità. Del resto la scelta di pubblicare *Il segreto* non è stata mia, non sono stato coinvolto, invece tocca a me fare in modo che la pubblicazione non ci riservi delle brutte sorprese. Insomma, abbiamo del lavoro da fare, ed è meglio iniziare al più presto».

Ma che colossale stronzo è questo, pensava Angela, senza riuscire a spiccicare parola. Ma che cosa sta dicendo, che scrivo male? Ma chi è questo imbecille?

Quello tuttavia andava avanti, come se nulla fosse. Non lo avevano informato che lei *Il segreto* non lo aveva affatto scritto per una eventuale pubblicazione?

«Oggi, per cominciare, vorrei affrontare due questioni, la prima è ovvia, mi ha portato il finale?».

Angela non rispose, quel tipo la faceva talmente incazzare che non riusciva nemmeno a parlare.

«Veda... l'avvio del romanzo mi pare ponga un problema in particolare. La protagonista, la narratrice, non si presenta, non si descrive, sembra dare come per scontato che il lettore la conosca, e la conosca addirittura bene, quasi fosse una parente o una vicina di casa, un'amica o un'amante. Come è possibile? Qui si pone la questione principale su cui dobbiamo ragionare assieme. Tutto il resto, vedrà, sarà conseguenza delle scelte che farà al riguardo...

«Chi è che racconta questa storia al limite dell'incredibile? Si tratta di un romanzo, di una storia vera, di un diario privato, di una confessione? Capirà bene che ognuna di queste forme più o meno letterarie ha le proprie regole, convenzioni, orizzonti di aspettativa da parte del lettore, una diversa soglia della cosiddetta *sospensione dell'incredulità*, quel meccanismo fondamentale che ci permette di immergerci in una pagina scritta che ci racconta una storia».

Ma questo che vuole? pensava Angela. Ma che sta dicendo? Sospensione dell'incredulità? Ma con chi crede di parlare? Crede che non lo sappia? Quello che ho raccontato è tutto vero, anche se incredibile, e lui mi viene a parlare di sospensione dell'incredulità!

«Ho l'impressione di non capire se: *uno*, la voce narrante è quella di un personaggio di finzione che lei, la scrittrice Angela Mattioli, ha inventato per farne la protagonista de *Il segreto*, un romanzo che non ha niente a che vedere con la realtà, in cui si narrano le gesta di questa innominata signora come se si trattasse delle peripezie della figlia del Corsaro Nero. Chiamiamolo un romanzo di *finzione finzione*, in cui il lettore si diverte e basta. Puro intrattenimento. Lo pubblichiamo nella SIV.

«*Due*, se si tratti invece di un personaggio sì di finzione ma che il lettore deve fortemente credere vero per un – complesso, difficile, quasi inammissibile – effetto di realtà. Insomma, la scrittrice starebbe raccontando con gli strumenti della letteratura una storia che *si finge vera*, che il lettore accetta come se fosse vera, o almeno verosimile. Chiamiamolo ancora romanzo, ma di *finzione dissimulata*. Lo pubblichiamo ancora nella SIV.

«*Tre*, potrebbe trattarsi di un *falso diario* privato, di una *falsa confessione*, ma con tutti i tratti del *verosimile*, se non del vero, come se la scrittrice Mattioli avesse trovato nella classica soffitta un manoscritto e ora lo desse alle stampe senza esserne lei l'autrice, ma proponendosi in pratica come curatrice e un po' come delatrice. Questo sarebbe un vero e proprio *falso documentale*, anche perché le si potrebbe chiedere di produrre l'originale. In ogni caso andrebbe pubblicato nella varia, e non in una collana di narrativa».

Questo è proprio un cretino. Finzione dissimulata? Falso documentale? Angela stava per scoppiare, ma stranamente dentro di lei l'idea di prendere il suo manoscritto e andarsene era come scomparsa.

«Cerco di riassumere. *Il segreto* può essere: *uno*, un romanzo completamente inventato e senza alcuna pretesa di verità, se non quella delle pulsioni del cuore e dell'animo umano. In questa forma lei avrebbe la massima libertà narrativa, fino alla inverosimiglianza, al *romance*, al fantastico, persino al soprannaturale. *Finzione finzione* si è detto. *Due*, un romanzo di un'autrice che inventa un personaggio che il lettore è portato a credere vero ma senza crederlo veramente, potendosi lasciar andare alla menzogna romanzesca senza porsi troppe domande. In questo caso bisogna fare attenzione a non provocare troppo il lettore con delle palesi impossibilità, e impostare un regime per così dire *pseudorealistico*. In questo caso abbiamo quella che le dicevo chiamarsi *finzione dissimulata*. *Tre*, non più un romanzo ma una *presunta* o meglio *falsa* confessione "scoperta, rubata, trafugata, trascritta" da Angela Mattioli che a questo punto non sarebbe più l'autrice bensì la curatrice, e in copertina andrebbe messo il nome di quell'altra, della vera (ma inventata da lei) autrice del "diario", con la dicitura "a cura di Angela Mattioli", la quale curatrice dovrebbe spiegare ai lettori come e perché ci sta facendo leggere questa cosa, perché stia rivelando il segreto di questa donna, dove ha trovato il testo ecc. ecc. Per raggiungere l'effetto voluto bisognerebbe comunque pubblicarlo in una collana di storie vere ecc. Certo è che l'editore si espone molto, mettendo a repentaglio la fiducia dei lettori nelle proprie pubblicazioni».

Angela era al tappeto... Questo le faceva la lezioncina, e non si fermava.

«Come vede ci sono delle decisioni da prendere a priori, che poi influenzeranno il nostro lavoro assieme. Perché ciò che può sembrare esagerato in un romanzo del tipo 2 (non mi convince per esempio il tema del ragazzo sui quattro milioni, troppo macchinoso, troppo facile; l'incidente con la Jaguar, e dove siamo, in un film di Louis de Funès?; la trovata della morte apparente e della sepolta viva, che siamo, a Carolina Invernizio?) potrebbe essere in qualche modo accettabile, se ben fatto, nel romanzo di tipo 1. Nulla da dire, se non spalancare la bocca e grattarsi la testa, se quanto raccontato è davvero capitato a lei, signora Mattioli, o ad altra signora *realmente esistente o esistita*. Mentre nel caso 3, quello della falsa confessione, l'esagerazione del narrato potrebbe mettere a repentaglio la credulità dei lettori, rischiando di rovinare l'effetto voluto... Non sono sicuro che il mio editore avesse ben presente tutti questi problemi al momento di proporle la pubblicazione, quello che è sicuro è che noi dobbiamo superare l'ostacolo, e farlo nel migliore dei modi. Del resto si sa, gli editori si innamorano di libri che non leggono, tanto tocca a noi editor risolvere i problemi e soprattutto fare in modo che quello che l'editore ha immaginato di pubblicare diventi un libro di carta e inchiostro. E poi c'è la questione del finale... ce lo fa leggere questo finale?».

Angela se la cavò dicendo che non le piaceva e che l'avrebbe riscritto.

«Ma almeno me lo potrebbe far leggere così com'è?».

«Assolutamente no!».

«Va bene... se ci vuole ripensare...».

Dentro Angela stava montando una irreprimibile incazzatura. Era venuta lì per dire che il suo romanzo sarebbe rimasto lettera morta. Nessuno lo avrebbe dovuto leggere. Ma adesso quel cretino si permetteva di farle la lezione e di sollevare dubbi sul modo in cui il romanzo era scritto... che enorme idiota!

«Per concludere vorrei aggiungere due o tre notazioni sullo stile: c'è un abuso del verbo *fare* nelle sue diverse forme. Non si può proprio fare, mi perdoni la battuta. *Tutto* nelle sue varie forme c'è almeno trecento volte. Quante volte c'è bisogno di nominare gli occhiali da sole Alain Mikli, me ne risultano cinque, e la Vuitton almeno undici? In generale, mentre la voce narrante ha una buona personalità, quelle degli altri personaggi sono tutte uguali. Non posso inoltre non farle notare che c'è un'enorme quantità di ripetizioni, un abuso di termini e verbi generici, e una minacciosa avverbiazione enfatizzante. Dobbiamo lavorarci di più».

Angela si alzò in piedi, e senza riuscire a spiccicare parola, prese e se ne andò.

Fu a casa che erano le due passate. Trovò Giulia, che fumava una sigaretta dietro l'altra, e che pareva distrutta.

Ludmilla arrivò ai giardinetti di piazza Gobetti con Enrico in lieve anticipo, alle 14.47. Se ne andò senza aspettare il Consonni, visto che Enrico non aveva nessun bisogno della sua compagnia, essendosi già lanciato sulle scalette di corda per mostrare la sua valentia a una mezza dozzina di mocciosi che avevano più o meno la sua età, ma assai più indietro sul piano della funzionalità psico-fisica. Saliva su come una scimmia e si poteva permettere il lusso di infierire sugli altri.

Se non fosse stato che era vestito decentemente ed era biondo le altre mamme, nonne e nonni accompagnatori avrebbero pensato che era uno zingarello o un negretto, si sa che quelli sono svegli fin da subito. Un bambino così piccolo e così spregiudicato, e nessuno che lo badava e che gli impediva di mettersi in pericolo. C'era una nonna sui sessanta, di quelle che pensano che la gente, quando le vede con la bambina, si chieda se è la nonna o la mamma – in realtà lei è l'unica a ipotizzare un dilemma del genere – che commentava la spericolatezza di Enrico, parlando a voce alta, simulando di rivolgersi al grosso nipotino di cinque anni inchiodato sul passeggino: «Eh, ma questo bambino qui non rischia di farsi male? Non trovi Samuel? Vedi, a far così ci si può rompere la testa...». Samuel guardava Enrico impegnato nei suoi equilibrismi sul quadrato, da una parte era invaso dall'invidia, dall'altra stava pensando a cosa inventarsi per piantare una grana alla nonna, visto che non c'era molto altro da fare. Fortunatamente per la nonna, che continuava a osservare le evoluzioni di Enrico scuotendo la testa – tutto sommato nel suo intimo che Enrico si facesse male se lo augurava – Samuel non aveva neanche la rudimentale immaginazione per mettersi a frignare o chiedere qualcosa di impossibile.

Enrico, del tutto indifferente a queste diatribe, continuò a giocare indisturbato. Era sudato, nonostante la temperatura non superasse i 5 gradi. La solita nonna sempregiovane si immaginava che quello fosse il sistema migliore per prendersi una broncopolmonite.

Così passò un'ora e più, quindi arrivò Ludmilla ed Enrico al fatto che il nonno non si era neanche visto non ci fece troppo caso. Ludmilla sì, ce lo fece, perché non ebbe modo di riscuotere la parcella.

Proprio nello stesso momento in cui Enrico e Ludmilla si stavano incamminando verso casa, Consonni fece il suo ritorno dal Comasco, con la mente in stato di confusione.

Nonostante i suoi emisferi cerebrali fossero impegnati perlomeno al 70% a riflettere sulla figura del Goffi, un po' di posto restava per Angela: che cosa significava quello che era successo la sera precedente? C'era speranza? Che cosa aveva fatto perché Angela passasse da uno stato di completa avversione nei suoi confronti ad un qualche possibilismo?

Nella corte Consonni intravide il De Angelis intento in alcune opere di manutenzione della BMW: in quel momento stava applicando un prodotto per lucidare i copertoni. «Buonasera Luis, fa freschino, eh?».

L'anziano fece finta di non sentire, scuotendo la testa.

«Cosa c'è Luis, non mi saluti? Mi vuoi spiegare una buona volta che cosa...».

De Angelis si girò dall'altra parte. Consonni non insistette, ma cosa gli aveva preso? Un attacco di Alzheimer?

Non fu capace di rispondere a queste domande, mentre, appena entrato in casa, si toglieva cappotto, sciarpa e cappello. Estrasse di tasca il reperto ritrovato nella villa in costruzione del Goffi, la cinghia: cercava di avere qualche illuminazione a proposito ma il reperto da solo non parlava.

Rientrò anche il signor Claudio, che fu sorpreso di trovare Consonni nell'appartamento. Era uscito poco prima a fare il pieno e a comprarsi una dose sufficiente di alcolico per arrivare all'indomani mattina, ma quello che lo metteva in imbarazzo non era questo, era che indossava il soprabito, il cappello e la sciarpa di Consonni. Se ne scusò, adducendo la motivazione più ovvia, che in fondo corrispondeva alla verità: non poteva farsi riconoscere dagli inquilini, soprattutto dai suoi familiari.

Consonni non ci fece assolutamente caso, l'unica cosa che notò era che il Giorgi non si era pulito i piedi, e stava sporcando il suo pregiatissimo parquet di rovere con fango e acqua. Ma prima di decidersi ad andare a prendere lo straccio per dare una pulita interrogò il Claudio: «Secondo lei, questa roba qui a che cosa può servire?» e gli mise in mano la cinghia.

Claudio, dopo essersi tolto gli indumenti presi a prestito, ci dette un'occhiata.

«Mah, non so, sembra roba da alpinismo... però, mi faccia vedere, c'è una targhetta con una marca... beh... possiamo controllare...».

Claudio, prima di dedicarsi a nuove ricerche, propose a Consonni un bel tè caldo, Amedeo acconsentì, approfittando della pausa per dare un'occhiata dalla finestra, all'appartamento di Angela, a quello della Mattei-Ferri, alla corte.

Un'ombra femminile si stagliò davanti alla finestra, qualcuno suonò il campanello. Non era Angela, però era sua figlia, Giulia. «Buonasera signor Consonni, le posso rubare un minuto?».

«Beh, sì, certo, insomma... volentieri, ma di che si tratta... sai... sono in un momento un po'...».

«È che vorrei parlarle, se non è troppo disturbo».

Consonni non la fece entrare, temendo che potesse vedere il Giorgi; la sua immaginazione cominciò a lavorare, che Giulia fosse stata mandata in delegazione da Angela per avviare i negoziati? Forse era veramente stato dissotterrato il calumet della pace.

«Sì, d'accordo, aspetta che mi metto il paltò, andiamo fuori a prenderci un caffè, che vuoi casa mia è così in disordine...».

«Ma si figuri Consonni, non si preoccupi».

Consonni però aveva già recuperato cappotto e cappello, in poco tempo furono in un bar di via Casoretto. Prese un decaffeinato, agitato com'era.

Giulia il caffè lo beveva alla francese, mettendoci un'infinità di tempo. Cominciò con dei discorsi strani, proprio sulla sua mamma. La prese alla lontana, dicendo che lei e Angela nei mesi passati non si erano sentite molto, che lei aveva avuto molto da fare, che gli impegni... Consonni sapeva che il tema era Angela, e già vedeva imminente una trattativa di pace. Ma non fu così, perché dopo altri giri di parole la ragazza venne al dunque.

«Ora, io non voglio assolutamente entrare in questioni vostre, private, ma non le pare che negli ultimi tempi mia madre sia molto cambiata? Non trova che abbia dei comportamenti strani? A me pare che si sia un po' immersa in certe fissazioni, per esempio quelle dei soldi, e poi, ultimamente, anche quella di un certo romanzo che lei avrebbe scritto, e che la metterebbe in pericolo».

Consonni rimase un po' deluso: si aspettava di sentirsi dire che la mamma era dispiaciuta di quello che era successo fra loro due, eccetera. Certo, anche a lui i comportamenti di Angela erano apparsi un po' stravaganti, a cominciare dal fatto che tenesse così tanto al suo romanzo, e che se la fosse presa perché lui aveva scambiato la copia con le analisi del De Angelis. Ma del romanzo non ne poteva assolutamente parlare, lo aveva giurato ad Angela. Quindi non sapeva come barcamenarsi. E perché Giulia gli chiedeva se secondo lui la mamma potesse avere qualche problema di ordine psicologico? Piangeva sempre? Era triste e depressa?

Giulia sembrava voler avere notizie su Angela, aspetti della sua vita che il Consonni non lo riguardavano minimamente.

«Vedi Giulia, io e tua madre abbiamo litigato, e la colpa è tutta mia. Lei sarà un po' turbata, ma è la persona migliore del mondo, diglielo ad Angela...».

«Ma che ne pensa di questa sua ossessione del complotto, che lei è in pericolo di vita, che ci sono delle persone che... e i soldi? Perché la mamma è convinta di averne tanti? Mi pare una vera follia, no?».

Il Consonni non sapeva che cosa replicare e fu piuttosto evasivo. Non poteva rivelare niente del contenuto del romanzo, ammesso che in esso si riportasse qualcosa di veramente accaduto. Giulia non fece il minimo accenno all'intenzione della madre di riprendere il dialogo con Amedeo, anzi, alla fine aggiunse: «Mi raccomando, mia madre non deve assolutamente sapere di questa nostra conversazione».

Così se ne tornarono alle rispettive case, entrambi senza soddisfazione né chiarimenti.

Erano le sei del pomeriggio e Antonio, come se non avesse dei problemi da risolvere, era al bar a giocare con le slot. Era una attività che lo rilassava, anche se in quel modo bruciava tutti i suoi introiti. Ma quel pomeriggio le cose parevano andare bene, gli erano scivolati giù una cinquantina di gettoni.

Ne aveva riconsumati circa la metà quando dietro di lui comparve Adrem, che per alcuni minuti non disse niente, limitandosi a osservare il modo in cui Antonio dilapidava le sue vincite.

Quando Antonio ebbe terminato i gettoni, assai nervoso per la presenza di Adrem dietro di lui, il tipo disse: «Antonio, te sfigato. Basta, Adrem ti deve parlare, te pò no seguità inscì».

«Io non ho molto da dirti».

«Adrem sì».

Uscirono dal bar e si misero a camminare in direzione del deposito dei tram.

«Signora che conosci non è donetta di niente, come sembra, caro mio. Signora ha tre conti in banca, e minga lì per far figura. Signora Mattioli piena di danèe contant. Adrem dice più di quaranta miàra euro. Tituli Adrem ancora non sa, ma troppo problema. Ma num accuntenta».

«Ma di che cazzo parli, la signora è una molto gentile, ma non credo che...».

«Tu fa male a non credere che... tu deve credere quello che crede Adrem, perché tu no posizione di non credere che... Un giorno mi racconterà come fatto a sparire cadavere, e dove messo. Adrem non ha voglia di perdere tempo per sapere, ma se tu fai stronzo... Adrem ti tiene per le bale, e tu non ha molte alternative».

Adrem si grattava un orecchio con la lunghissima unghia del mignolo.

«Adrem visto bella ragazza ieri dove abiti, la conosci? Propi bela. Non mi dire che è figlia di signora Angela Mattioli. Sai come se ciama? Se ciama Giulia, non difficile saperlo. È figlia sola, cosa più importante per signora Mattioli. Allora tu non scemo come sembra, no? Allora Adrem con te subito parla. Ma non fare furbo con Adrem. Se tu fa il furbo con Adrem tu sei uomo morto, o peggio, tu finisce prezona. Adrem ha tanti amici, anche dentro. Tu capisci, Antonio?».

Antonio restò muto, aveva perfettamente capito dove si andava a parare.

«Adesso te dis che faremo. Tu devi soltanto parlare con figlia di signora, bella ragazza Giulia, lei va con te da qualche parte. Nessuno deve sapere posto. Poi tu comunica a signora che brutta gente preso ragazza e che vuole tutti i danèe che ha in banca per lasciarla andare, se no brutta gente continua con punture di roba. Oppure parlare di vetriolo, sfregi, acido, quello che ti pare. Tu le fa capire che cosa è seria, e che subito deve andare in banca incassare tutto. Poi tu porta i danèe in fabbrica abbandonata dove io conosciuto te. Tu tieni diecimila per te. Adrem uomo giusto, ma se non gli dai almeno trent mila per te sono cazzi brutti».

«Ma sei pazzo? Vuoi rapire la figlia della signora Mattioli?».

«No, Adrem no, Adrem c'entra niente. Sei tu che farai».

Ripensando alle osservazioni stilistiche di quello stronzetto Angela mutò progressivamente ma radicalmente atteggiamento. Ogni stoccata dell'editor, da quella dell'abuso di fare-fatto ecc. a quella di tutto, totalmente, ecc. le faceva ribollire il sangue, e la sottoponeva a una neppure tanto lenta trasformazione per gradi, tipo quella di Dottor Jekyll in Mister Hyde: solo che lei non si stava trasformando in un mostro più piccolo, cattivo e disinibito, ma in una leonessa che difende i suoi piccoli e che emette ruggiti minacciosa, disposta a sacrificare la sua vita per difendere i leoncini dagli attacchi cannibalici del maschio: roooaarr!

Quello stronzo se lo sarebbe sbranato. Ripetizioni, ripetizioni a me, che le ho sempre corrette con la matita blu; abuso di termini e verbi generici a me, abuso di avverbiazione enfatizzante a me! In Angela stava insorgendo un'ineludibile esigenza di autodifesa di madre.

Adesso gliela faccio vedere io a quella mezza figura di editor. Domani avrai il tuo finale, roaarr, finocchio! Ti mangio in un boccone, editor di merda. Non lo disse ma lo pensò. Senza contare che è il Direttore Editoriale che si è innamorato del mio testo, e tu adesso fai come dico io e basta! Per chi mi hai preso? Io ho studiato con Borromini e con Causticaldretti, sai chi sono? Tu dove hai studiato, alla scuola Holden? Bei titoli, cretinetti.

Domani avrai il tuo finale, e sarà come dico io, pensava rientrando a casa, e si immaginò la frase che avrebbe dovuto dire a quello stronzo, quelle frasi che sfortunatamente lì per lì non ti vengono, qualcosa tipo: «Domani le porto il finale, del resto parleremo dopo. E si riposi, la vedo stanco, esausto, sfinito. Stacchi un po' dal suo lavoro, si prenda un pomeriggio di relax, porti la sua ragazza al cinema o al parco, si riposi, mi pare che ne abbia bisogno».

Che faccia di bronzo che ha quello lì, pensava il De Angelis che non riusciva a darsi pace. E come fa finta di cadere dalle nuvole!

È vero, l'Amedeo è assai più giovane e più prestante di me, però... un minimo di sensibilità... Canaglia...

Proprio lui che, almeno fino a poco tempo prima, era pappa e ciccia con l'Angela, e adesso faceva il mandrillo, illudendo le povere signore... ma i suoi giochi di menzogne presto sarebbero venuti allo scoperto, e allora sì che ci sarebbe stato da divertirsi.

No, De Angelis con una donna non si sarebbe certo comportato in quel modo. Lui era di un'altra categoria, di un'altra classe, senza contare che il Consonni la macchina non ce l'aveva neanche, tantomeno una BMW Z3 3.2 24 valvole. Ma forse oggi le donne sono cambiate, alla macchina non ci guardano più, una volta...

Occorreva riuscire a mettere in cattiva luce quel porco del Consonni, che simulava di voler recuperare il rapporto con la povera professoressa Angela Mattioli, e faceva il cascamorto a destra e a manca, ma Carmela, Carmela no, era una persona troppo pura, troppo speciale, non poteva farsi ammaliare da quel maiale. Chissà se è sposata, se è ancora sposata, se è stata sposata, non sono riuscito a scambiarci una parola...

E se le inviassi un altro messaggino? Se le spiegassi meglio le mie serissime intenzioni? Io devo parlarle, io devo parlarle, le devo aprire il mio cuore.

Nelle sue farneticazioni De Angelis arrivò persino a immaginare di sfidare il Consonni a duello. Forse sarò ferito a morte, ma almeno Carmela capirà cosa sono disposto a fare per lei.

Il pensiero decadde rapidamente: quel porco del Consonni sarebbe riuscito a farla lui la figura dell'innamorato, a stregarla ulteriormente. E poi, quale arma scegliere?

«Mi dispiace signor Consonni, ma le devo dare una notizia che non so se sia buona, vede qui?» Claudio tentava di mostrare al Consonni la schermata.

«E che notizia è?».

«È che quelle cinghie, quelle lì che mi ha fatto vedere, sa, beh, è materiale specializzato, non è materiale da cantiere».

«E allora? Che roba è?».

«È materiale specifico per il bondage...».

«Bondage? E cus'è che l'è il bondeig?».

«Non ha mai sentito parlare del bondage?».

«No, che cos'è, una roba di sport?».

«No, signor Consonni, è tutta un'altra faccenda».

Ora, come spesso accade in era digitale, non è che il Claudio prima di allora sapesse che cos'era il bondage. L'aveva semplicemente saputo leggendo la voce di Wikipedia. Ma prima di far quello aveva navigato alla ricerca della marca di quegli articoli, cinghie e tiranti, e subito era venuto fuori il sito del rivenditore, una ditta specializzata in materiale sado-maso. Aveva dunque individuato il settore specifico, il bondage: c'erano kit per principianti, con manuale di istruzioni, il kit avanzato e quello estremo. Ecco, le cinghie che il Consonni aveva trovato appartenevano a quest'ultima categoria, per soli esperti.

Per spiegarsi bene, senza perdersi in tanti discorsi, il Giorgi mostrò direttamente al Consonni una foto, con una donna legata come un salame, nel senso stretto, con le gambe ripiegate, e una cinghia in tirare che collegava il collo della donna alle caviglie. Insomma se quella faceva un movimento di distensione delle gambe, si strangolava. In più la donna era mascherata con fasce di pelle nera, le braccia ripiegate sulla schiena, anch'esse assicurate con le stesse cinghie che le bloccavano gambe e testa.

Consonni ne fu sbalordito, lui che aveva sbirciato qualche libro di criminologia sapeva di che cosa si trattava: incaprettamento. Così si chiamava quella pratica, che aveva studiato un po' quando si era occupato del caso della Sfinge di Lentate.

«Questa posizione si chiama Hogtie. Non c'è una parte del corpo che sia libera».

«Ma che roba mi fa vedere, Claudio, è diventato matto?».

«Eh, no, signor Consonni, io no. Queste sono pratiche erotiche estreme. Ci vuole una persona che si faccia legare, il sottomesso – il sub – e una che leghi. Roba sado-maso».

«E poi quello che lega l'altro, al sottomesso, che cosa ci fa?».

«Eh, questo dipende, il catalogo degli articoli non lo dice».

«Ma è un modo per ammazzare la gente dopo orribili sofferenze, a quanto ne sapevo io».

«Eh, Consonni, il mondo è cambiato. Qui si viaggia fra amore e morte. Qualcuno, dice qua, la considera una forma d'arte, è una disciplina giapponese».

«Ci mancavano solo i giapponesi».

«Solo che è molto pericolosa, sa? Per esempio schiaccia i polmoni... fa parte del gioco perché pare che in mancanza di ossigeno si provi più piacere».

«Si prova più piacere a fare che?».

«Come a fare che, ad avere rapporti sessuali».

Consonni guardava l'immagine e data la fitta rete di cordature non sapeva proprio, a dirla franca, da dove si potesse passare.

«Insomma è molto pericoloso, uno può rimanere soffocato, e a quel punto, se non viene slegato immediatamente, rischia di peggiorare la situazione. Uno spasmo e la cinghia si tira ancora di più».

«Oh signur...».

«Lo sa cosa ho trovato navigando?».

Claudio raccontò ad Amedeo di quello che era successo qualche tempo prima: una ragazza era morta nel corso di una seduta di bondage mal riuscita, eseguita da un principiante, che si era voluto cimentare proprio con un Hogtie.

Il Claudio faceva tanto il superiore, quello che la sapeva lunga, ma era piuttosto colpito anche lui da queste nuove tendenze erotiche, lui a sua moglie, ai bei tempi, al massimo le aveva tirato un pochino, involontariamente, i capelli. E se era stato tentato di venire alle mani non era certo per motivi erotici.

«Veda Consonni, legga qui».

Consonni lesse tutta la voce relativa alle pratiche del bondage, dopo che si era fatto spiegare come si fa a scrollare la schermata. E mentre leggeva quelle inconsuete notizie rifletteva, pensava alla povera Mariella Crescenzago, che era morta soffocata. Come non andare con la mente al Goffi, che poteva essere uno dedito a quelle pratiche, dubitava che a farlo fossero i muratori del cantiere, e pensava a Marilou che... E se anche Marilou in quel momento fosse stata legata come un salame? Rischiava la vita... o l'aveva già persa? C'era ancora tempo?

Claudio ogni tanto si assentava. Andava in bagno a bere una sorsata abbondante di grappa, aveva nascosto una bottiglia di Candolini dentro il cesto dei panni sporchi, come tutti gli alcolisti si vergognava di quello che faceva.

Il Consonni si buttò sulla poltrona, attonito. Possibile che accadano di queste cose? E la Marilou, ha conosciuto la stessa sorte? Chissà dov'è adesso...

E io come faccio, si arrovellava, denuncio quello che so alla polizia? Lo racconto alla signora Kakoiannis? Vado a dirlo ai genitori della Crescenzago? Tengo tutto per me e lasciamo le cose come stanno?

No, quest'ultima ipotesi non poteva funzionare, perché Consonni aveva una coscienza. Se tutti facessero così, guardare dall'altra parte, allora cosa ne sarebbe del mondo? Per altri motivi non sapeva se per prima cosa doveva comunicare la faccenda alla Kakoiannis-Sforza, in fondo per il momento parevano soltanto illazioni, ma in quanto illazioni doveva tenersele per sé? No, mai al mondo. E allora, correre subito alla polizia ed esporre le prove. Non erano forse sufficienti? A proposito di prove, aveva fatto una bella scemata a prendere una delle cinghie che aveva trovato nello scantinato della villa in costruzione. Era pazzo? Le sue impronte digitali si erano certamente confuse con quelle di chi aveva utilizzato le cinghie, per esempio quelle del Goffi, e/o quelle della Mariella Crescenzago, e/o quelle di Marilou Sforza.

Santo Cielo, la faccenda era enorme.

Consonni, riverso sulla poltrona, cercava di riflettere razionalmente, ad occhi chiusi, tanto che Claudio pensò che si stesse addormentando.

Lentamente, nel corso delle sue furiose meditazioni, Consonni si andava convincendo che prima bisognava avvertire i genitori di quella povera ragazza, con molta delicatezza. Come può reagire un disgraziato cui è morta la figlia, e che preferisce pensare che sia morta in un incidente stradale, alla notizia che è rimasta uccisa nel corso di una pratica erotica estrema? Senza contare che, visto il possibile coinvolgimento di una persona famosa come il Goffi, di fronte a una notizia del genere la stampa e le televisioni si sarebbero avventate sul caso come dei vampiri. Se ne sarebbero sentite delle belle, servizi su tutti i TG, magari riportando la stessa foto dell'incaprettamento disponibile su internet. Sarebbe stata la notizia del giorno, e per molti giorni. I reporter non si sarebbero fatti problemi a entrare nello specifico:... vi risulta che vostra figlia fosse dedita a queste pratiche da molto?... Vi sembrava «normale» negli ultimi tempi? Sicuramente qualche politico avrebbe cavalcato lo scandalo, in una maniera – ci vuole la castrazione – o in un'altra – è il risultato di una società che ha perso la fede – o in un'altra ancora – è il risultato della globalizzazione, essendo la pratica in questione di provenienza orientale.

Una volta fatto il nome della Marilou Sforza i giornalisti si sarebbero scatenati anche su quella situazione, assai più succulenta dal punto di vista mediatico: dov'era la bellissima interprete del famoso spot? Qui veniva il problema. Anche lei era caduta nella ragnatela e anche lei era...?

C'era da aspettarsi che sarebbe stata ritrovata pure lei in un fosso, o forse questa volta le cose erano state sistemate con maggiore accortezza? O era ancora viva?

Oddio, che cosa devo fare? Consonni era terrorizzato all'idea di comunicare alla polizia l'esito delle sue indagini.

Eppure in circolazione c'era un mostro, un uomo che aveva fatto morire una ragazza di soffocamento, e quell'uomo probabilmente se ne era liberato gettandola nel fosso, facendo finta che si trattasse di un incidente stradale. E quell'uomo, fra l'altro ricco e celebre, il che non dovrebbe contare niente e invece conta, se ne andava in giro libero e arrogante, e poteva anche colpire di nuovo, convincendo ingenue ragazze a seguirlo nelle sue perversioni.

Santo cielo, Madonnina mia aiutami tu.

Claudio tornò da un'altra spedizione in gabinetto, dove per migliorare l'effetto di sviamento aveva tirato anche lo sciacquone.

«Ma Amedeo, lei questa roba qui dove l'ha trovata? Non è che...».

Consonni non disse niente ma riaprì gli occhi. Voleva bere un bicchierino di whisky, la bottiglia c'era, ma che strano, sembrava di una marca diversa.

Avrebbe voluto parlare dell'intera faccenda con qualcuno, ma il Giorgi non sembrava la persona adatta, essendo piuttosto imbambolato, adesso. Invece Angela era perfetta, lei avrebbe saputo ascoltarlo e dargli dei buoni consigli, ma Angela... ammesso che lei gli desse udienza, con che coraggio le avrebbe raccontato quella storia, a partire dall'incarico che gli aveva dato la Kakoiannis-Sforza? Con che coraggio avrebbe ammesso di averle mentito? Come le avrebbe spiegato che in quei giorni, in cui recitava la parte dell'innamorato, stava compiendo un'indagine in piena regola?

Ah. Era un momento assai tortuoso e difficile per il Consonni, che avrebbe passato una notte insonne, in mezzo a centinaia di travagli morali, a migliaia di decisioni prese insindacabilmente e ad altrettanti ripensamenti.

Purtroppo al mondo esistono persone che si sentono a disagio se non riescono a spiegarsi tutto. Una di queste era la signorina Mattei-Ferri, che nell'ora tarda rimuginava su tutti i dati che aveva a disposizione. E ce n'erano di cose che non le tornavano.

Cos'era questa faccenda di Giulia, la figlia della Mattioli, che se ne era tornata da Bruxelles? E perché era arrivata, poi se ne era ripartita, con tanto di valigia, e tornata nel giro di poche ore?

Sua madre frequentava quotidianamente, per un'ora circa, un bruto stallone, forse era lei la causa di quello strano comportamento. Che cosa facesse la Mattioli nel miniappartamento della bestia erotica non era poi così difficile immaginarselo, d'altronde da che era ricomparso Antonio Angela aveva chiuso la relazione col Consonni, che pure si ostinava a mandarle i fiori, che poi a un certo punto sparivano. E dove finivano?

Consonni rientrava e riusciva a orari strani, vestito diversamente. Cosa c'era sotto? Questa cosa aveva a che fare con la famosa signora Kakoiannis-Sforza, sulla quale peraltro il Consonni aveva avuto il coraggio di chiedere informazioni alla signorina Mattei-Ferri stessa?

E perché poi il Consonni le aveva chiesto altre informazioni riservate sul calciatore Goffi? A che cosa stava lavorando quell'inquilino?

Ah, la Mattei-Ferri avrebbe dato un rene per sapere cosa c'era sotto.

Senza contare lo strano atteggiamento del De Angelis, che fino al giorno prima era in amicizia col Consonni, e lo accompagnava fuori con la sua macchina verso destinazioni ignote, e adesso invece sembrava avercela su con l'Amedeo, che fra l'altro, nonostante desiderasse ardentemente di fare la pace con la professoressa Mattioli, era sempre via, impegnato in qualche operazione misteriosa. E chi era quel tipo losco che ogni tanto compariva nella casa di ringhiera per fare visita al bruto stallone? E il Giorgi, dov'era sparito?

E infine, chi era quella donna vestita in modo appariscente e di cattivo gusto che era venuta a cercare il Consonni? Un'altra pedina sulla scacchiera, ma la Mattei-Ferri, pur convinta che un bandolo ci dovesse essere, non lo trovava.

Occorreva rinforzare la sorveglianza, incrociare i dati, non dormire mai.

Giovedì 14 gennaio

Marilou è prostrata e sempre meno vestita nel suo angolino, continua a lavorare sulle cinghie. Ivan sta affilando delle lame, coltelli e accette. Su un muro cadente è rimasta una scritta della fabbrica di candele: «Vietato fumare».

Alle sei Consonni decise di alzarsi dal letto, non aveva senso protrarre oltre il limite quella tortura, che fra l'altro non lo aveva condotto a una decisione definitiva. La scelta più ovvia e necessaria sarebbe stata quella di consegnare le sue prove e le sue relative ipotesi alle forze dell'ordine, e contemporaneamente mettere a parte la Kakoiannis-Sforza della situazione. Ma come si fa spesso in questi casi il Consonni rimandò di qualche ora.

Infatti, prima di fare le mosse durissime ma inevitabili, decise di togliersi un ulteriore scrupolo di coscienza riempiendo l'ultima tessera del mosaico, l'indirizzo della ragazza, che aveva trovato nel B&B. Mariella Crescenzago.

E così alle otto in punto uscì di casa.

La signorina Mattei-Ferri registrò con precisione: ore 8.01 Consonni esce.

E quindi quest'ultimo prese la metro linea verde, cambiò a Centrale FS e prese la gialla fino ad Affori per raggiungere l'indirizzo in questione, in un quartiere che a pensarci bene non era poi così lontano dalla Bovisa e dal famigerato Bed & Breakfast.

Era tantissimo tempo che Consonni non passava da quelle parti, un quartiere di palazzine e palazzi dai due ai sei piani, di vario tipo e stile, risalenti più o meno agli anni Sessanta, mediamente brutti, in cattive condizioni, quei palazzi che appartengono a cooperative. Tanti anni prima la povera Luigina aveva tentato di convincerlo: si trattava di cambiare zona, abbandonare quella fatiscente casa di ringhiera e trovarsi un bell'appartamento moderno in un quartiere totalmente rinnovato. Adesso che camminava in mezzo a quei casamenti grigi e squallidi Consonni si confermava nella giustezza della sua decisione, non aver abbandonato la casa di ringhiera, semmai apportando qualche miglioria. Peraltro alla Luigina non piacevano i criteri di arredamento del Consonni, tutti quei bei tessuti, pavimenti di legno pregiato, divani d'antiquariato foderati di stoffe che costavano 150 mila lire al metro, e in cucina mobili antichi. Avrebbe preferito una cucina moderna, tutta di formica – a quei tempi – o di vetro e profilati – in tempi più recenti. E in salotto avrebbe desiderato divani e poltrone moderni, in pelle o similari, e un mobile per la televisione di quelli ultimo modello. Ma Consonni da questo orecchio non ci sentiva... mobili in noce, tappeti persiani...

Sta di fatto che, dopo aver girato per una decina di minuti a vuoto, l'Amedeo trovò il palazzo in questione, il numero civico cui corrispondeva la residenza della Mariella. La campanelliera consisteva di una ventina di bottoni, ma non si capiva granché perché c'era un'infinità di etichette di plastica e di carta, con nomi strani aggiunti e sovrapposti via via. Gli ci volle un po' a trovare il cognome, Crescenzago, ma finalmente eccolo, scritto a mano su un'etichetta autoadesiva.

E adesso che c'era da fare? Consonni non sapeva neanche se la ragazza vivesse da sola o con qualcun altro. Nell'incertezza suonò il campanello.

Dopo un minuto o due gli fu risposto.

«Chi è?».

«Sono Amedeo Consonni».

«E cosa vuole a quest'ora?».

«È questa la casa dove abitava la signorina Crescenzago?».

«Sì, perché?».

«Lei chi è, un parente? Potrei parlare un momentino con lei?».

«Guardi che se siete i testimoni di Geova o altri rompiballe del genere vi dico: andate a casa vostra!».

«No, signore, niente di tutto questo. Ma lei in che grado di parentela era con la signorina?».

«Sono... ero... il padre, ma lei che vuole?».

Consonni non si era preparato in nessun modo, e se ne rammaricò. Ma a che valeva mentire?

«È che ho delle notizie sulla Mariella».

L'apriporta elettrico fu azionato.

Consonni prese l'ascensore, pur non sapendo a che piano dovesse andare, si trovò al sesto, e dovette scenderne a piedi due per trovare una porta socchiusa. Bussò, e lo accolse un signore magrissimo e curvo, mal rasato e mal vestito. Indossava un cardigan di lana grossa sporco sdrucito e liso, che gli arrivava quasi alle ginocchia, forse lo usava come una sorta di vestaglia da camera, d'inverno.

«Si accomodi...». La casa era semivuota, come se avessero portato via quasi tutti i mobili. Infatti fu fatto accomodare in cucina, dove l'arredamento era veramente ridotto all'essenziale, un vetusto tavolo di formica verdina, appunto, che faceva pendant coi mobili pensili. Sembrava una casa in abbandono, o che sarebbe stata abbandonata di lì a poco.

Il clima era talmente desolante che Consonni aveva veramente ritegno a parlare, ma d'altronde.

«Le preparo un caffè?» chiese il Crescenzago, mentre prendeva da uno scaffale una caffettiera nera e ammuffita.

«No grazie. Veda signor Crescenzago, senza tanti preamboli, sono qui per farle una domanda, una domanda assai difficile da farsi a persone nella vostra condizione...».

«Venga al sodo».

«Ecco, la domanda è questa. Se relativamente al caso di sua figlia emergessero dei dati nuovi, che rendessero possibili nuovi orizzonti, diverse responsabilità... non so come dire, un'altra prospettiva di indagine... altre testimonianze... voi cosa ne pensereste, sareste favorevoli a...».

Il Crescenzago pose dentro il filtro due cucchiaini di polvere di caffè, riempiendolo neanche a metà, e senza dire niente mise sul fuoco la caffettiera.

Il silenzio si protrasse a lungo, tanto che Consonni non riuscì a non aggiungere: «Lei non mi conosce, ma io le posso assicurare che da parte mia c'è il rispetto più totale nei vostri confronti, basta che lei mi dica una parola e io me ne vado immediatamente, e nessuno ne saprà assolutamente niente...».

«E qual è questa parola che devo dire perché lei se ne vada immediatamente e non se ne parli più?».

Consonni rimase turbato, gli sembrava di avere capito.

«... era solo un modo di dire... intendevo che... il problema è che potrebbe essere coinvolta una persona molto importante... e quindi... ma sono solo ipotesi... però si tratta di verificarle... E io vorrei sapere se lei... se voi...».

«Senta signor... signor?».

«Consonni».

«Senta signor Consonni, mia figlia è morta e lo sanno tutti e noi non vogliamo parlarne più. Mia moglie è nell'altra stanza. Lasciamola stare. E se la parola è quella giusta, se ne vada».

In quel momento entrò in cucina un ragazzo sui vent'anni, con i capelli rasati a zero e la barba lunga, sembrava essersi appena alzato. Guardò Consonni con un gradiente di espressioni che andava dalla diffidenza all'odio.

«Lei che cazzo vuole da noi?».

«Niente, il mio era solo uno scrupolo, ma capisco benissimo che... perdonatemi, ma forse, i destini di altre persone...».

«E a noi che cazzo ce ne frega dei destini delle altre persone? Guardi che se si immischia dei cazzi nostri la denuncio, le faccio una denuncia, ma prima le rompo la testa».

Consonni in precedenza aveva immaginato che la situazione potesse essere molto difficile, ma non così tanto.

«Io vi chiedo infinitamente scusa...».

«Scusa un cazzo».

«Insomma io volevo solo...».

«Tu vai in camera tua» disse il padre «e non usare queste parole. Lei signor Consonni, la strada la sa».

Consonni con la coda fra le gambe riprese il suo cappello, e ripercorse il tetro corridoio all'indietro. Purtroppo per lui l'occhio gli cadde all'interno di una stanza nella quale c'era una signora anziana e consunta riversa su una poltrona. Piangeva.

Una volta fuori dall'appartamento Consonni si intrattenne un po' sul pianerottolo, indeciso e anche un po' affranto. Il fratello di Mariella uscì di casa, e velocemente prese l'ascensore. Per fortuna non lo vide.

Consonni dunque aspettò qualche altro minuto, prima di decidersi a scendere. Uscito dal portone si guardò intorno, ancora sussultante. Ossignur, aiutami tu, e adesso che cosa posso fare?

Quindi vide qualcosa che non si sarebbe immaginato di vedere. Il fratello di Mariella era giusto lì fuori, stava parlando al telefonino, ma la cosa imprevedibile era che fosse al volante di una grossa Porsche nera. Per puro scrupolo Consonni ne controllò la targa, non era una targa difficile, ma se la scrisse sul suo quadernetto. Poi verificò. Era la stessa della prestigiosa macchina del Goffi.

Angela, seduta sul divano, cercava di raccogliere le idee.

Non è mai semplice scrivere il finale di un romanzo. Quante volte immersa nella lettura si era scoperta a commentare che il finale era debole, non era all'altezza delle aspettative, era affrettato o inconcludente. Ancora più difficile è riscriverlo, perché quello scritto precedentemente non va bene, questo avviene in quanto di solito l'autore si affeziona al finale che è riuscito a inventare. Ma il caso di Angela era ancora più complicato, perché il finale non se lo era inventato affatto, si raccontavano soltanto i fatti come erano veramente accaduti. E quindi adesso doveva immaginarsi un mondo controfattuale dove accadevano fatti immaginari a compimento di una storia che era vera. Mah...

Che poteva escogitare per trovare un nuovo capitolo conclusivo, che al tempo stesso mascherasse la realtà, funzionasse come finale, appassionante, rassicurante e soddisfacente, e che andasse bene a quello stronzo imbecille di editor? Fiction-fiction? Ma di che parlava quell'idiota, l'avesse saputa tutta. Si trattava di trovare un'altra quadratura, immaginaria, ben diversa da quella che aveva raccontato nel capitolo che fortunatamente era rimasto nel gabinetto del Consonni. Angela non sapeva proprio da che parte battere il capo.

Eppure adesso non le passava proprio per la testa l'idea di mollare. Cambierò tutto il romanzo in modo che nessuno possa riconoscere la situazione: dirò che mi sono ispirata al rapimento di un mio allievo per ricavarne una storia di fantasia, in fondo in fase di propaganda sarebbe stato utile raccontare che la narrazione si era liberamente ispirata a fatti della realtà. Diciamo che in quel periodo della sua vita per lei, per combinazione, erano cambiate molte cose, con la famiglia, con il marito, con la professione, e in fondo aveva deciso di mollare tutto per darsi alla scrittura. Sì, non a caso nel romanzo aveva vergato una sferzante ironia su una scrittrice, e su un certo ambiente letterario. La realtà mi ha ispirato, ma io ne ho fatto una trasfigurazione che per me ha un valore che va oltre lo spunto, assume un significato generale, perché io quando scrivo...

Angela, senza saperlo, stava maturando pensieri tipici di chi affronta la scrittura, e cioè anziché dedicarsi a ragionare su quale potesse essere l'epilogo finzionale della sua storia, si lasciava andare a pensieri narcisistici, a che cosa avrebbe detto il giorno che l'avrebbero intervistata, a che cosa si sarebbe messa indosso nel corso di una frequentatissima presentazione al festival letterario, a quale parte della sua vita e delle sue emozioni avrebbe raccontato in quell'occasione e in altre. Insomma stava già pensando a come parlarsi addosso, giustificando le cose che aveva scritto, temendo di essere attaccata. Per esempio, le avrebbero fatto la solita domanda: quanto c'è di autobiografico nel suo romanzo? «Tutto e nulla», questa era la risposta che si era già preparata. «Ho pensato di riflettere sulla mia vita, e ho creato un alter ego, un'altra donna, della mia età, della mia professione, con una situazione familiare che non era la mia, per carità, ma che è quella di tantissime donne. E per lei ho pensato a un percorso di liberazione e di redenzione, una vita completamente nuova, affrancata dai vincoli che la società aveva creato per lei. È un po' quello che è successo a me, è la scrittura che mi ha salvato, ho cominciato a guardare le cose da tutta un'altra prospettiva. Non so come dire, che volete, in questo momento sono così emozionata...».

Per fortuna Angela non poteva osservare analiticamente questi suoi pensieri, mentre la sua fantasia correva così liberamente: se ne sarebbe vergognata. Però, tornando in sé, si rendeva conto che un finale non ce lo aveva. Sì, certo, modificare la storia rendendola più esotica, il rapimento dello studente bellissimo non sarebbe avvenuto in Sardegna ma in qualche stato, reale o immaginario, alle Maldive, o in Kenya, o chissà dove, a fare questa trasformazione esoticheggiante non ci voleva niente, ma il problema era che l'editore aveva letto la storia fino al momento in cui la protagonista sta per prendere l'aereo, e trova nella borsa ciò che non ci doveva essere, ma che cos'era? Un regalo dell'amante Alberto?

Qualcosa di completamente diverso che non erano soldi ma che poteva valere altrettanto?

Angela cercò di immaginarsi altre passeggiate nei boschi narrativi: per esempio la protagonista, una volta a Milano – no, anche Milano non va più bene, dove posso farla risiedere, a Palermo? Oppure in una indefinita città della Francia? – potrebbe decidere di tornare indietro, dal terzo amante. Ma chi era questo terzo amante?

Antonio si mise a sedere per terra: il dilemma era chiaro. O dava retta a Adrem, cercando di sottrarre quanti più soldi si poteva alla signora Mattioli, minacciando la figlia, o faceva fuori Adrem.

Nel caso avesse deciso per la prima opzione la situazione si faceva confusa: quanto sarebbe riuscito ad estorcere? E quanto Adrem gli avrebbe lasciato? Si ricominciava da capo. Pochi soldi e scappare da qualche parte.

Invece l'idea di liberarsi di Adrem portava a conseguenze inimmaginabili, ma tutte negative. Anche in quel caso, anzi, soprattutto in quel caso, avrebbe dovuto tagliare la corda, ma a questo punto senza soldi, neanche un po'.

Era veramente un dilemma insolubile, specialmente per una mente semplice e rozza come quella di Antonio. Avrebbe soltanto desiderato che il dilemma non si ponesse.

Quante probabilità aveva di uscirne fuori?

E se avesse parlato chiaramente con Angela? Se si fosse confessato con lei, del tutto?

Non erano neanche le dieci che la necessità di Claudio di uscire fuori e prendersi un caffè, o qualcos'altro, al bar si fece impellente. Come al solito indossò i vestiti di Consonni, che gli aveva anche dato il permesso di farlo. Per lui faceva più freddo del solito, ma non corrispondeva alla realtà atmosferica, era solo un effetto della sudorazione e tachicardia dovuta all'astinenza.

Svicolò giù nella corte, e camminando radente al muro fu rapidamente fuori.

Carmela era proprio lì, sulla strada, indecisa sul da farsi. Infagottata in una monumentale pelliccia di lapin, sudava per il caldo e il nervosismo. Voleva dirgliene quattro a quell'uomo, che non si era neanche sognato di chiedere scusa. E adesso lo incontra, chissà dove se ne stava andando, bello bello, e di passo svelto.

Carmela si girò dall'altra parte, per non farsi riconoscere, almeno immediatamente. D'altronde Claudio non poteva effettivamente riconoscerla perché non la conosceva affatto. Carmela simulò di essere interessata a una vetrina di un negozio che fra l'altro era chiuso da tre anni. Poi si girò di nuovo e si concentrò sulla sagoma del Consonni vista da dietro, cominciò a seguirlo, con la doppia intenzione di vedere dove se ne stava andando e di bloccarlo per chiedergli spiegazioni. Ma che passo che aveva! Riusciva a fatica a stargli dietro.

Era talmente concentrata che non si accorse che nelle sue vicinanze c'era qualcun altro.

Era uscito di casa a comprare il pane, il Luis, e quando l'aveva vista, davanti a quella vetrina vuota, gli erano quasi mancate le forze. Che stava facendo lì Carmela? Aveva un appuntamento col Consonni? De Angelis si nascose nell'androne, tenendola d'occhio, ed ecco che quella partiva di buon passo in direzione via Casoretto. Con il sacchetto del pane in mano, si avviò dietro Carmela, la quale sembrava un po' affaticata e, coperta com'era, produceva il calore di una stufa.

Finalmente lei riuscì a scorgere qual era la meta, almeno temporanea, del Consonni, un bar malconcio e sicuramente mal frequentato. Carmela esitò, fuori dell'ingresso principale, dette uno sguardo all'interno attraverso la porta a vetri. L'Amedeo aveva ordinato qualcosa, e si era messo a sedere a un tavolino, vicino a dove si trovava lei, che ne poteva distinguere la sagoma, lui invece non poteva vederla, perché aveva cambiato postazione, spostandosi sull'altra vetrina, un po' appannata. Che stesse aspettando qualcuno? Fu sorpresa nel notare quale fosse la consumazione, un doppio whisky, comunque un liquore doppio, a quell'ora del mattino! Ah ci mancava solo questa, che quell'infame avesse anche il vizio del bere! Restò appostata alla vetrata, ansimando.

De Angelis si era fermato qualche decina di metri più indietro, facendo finta anche lui di guardare una vetrina. D'altronde aveva il pane in mano, il che gli dava un aspetto casual. Carmela se ne restava là fuori, a sbirciare dentro il locale, qual era il gioco? A un certo punto lei si mosse, ed entrò nel bar.

Claudio era già al secondo superalcolico doppio, in effetti non era whisky ma Vecchia Romagna, stava acquistando in lucidità, ma non ancora abbastanza per capire che cosa volesse quella strana signora che si era seduta al suo tavolino dicendogli: «Finalmente ti trovo, disgraziato, guarda come sei ridotto, hai finito di sfuggirmi». Lui si era tolto il cappello, abbastanza incredulo: ma cos'era, una prostituta che cercava di agganciarlo? O qualcuno mandato da Donatella? Tuttavia la signora subito dopo averlo visto in faccia si scusò. «Oh Madonnuzza santissima, mi sbagliai di persona! Mi scusi tanto, sa... io credevo che, lei ha i vestiti di una persona... cioè, ce li ha precisi... e io...».

La signora era tutta accalorata, ma che voleva da lui?

«Le chiedo scusa ancora una volta...».

De Angelis nel frattempo aveva occupato la postazione che in precedenza era di Carmela, e dunque, attraverso il vetro, vide che Carmela stava parlando con un uomo, seduta a un tavolino. Un incontro clandestino?

Chiaro! Aveva appuntamento lì col Consonni. Solo che l'uomo non era il Consonni, bensì, questa poi, il signor Claudio, l'inquilino dell'appartamento 15. E il De Angelis era l'unico a sapere che in quei giorni il Giorgi era ospite clandestino dell'Amedeo. Ah... Era così? Il Consonni stava ordendo qualche trama ai danni di Carmela, utilizzando quel poveraccio del Giorgi come suo messaggero?

Carmela si stava alzando, lasciando lì quel tipo che si beveva i superalcolici al mattino, che fra l'altro non sembrava molto interessato all'accaduto. Quando Carmela uscì Luis si voltò dall'altra parte, non voleva in quel momento farsi riconoscere, farsi vedere che la spiava. Ma adesso che fare con lei? Desistere? E il Giorgi? Sua moglie Donatella lo cercava da tutte le parti, era andata anche da lui, dal De Angelis, per sapere se aveva notizie di suo marito, apparentemente scomparso. E il Luis aveva risposto che lui non sapeva niente...

Dopo l'incontro fortuito col figlio del Crescenzago al volante della Porsche Panamera del Goffi, Consonni era rimsto seminascosto in un portone di un altro condomiro di Affori, e gli mancava il fiato. Gli sembrava impssibile, ma non poteva essere altrimenti. Aveva capito e ci ripensava con orrore. La ragazza non era morta peun malore. Sì. È vero, era morta per una crisi respiroria, ma questa crisi non dipendeva da una qualche alattia o malformazione, dipendeva invece da una praa erotica estrema, un bondage, e oramai Conson sapeva di che cosa si trattasse. Il bondage... Ma i geori di Mariella ne erano al corrente? Il loro figlio sramente aveva avuto una ricompensa, affinché no procedesse con nessuna indagine che potesse mett in luce la verità, ma i genitori lo sapevano? E comtevano non saperlo?

Conni, stravolto da questi pensieri, decise di tornare adi a casa da Affori al Casoretto. Un bel tratto da camminando, ma per un po' voleva stare lontano tto e da tutti, e riflettere, e per riflettere non c'è ni di meglio che camminare.

Prea Pastro, vicino a un benzinaio, all'incrocio con lmasina, andava avanti un po' a senso, si ritrovronte una di quelle orribili chiese moderne di mi, sembrava una fabbrica. Sulla facciata c'era un Cristo in Croce, ma senza Croce, come fosse appeso nel vuoto, su uno sfondo azzurro pallido dipinto a tempera. Una scritta intimava: PACE A VOI. Consonni volle entrare per un attimo nella chiesa, forse in cerca di un minimo di raccoglimento spirituale, meditare sull'assurdità delle vicende umane. Ma il luogo non era così stimolante. Per entrare dovette aprire una porta di alluminio anodizzato e vetri oscurati, tipo uffici dell'INPS. E che ci dobbiamo aspettare dal gnere umano se questa è la casa del Signore? Nella naata destra era collocato un monumento moderno, unacultura in cui il marmo sembrava liquido, si scioglievnel bronzo e nel vetro curvo con doratura. Dio mioperché mi hai abbandonato?

Uscì dalla chiesa, come ubriaco. Intoo c'erano anonimi palazzi, palazzine e qualche magaino.

Dopo via Scialoja trovò via Semplicità.he nome curioso, nel suo stato di depressa esaltazie gli parve una vera e propria metafora della situane in cui si trovava. Si aggirò un po' smarrito in quezona che non conosceva. A un certo punto si ritrov via Pellegrino Rossi, dove la speculazione ediliziveva colpito qualche tempo prima, le palazzine risano agli anni quaranta-cinquanta. In fondo era see la Comasina, se l'avesse seguita sarebbe arrivaalle parti di Porta Garibaldi, dove la speculaziora al lavoro adesso.

Nel corso del lungo cammino era attanto dagli scrupoli di coscienza: doveva tenere per ello che aveva scoperto o doveva rivelarlo a qual? Doveva scatenare uno scandalo? L'ex calciatore Goffi con le donne ne aveva fatte di tutte, probabilmente, ma era giusto che restasse impunito per quello che aveva fatto, soprattutto per la cosa orribile che aveva messo in moto successivamente, per ottenere il silenzio dei genitori della vittima? Cosa sarebbe successo se Consonni avesse denunciato quello che sapeva? Sicuramente il Goffi sarebbe riuscito a farla franca, a dimostrare che non era vero che aveva regalato la sua Porsche al figlio dei Crescenzago, che non conosceva neanche la ragazza, che non ne sapeva niente e che era tutta una montatura della stampa, dei giornalisti e di qualche imbecille che voleva la sua rovina per farsi pubblicità alle sue spalle. Come succede sempre a queste canaglie, di una possibile imputazione ne avrebbe fatto un'arma per far parlare di sé, per fare la vittima, per acquisire ancora maggiore notorietà e credito. Roba da matti. No, questa volta non sarebbe finita così, e comunque Consonni sarebbe andato avanti.

Ma aveva delle prove concrete?

Poteva provare che il figlio dei Crescenzago ora aveva una Porsche Panamera e che prima non ce l'aveva. Poteva provare che quella macchina in precedenza apparteneva al calciatore. E la polizia che avrebbe fatto? Avrebbe dato credito a quello che diceva il Consonni?

E la famiglia, che ne sarebbe stato di loro? La figlia non l'avrebbero ritrovata, e per giunta sarebbero finiti al centro del mirino... e le principali vittime di tutto il processo mediatico sarebbero stati loro. Sui giornali sarebbero comparsi come le persone da mettere all'indice, quando avevano perso una figlia... Eppure per una macchina fuoriserie avevano acconsentito a insabbiare il caso della morte sospetta della vittima, solo perché di mezzo c'era un personaggio molto, molto noto, ricco e soprattutto amico di molti potenti.

Consonni a questo punto stava camminando lungo una sorta di superstrada costeggiata da alberelli, viale Fermi. Riuscì a raggiungere piazzale Nizza, poi si confuse in mezzo a strade che si chiamavano via Populonia, via Cufra, era perduto nel marasma.

I contorcimenti nel mezzo dei quali si trovava lo portavano a fare generalizzazioni, per esempio che quella povera ragazza, attratta dal vortice e dai lustrini del privilegio, sedotta da un uomo celebre, dalle belle macchine, dagli alberghi di lusso, da un paio di scarpe di Prada, avesse anche lei delle responsabilità. D'accordo, era maggiorenne, ma come si fa a dire che una ragazza di diciannove anni è pienamente responsabile di quello che fa se viene proiettata in ambienti che le fanno girare la testa?

Dopo altre giravolte, finalmente il Consonni riconobbe via Cagliero, si sentiva più vicino a casa, anche se di strada ne mancava ancora molta.

La cosa che lo abbatteva di più era l'ipotetico comportamento dei genitori, forse istigati dal figlio, chi lo sa, quello che adesso si ritrovava la Porsche. «Ti ho detto di non venire qui con quella macchina, vuoi farci passare dei guai?», questo era quello che i signori Crescenzago, nell'immaginario di Consonni, dicevano. Se la ragazza era maggiorenne e voleva provare esperienze estreme che altrimenti non avrebbe mai provato, magari con personaggi molto famosi, che potevano pensare loro? Magari che alla Mariella le si sarebbero aperte tutte le porte, e se avevano pensato questo erano da biasimare? Magari non erano altro che contenti di queste frequentazioni della figlia... Oh, santo cielo, pensava Consonni, ma in che mondo viviamo?...

Ma quando una ragazza, per una sua leggerezza, o per colpa di qualcun altro, ci perde la vita, come può un genitore non desiderare che si faccia chiarezza? C'erano delle responsabilità di altri? Si poteva addossare tutto a una ragazza diciannovenne, probabilmente circuita e sedotta, assolutamente non in grado di prevedere le conseguenze dei suoi atti? E chiudere un occhio per una Porsche ultimo modello?

Consonni era a pezzi, e si mise a piangere, mentre camminava dentro il tunnel dopo viale Lunigiana, sotto la Stazione Centrale, decorato da colonne di ghisa con capitelli corinzi. Piangeva e gli mancava il respiro, a causa del suo stato di commozione e del monossido di carbonio.

Ormai mancava poco ad arrivare a casa, che considerava, nonostante al suo interno ci fosse il signor Claudio, come un baluardo di moralità. Forse era la stanchezza, lo stress, tutte le difficoltà che aveva dovuto affrontare negli ultimi tempi... certamente. Piangendo pensava ad Angela, ed avrebbe voluto confessarsi con lei, tirare fuori quell'orribile verità di cui era venuto a conoscenza. La gente per strada lo guardava anche se faceva finta di non vederlo. Lui non era tipo da mettersi a frignare, gli uomini della sua generazione non si prevedeva che facessero qualcosa del genere, ma la commozione, il dolore, la disperazione, lo presero tutti insieme, e piangeva amaramente.

In confronto alle verità che aveva scoperto, cos'erano tutte le sue piccole faccende quotidiane, gli screzi con l'Angela che non voleva più avere a che fare con lui perché non le aveva dato abbastanza soddisfazione col suo manoscritto, le incomprensioni con Caterina, i timori per qualche gesto goffo commesso in precedenza. Oppure la messa in scena che aveva escogitato per vedere il Cipolla almeno un'ora nel pomeriggio, complice la baby-sitter ucraina...

Tutte stupidate.

Ma se una famiglia accetta una Porsche in cambio del silenzio sulla morte della figlia, solo perché una persona potente vuole evitare uno scandalo... No, Consonni questo non lo poteva digerire. Il giorno dopo si sarebbe assunte tutte le sue responsabilità. Sapeva che il Goffi aveva pagato per il silenzio. E Marilou Sforza? Forse era già troppo tardi.

Anche quel pomeriggio Enrico fu lasciato solo ai giardinetti da Ludmilla, per i soliti motivi. Però questa volta il bambino si accorse che il nonno non c'era. Inoltre ebbe un diverbio con un altro bambino, che erano due ore – diciamo due minuti – che stava sull'altalena e che non voleva assolutamente abbandonare la posizione di vantaggio, anzi, più richieste gli venivano fatte di lasciare il posto e più sembrava godere del suo privilegio. In definitiva Enrico passò alle vie di fatto, e dette uno spintone laterale allo stronzo, tanto che quello venne a urtarsi con una bambina scocciantissima che stava sull'altalena accanto. Ci fu un capitombolo a due e una violentissima frignata da parte del maschietto e della femminuccia coinvolti, che dette origine a una sorta di insurrezione da parte dei nonni, parenti e accompagnatori. «Ma questo bambino è aggressivo, dà sempre fastidio agli altri, è un prepotente, e poi è qui da solo, nessuno lo sorveglia... ma si può?».

Enrico si guardò intorno. Se fosse stata questione degli altri bambini non c'era problema, se li sarebbe mangiati in un boccone, una manica di stronzetti viziati, ma paurosi. Il problema era che tutti quei grandi stavano facendo fronte contro di lui, e lo minacciavano.

Allora non vide altra soluzione che mettersi a piangere disperatamente, urlando: «Nonno, nonno, dove sei? Questi signori mi vogliono picchiare... nonno, nonnino mio... vieni...».

Ma il nonno non era lì, però quei grandi mica potevano prendersela con un bambino, solo perché era psicofisicamente superiore a quei dementi dei loro nipotini.

Così Enrico, ancora singhiozzando, e non era soltanto una recita, se ne andò via, lui sarebbe arrivato fino a casa del nonno, che poi il nonno a quelli lì gliela avrebbe fatta vedere lui. Tanto la strada la sapeva benissimo. In via Porpora, frequentata da persone di ogni età, censo e appartenenza etnica, nessuno fece caso a un bambino di quattro anni e mezzo che camminava da solo e che tratteneva il pianto solo perché avvolto dal desiderio di vendetta.

Enrico arrivò in poco tempo alla casa di ringhiera, salì le scale e fece quello che faceva d'abitudine, ovvero aprì, arrivando con fatica alla maniglia, la porta di casa, che non era mai chiusa a chiave. Ma il nonno non c'era. C'era invece un altro signore, che stava bevendo un bicchiere di una cosa rossa, Enrico lo conosceva benissimo, era il papà di quei bambini grandi, Gianmarco e Margherita.

Non si sa chi dei due fu più sorpreso, se il signor Giorgi, che si vedeva comparire davanti il nipotino del Consonni, da solo, ma forse a ruota sarebbe apparsa la madre che probabilmente stava posteggiando la macchina, oppure Enrico stesso, che trovava dal nonno un altro signore che stava lì come se fosse a casa sua.

«Io voglio il mio nonno» disse Enrico.

Claudio ripose la bottiglia e si trovò nell'imbarazzo.

«Eh, il nonno arriva adesso, fra un po', ma sei solo?».

«Lei mi deve portare ai giardini» intimò Enrico «perché adesso arriva Ludmilla che è la mia bebisitter, però ci sono delle persone che mi vogliono picchiare. Non c'è tempo da perdere».

Il Giorgi era interdetto, che doveva fare? Ma di fronte alle insistenze del bambino riindossò la tenuta da Consonni e accompagnò il bambino ai giardinetti. Prima di uscire si fece una dose quadrupla di Stravecchio che gli doveva bastare per mezz'ora almeno.

Enrico si presentò in piazza Gobetti con quel grosso uomo che gli faceva da scorta, come a dire, questo vi mena a tutti. Il gruppo dei vecchi che lo volevano linciare era sempre lì, anche se assai ridotto di numero.

«Questi sono quelli che mi vogliono picchiare» disse.

Claudio, tentennando, si avvicinò a un settantacinquenne che sembrava l'esponente più autorevole: «Che cos'è successo, qui, è vero che lo volete picchiare?». Espresse questo concetto in faccia al signore, alitandogli addosso un doppio concentrato di Stravecchio. Non aveva un bell'aspetto, e i frequentatori del giardinetto non ci misero molto a trarre le loro conclusioni. Con un genitore alcolizzato in quel modo, che altro c'era da aspettarsi dal figlio? Un violento, come minimo.

L'uomo si avvicinò a un gruppetto di bambini lamentosi con la candela al naso, raccolto nei pressi. Si abbassò verso di loro e disse: «Se fate qualcosa all'Enrico io vi infilo i petardi nel culo, e poi li accendo, chiaro?».

Gli adulti non furono in grado di percepire la comunicazione, almeno per il momento.

Arrivò Ludmilla, con la pelle bianca e le gote rosse. Inizialmente neanche si accorse che l'uomo vestito alla Consonni che accompagnava Enrico non era Consonni.

«Sempre ritardo» disse, con una bella faccia di tolla. Quindi procedette alle sue richieste: «Tu mi deve pagare 30 euro, ci sono anche quelli di ieri».

Poi si accorse che il tipo non era il nonno di Enrico, anche perché disse, con qualche incertezza di pronuncia: «Sa, sono un amico, lui non è potuto venire».

«Non importa, tu dà lo stesso soldi a me!».

Claudio, inebetito, pagò i trenta euro.

Angela stava pensando all'esigenza narrativa di un terzo amante. In un romanzo tutto ciò che c'è di interessante ci deve essere tre volte. Glielo aveva detto spocchiosamente l'editor Zanconi. Quindi chi poteva essere questo terzo uomo?

«Amanda» quando esce dalla sua tomba è sfinita, rovinata, derelitta, è scesa così in basso che più in basso non può scendere. Dunque, in questo momento di picco negativo, cosa viene a sapere? Che il ragazzo rapito è stato liberato. Il caso è chiuso, per la polizia. Ma Amanda che altro può fare? Si era appassionata all'idea di ergersi ad eroina, a salvatrice, ma ormai lei non serve più a niente. Ha passato tutto quello che ha passato e adesso che fa, se ne torna a Milano – cioè nella cittadina francese – al suo rovinoso tran tran, peraltro ormai del tutto compromesso?

No, la protagonista a questo punto tenta l'estremo colpo, è venuto il momento di andare veramente alla polizia, e di raccontare tutto quello che le è successo, al commissario, personaggio che in realtà Angela non aveva mai conosciuto, ci aveva parlato solo per telefono, ma questo non aveva importanza. Peraltro quel commissario con le orecchie un po' a punta l'aveva sognato, se ne parlava in un capitolo precedente... ma Oddio Mio, non ne verrò mai a capo?... però mi ci vuole qualcuno che faccia quadrare i fatti, che sia in grado di riportarli a un ordine, e quindi di dare alla protagonista e a me un po' di tranquillità e sicurezza. Ne avrei proprio bisogno.

Insomma, Angela stava, come si dice, correndo dietro a un'idea, senza esserne peraltro per niente convinta. Com'è che si chiamava quel commissario? E com'è che invece lo potrei chiamare io?

Ecco, questo commissario, ovviamente spedito in Sardegna – cioè in Kenya – per punizione, avrà delle caratteristiche ben precise: è un uomo disilluso, anarcoide, ma con straordinarie capacità di comprensione umana, in particolare nei confronti delle donne.

Le lettrici si innamorano sempre del commissario di polizia, che oltre a mettere le cose a posto è anche, di solito, un grande scopatore. Oddio, ma come ragiono... come ragiono...

Ma può succedere che la mia protagonista si innamori del commissario, che poi lei, si sa, è una cui piace cucinare, e il commissario mangia di gusto, a differenza dei mariti, e scopa bene, stessa cosa.

Lei, infatti, si confiderà con lui, lui le crederà, ma... di fronte a certe compatibilità si dovrà fermare...

Angela si immaginava la scena: la donna dopo aver conferito con lui ci sarebbe andata a cena, e poi a letto... avrebbe avuto finalmente la sensazione di essere incappata nell'uomo giusto. Ma anche «Amanda», che per carattere sarebbe propensa a dare fiducia alle persone, e a dare tutta se stessa nel rapporto, presto avrà una (temporanea) delusione. Sarà proprio il commissario, nel ruolo del cinico, a convincerla che per il bene di tutti è meglio insabbiare la situazione, lasciare che le cose vadano per il loro verso, il rapimento si è risolto e ci sono degli interessi per i quali è meglio lasciare tutto com'è.

E per lei questa sarà una nuova terribile delusione: anche il commissario l'ha usata per i suoi comodi sessuali, ma poi l'abbandona a se stessa, al ritorno a casa dal marito, a una vita di frustrazione ancora peggiore di quella che faceva prima. Mah...

All'aeroporto lei spera di vedere Alberto, Michele, il commissario: non viene nessuno. È il punto più basso dell'intera vicenda, una situazione senza speranza, tutti l'hanno abbandonata.

Ma ecco la buona idea, Angela nella borsa trova qualche cosa che non si aspetta: ma cosa?

Un regalo di Alberto? Un messaggio di Daniele? No, l'amante vero è l'ultimo, il commissario: egli le manda un messaggio. Ecco quello che troverà lei nel pacco, un messaggio o qualcosa da parte del commissario, che la spingerà a tornare indietro, da lui. Cioè quando arriva a Milano – cioè nella cittadina francese – deciderà di tornare indietro e mollare tutto, a lei ci penserà lui: «Possiamo provare, no?» le aveva detto.

Questo perché il commissario ci ha ripensato, e non può accettare il compromesso del quieto vivere, e lui e lei possono ricominciare a lottare per il bene e la verità.

Angela non ci capiva più niente, in fondo lei ad immaginarsi storie non ci era affatto abituata, nella sua testa c'erano anche altre opzioni, e una grande confusione. Non si sa come mai pensò a quelle volte in cui si recava ad ascoltare delle presentazioni di romanzi: nessuno aveva letto il libro e nessuno aveva la più pallida idea di quello che vi si raccontava, storie, personaggi, trame, eppure le persone che ne parlavano, compresa l'autrice o l'autore, ne dicevano di tutte, come se lo sventurato uditorio potesse capirci qualche cosa.

Uscì di casa, per prendere una boccata d'aria.

Al suo rientro nella casa di ringhiera Amedeo Consonni ondeggiava. Per la prima volta nella sua vita, forse, pensava secondo una modalità tragica. Perché qualsiasi cosa sarebbe successa, sia che le cose rimanessero come stavano, una morte violenta insabbiata, oppure viceversa, se in conseguenza della sua denuncia il colpevole fosse stato punito e la triste verità fosse emersa, il quadro complessivo sarebbe stato lo stesso, ovvero una catastrofe che travolge tutti.

Quindi Consonni vacillava come un ubriaco, stanco, sfinito, avrebbe desiderato non essere lì né da nessuna altra parte.

La signorina Mattei-Ferri lo agganciò, chiamandolo dalla sua finestra.

«Signor Consonni, le devo parlare».

Lui, uscito dalla trance, ne rimase stupito. E che cosa può accadere adesso? Come tutte le persone sollecitate al massimo, con i nervi scoperti, temette la botta definitiva, un'altra notizia sconvolgente.

In apparenza la Mattei-Ferri voleva solo aggiornarlo sulle sue ricerche, voleva raccontargli che cosa aveva raccolto su Ricky Goffi. Lo fece entrare.

«Ma è sicura che vuole parlarmi proprio adesso? Sa, sto vivendo una situazione un po' difficile e io...».

«Signor Amedeo, lei mi mette fretta e poi dice che non c'è fretta... e sa, io prendo appunti, ho delle novità...». Cominciò dunque a parlare, seduta sulla sedia a rotelle. In realtà la sua fretta era dovuta al fatto che aveva esigenza di essere pagata al più presto per la sua consulenza.

Dipinse un ritratto a tinte forti del Goffi. Relazionò sulla sua movimentata carriera sportiva, sentimentale, pubblica, notturna. Risse, cazzotti, cocaina. La Mattei-Ferri raccontava di queste mille vicissitudini con un ghigno a mezzo fra il disgusto e la soddisfazione. Scuoteva la testa su queste vicende di cui si nutriva come Dracula si nutre di sangue. Fra l'altro del Goffi si sapeva che era un violento, soprattutto nei rapporti con le donne. E qui la Mattei-Ferri fece un distinguo, perché con i VIP non si sa mai se le cose sono successe per davvero o per finta, per attrarre l'attenzione, ma per lei non importava tanto, quello là era un infame lo stesso. «Per esempio Consonni» procedeva la Mattei-Ferri «lo sa che la foto della velina con l'occhio nero era stata venduta a una rivista per svariate decine di migliaia di euro?». In questa circostanza pareva che la popolarità, sia quella della velina che quella del Goffi, in quel periodo avessero subito un'impennata. E altri servizi fotografici, e retroscena...

Il Goffi un violento con le donne... Consonni se lo era già abbondantemente immaginato, ma che fosse addirittura materia per tirarci su dei soldi... tutto pareva quadrare...

La relazione della Mattei-Ferri richiese più di un'ora, ed ebbe modo di soffermarsi sulle nozze imminenti – fra tre giorni! – del Goffi con la ricchissima Cislaghi, sul contratto segreto di matrimonio. Consonni si stupì nel sapere anche che il fidanzato precedente di quella signora Olga era un cosiddetto toy boy, di poco più di vent'anni, originario di Roccella Ionica, in compagnia del quale lei si era fatta ritrarre a seni nudi in qualche remota isola greca. Apparentemente era un vero scoop, la regina dei trasporti lombardi, una donna in grado di smuovere, dalle tasche sue e altrui, svariati miliardi di euro, era stata «sorpresa» in atteggiamenti intimi e nella nudità con il suo giocattolo erotico.

«Non dia retta signor Consonni» aveva garantito la signorina Mattei-Ferri «sono tutti servizi commissionati, si mettono d'accordo prima, a suon di soldi, cioè quelli che pagano sono quelli che si fanno fotografare, a meno che...».

Consonni, sfogliando le riviste di pettegolezzi che la Mattei-Ferri gli aveva messo a disposizione, era disgustato, ma, suo malgrado, anche un po' intrigato, che è il duplice effetto che tale stampa si propone giustamente di ottenere.

La signorina Mattei-Ferri stava per ripartire, ma il Consonni la fermò, disse che ne aveva saputo abbastanza. Ringraziò, ed estrasse dal portafoglio i 50 euro stabiliti. Le notizie sul Goffi andavano a completare il quadro, oh povero me...

Se ne uscì dall'appartamento della Mattei-Ferri ancora più traumatizzato, il che fra l'altro era assai visibile e non mancò di creare degli interrogativi, confusi e senza risposta, nella mente della signorina stessa. Cosa c'era sotto?

Ma il Consonni ormai aveva preso una decisione, perché aveva le prove. No, il Goffi non l'avrebbe fatta franca, e nemmeno i genitori di Mariella, per i quali bisognava avere pietà, ma fino a un certo punto. Consonni, che non era un moraleggiatore, per una volta voleva ergersi a difesa di un minimo di decoro etico.

In questo stato d'animo Consonni si rese conto che erano due o tre giorni che non faceva la spesa. E certamente la situazione dispensa non poteva esser lasciata al Giorgi, che peraltro non è che potesse farsi vedere nei negozi del quartiere, sua moglie lo sarebbe venuto a sapere. Quindi scese di nuovo la rampa di scale e si immerse ancora una volta nel caos della crudele metropoli, nella fattispecie al supermercato UNES di via Vallazze.

Antonio ci aveva pensato a lungo, vale a dire per oltre quattro minuti. Non poteva non parlare con Angela e raccontarle quello che stava succedendo e che poteva succedere. Interruppe i lavori al cantiere prima dell'ora prevista e si chiuse nel suo appartamentino. Si fece una doccia e incredibilmente anche la barba. Si deodorò col Brut Fabergé e indossò la camicia più pulita che aveva, celestina. Il suo guardaroba era veramente ridotto all'osso e piuttosto arrangiato, dato che lo aveva dovuto ricostituire negli ultimi giorni, a causa del fatto che qualcuno aveva buttato via i suoi pochi capi di abbigliamento.

Il giaccone militare era tutto pieno di gocce secche di cemento e di polvere. Cercò di pulirlo al meglio, senza ottenere grandi risultati.

Giulia era davanti alla televisione, immersa nelle sue preoccupazioni sullo stato mentale della mamma e in second'ordine sul proprio stato affettivo: per distrarsi guardava in TV «Uomini e donne». Come fa una laureata in Business administration (o Administration d'enterprises, come si chiamava a Bruxelles) a guardare i tronisti? Qualcuno bussò alla porta.

Si presentò il muratore dall'aspetto selvatico e tutto sporco di polvere di cemento e di calcina. Era lui? Era Antonio? Che voleva? Ma forse era l'occasione buona per parlarci, anche se sicuramente sarebbe stato difficile affrontare l'argomento mamma.

«Buongiorno».

«Buongiorno, signorina, mi scusi se la disturbo, sto cercando la signora Mattioli, è in casa?».

«No, adesso non c'è, tornerà fra...».

«Ah, non fa niente, ma lasci che mi presenti, mi chiamo Antonio...» e le dette la mano pulita e ferma.

«Giulia, piacere».

Come sarebbe a dire... ha detto «Piacere», pensò Antonio, «piacere» non si deve dire.

«Sono la figlia della signora Mattioli».

«È un grande piacere conoscerla».

Giulia, che in quel momento era praticamente in déshabillé, accennò: «Si vuole accomodare?».

«Sì, grazie, ma non vorrei recare troppo disturbo».

Accidenti come è educato questo qui, pensava Giulia, ma che fa, mi prende in giro?

«Io sono l'operatore edilizio in questo momento occupato nei lavori di restauro dell'appartamento 22».

«Vuole una tazza di caffè?». Antonio pensò un attimo alla risposta.

«Sì, grazie, lei è veramente gentile».

Mentre Giulia preparava il caffè, un po' stupita, Antonio non sapeva con esattezza dove tenere le mani, se le sarebbe volute mettere in tasca, ma non si doveva fare. Così, in posizione eretta, le teneva dietro la schiena come un Lord.

«Zucchero?».

«Sì, grazie».

«Un po' di latte?».

«No, grazie».

Mentre beveva il caffè Antonio era terrorizzato di fare rumore. Lo bevve a sorsi piccolissimi e riuscì a non risucchiare.

«Squisito» commentò. «La ringrazio molto, ora però devo andare, spero che non mi giudichi un maleducato. Ero venuto per parlare con sua madre».

Giulia era sempre più sbalordita. Ma questo qui la mamma dove l'ha pescato? Cos'è, un laureato del Politecnico che non ha trovato lavoro adeguato al suo titolo di studio e che cerca di tirare su qualche soldo facendo le marchette con le casalinghe disperate?

«Le auguro di passare un buon pomeriggio».

«Un momento, aspetti un attimo» fece Giulia, imbarazzando il presunto stallone, «parliamo un secondo».

Giulia non sapeva come cominciare e cercò di prenderla alla larga. «E così lei conosce mia madre da un bel po', no?».

«Eh, sì, da un po'».

Giulia voleva capirci qualcosa su che cosa ci andasse a fare la mamma da quel giovane, provò a verificare se era vero che la mamma gli dava lezioni di buone maniere, oppure se era tutta una balla per coprire la verità: prestazioni di sesso estremo.

Antonio smentì categoricamente che si trattasse di lezioni di buone maniere, perché Angela gli aveva detto di non dirlo a nessuno. Riferì che quando lui si incontrava con la signora Angela era solo per discutere dei lavori nell'appartamento di sopra.

Giulia lo guardava un po' di traverso, e si convinse che quello lì non gliela contava giusta, continuava nervosamente ad allargarsi il colletto della camicia, e che la sua mamma le aveva detto una bugia, perché era più che evidente che con quel tamarro rieducato si dedicava a orge sfrenate.

«Ma, scusi la domanda, a lei mia madre sembra una persona normale? Non trova che alcuni suoi comportamenti siano un po' strani?».

Antonio non raccolse, temendo per il suo futuro.

«Onestamente non posso dire che la sua mamma sia una persona normale, perché è una persona eccezionale, e di una generosità estrema».

«Ah».

«Insomma, mi sembra una persona più che normale, perché me lo chiede?».

«Beh, scusi se ne approfitto, ma io abito all'estero, mia madre la sento solo per telefono. Arrivo qui e la trovo molto cambiata. Ma guardi, non c'è niente di cui vergognarsi, io non giudico nessuno, però le dispiace se le faccio una domanda?».

«Una domanda? Che domanda? Io non so niente».

«No, sa, è una domanda in generale. Senza parlare di nessuno in particolare, lei che ne pensa dei rapporti sessuali a pagamento? Per esempio con persone anche di diversa estrazione sociale ed età?».

Antonio era stupefatto, ma che voleva questa bella ragazza? Voleva sapere se lui andava a puttane? E perché glielo chiedeva? Le donne certe volte sono ben strane...

«No, io a pagamento mai, io non pago, piuttosto rinuncio, ma...».

«No, io non intendevo questo. Veda, certe volte può essere anche la donna che paga, soprattutto se ha una certa età, mi scusi se sono così franca, ma qui c'è un problema e io vorrei vederci chiaro».

Antonio tendeva a non capirci niente. Ma dove voleva andare a parare quella lì? Sesso a pagamento? Cos'era, una proposta? Va bene che viveva all'estero, dove la pensano in maniera diversa, ma che gli stava chiedendo, una scopata? Lui con quella ragazza la scopata l'avrebbe fatta volentieri, altro che a pagamento, ma lei, cosa le passava per la mente?

Antonio cercò di riprendere il filo del discorso.

«Io sa, veramente, ero venuto qui per un altro motivo. Avrei proprio urgenza di parlare con la signora. Le può dire per favore se quando torna si fa viva nel mio appartamento? Le devo riferire una questione della massima importanza».

Giulia percepì una zaffata di Brut Fabergé e fu come se Antonio le avesse confessato tutto.

«E che cosa riguarda, se posso, questa questione della massima importanza?».

«Eh, sì, cioè, un problema che c'è nell'appartamento in ristrutturazione...».

«Ah, quando è così, va bene, glielo dico appena torna. Però adesso devo salutarla. Mi raccomando, non dica assolutamente niente di quello che le ho detto a mia madre, potrebbe non gradire. In caso passo io nel suo appartamento, domani pomeriggio, lei ci sarà?».

Antonio stentava a capire – ma che voleva quella lì? – e rispose: «Sì, dopo le cinque ci sono, quando finisco al lavoro».

«Bene, allora buonasera, e mi raccomando».

Quando Antonio, confuso, riaprì la porta del suo miniappartamento una voce dal buio gli disse: «Bravo Antonio, tu persona brava, Adrem ha visto che tu già al lavoro con ragazza».

Consonni passò alla formaggeria per comprare un paio d'etti di gorgonzola – ne aveva bisogno – e altrettanto taleggio. Acquistò anche una bottiglia di barbera d'Asti, voleva tirarsi un po' su. Ma come fare col Giorgi? Nasconderla?

Il garzone della cartolibreria-edicola La Nuova Era suonò alla porta della signorina Mattei-Ferri. Finalmente, finalmente! La signorina stava aspettando con fervore un fax. Non disponendo lei di un simile marchingegno aveva dato come suo recapito il numero telefonico della cartolibreria. Questo perché, rimuginando sui grossi nomi del Ricky Goffi, della Olga Cislaghi e della Kakoiannis-Sforza, qualcosa le suonava nella mente, ma non sapeva cosa. Le pareva che ci dovesse essere una associazione. Non era la prima volta che sentiva fare il nome della futura sposa del Goffi, quella Olga, in una qualche relazione con quello della Kakoiannis-Sforza.

Ma i suoi ricordi erano vaghi, si trattava di qualcosa che risaliva a molti anni prima. E poi non le sembrava che la notizia fosse stata riportata su una rivista tipo «Eva» o «Gente», ma il suo ricordo visivo la conduceva a qualcosa in bianco e nero. Cronaca locale di un quotidiano, e l'unico quotidiano che lei leggeva a quell'epoca era «Il Giorno».

Telefonò alla redazione e insistette talmente tanto che qualcuno fu così gentile da fare la ricerca. Le parole chiave erano 1994 circa, Luisa Kakoiannis-Sforza, Olga Cislaghi, vedove. Il tipo fece una rapida ricerca e le disse: «Ho trovato qualcosa, si intitola *Lo strip-tease delle vedove allegre*. È questo?».

«Sì, è lui».

«Senta, sono 25 euro, come li paga, e come glielo faccio avere?».

«Per il pagamento mi mandi un modulo di conto corrente postale, per farmelo avere lo mandi immediatamente via fax alla cartolibreria La Nuova Era. D'accordo?».

Dopo un'altra serie di agguerrite telefonate la signorina persuase la proprietaria della cartolibreria a mandare il figlio a casa sua con il fax, a qualsiasi ora, visto che lei non poteva muoversi a causa della sua invalidità. Ecco che dunque in questo momento il fax stava sul suo tavolo di cucina.

LO STRIP-TEASE DELLE VEDOVE ALLEGRE

Milano, settembre 1994

Non si ostinano a mantenere il lutto a oltranza le due belle e ricchissime vedove che tengono banco nella Milano da bere. Entrambe diventate vedove quasi simultaneamente per le morti dei loro rispettivi e ricchissimi mariti, Luisa Kakoiannis e Olga Cislaghi si contendono la scena notturna

Ieri sera, in un noto locale alla moda della capitale economica d'Italia, si sono incontrate, e dopo qualche battuta un po' pesante, le due si sono sfidate reciprocamente a chi tradisse con maggiore spudoratezza la regola del lutto. Morale, hanno inscenato un vero e proprio strip-tease, molto gradito dai presenti, essendo entrambe le ragazze assai ben dotate fisicamente. Si dice che alla fine abbia avuto il sopravvento la Kakoiannis, perché la Cislaghi non ha avuto il coraggio di togliersi le mutande.

Gli esperti di cronaca sanno bene che le due si conoscono da tempo, e anche all'epoca in cui i loro anziani mariti erano vi-

vi sembrava esserci una sfida fra loro a chi si faceva più notare per amanti clandestini, pur se esibiti fino all'eccesso, e altre stramberie, per esempio lo sfarzo delle feste che organizzavano e l'importanza degli ospiti. Se l'una si poteva vantare di avere dalla sua Sgarbi, l'altra rispondeva con D'Agostino, una gara senza esclusione di colpi, fra due amiche.

Che cosa ci riserverà il futuro? Come tutti sanno Luisa Kakoiannis-Sforza è una stella nascente del mondo della moda, avendo aperto ben due boutique in Montenapoleone. Olga Cislaghi risponde con una posizione solidissima da imprenditrice nel mondo dei trasporti: si dice che a lei non sfugga niente di quello che sfuggiva al marito. Chi la vincerà?

La Mattei-Ferri esultò. E dunque era come pensava lei. Fra le due signore c'era una vecchia amicizia, per non dire il contrario. E allora, come la volevamo mettere con la beffa della Merda d'Artista? Chi aveva potuto organizzarla? La signorina infilò il fax in una vecchia busta, ci scrisse sopra «Per il signor Amedeo Consonni» e, senza ricorrere alla sedia a rotelle data l'oscurità, uscì e infilò la busta sotto l'uscio del Consonni, con la richiesta di altri 50 euro per la prestazione, oltre ai 25 di spese.

Alle sette del pomeriggio De Angelis era già in macchina. Destinazione: Ortica. Missione: spiegarsi con Carmela. Scusarsi, se ce n'era bisogno, farle capire che i suoi sentimenti erano seri e affidabili, non come quelli di qualcun altro, ma che se nella vita di Carmela c'era una persona, beh, lui si sarebbe fatto da parte. Insomma, aveva qualche speranza?

Cercò nei dintorni un fiorista, ma non lo trovò, ripiegò su una scatola di cioccolatini Lindt, che sono i migliori.

Giunse da Carmela, che stava riordinando la sala del ristorante. Quando il Luis la vide ebbe uno sbandamento.

«Signora Carmela...».

«Ah, lei è».

Carmela continuò nervosamente a rassettare, cambiare le tovaglie, apparecchiare per la cena. Ma anche lei cadde in errore. Non capì, ed era certa che quel perfido del Consonni le avesse mandato quel signore anziano, che veniva sempre con lui, in delegazione, come messaggero d'amore.

«Signora Carmela, io le vorrei parlare...».

«Non c'è niente da parlare. Quello che fu, fu. E dica ad Amedeo che tutto sbagliò, con me. Io sono una persona per bene...» era affranta.

«Ma veda Carmela, io sono qui per spiegarle che c'è stato un fraintendimento, perché il Consonni non c'entra, sono io che...».

«Ah, è lei che... viene qui a chiedermi scusa per lui, eh?».

«No, non è che... perché io...».

«E glielo dica al suo amico: non si ingannano le donne oneste per poi deluderle e farci fare la figurazza. Glielo dica a quel damerino, a quel seduttore da strapazzo. E che non si azzardi più a farsi vedere qui. E che non mi mandi altre persone a intercedere. Se ne vada anche lei... sono troppo amareggiata... E soprattutto gli dica che non mi mandi messaggini. Ah, ma gliel'ho mandato anch'io un messaggino».

«Ma Carmela, io volevo dirle...».

«E si riprenda anche questi schifosi cioccolatini e li riporti al Consonni, che se li mangiasse lui...».

«Mah...».

Luis era sconvolto, adesso aveva capito tutto, Carmela aveva creduto che i fiori, i messaggini e il resto provenissero dal Consonni. Allora bastava spiegarsi, rivelare tutto, era stato un colossale qui pro quo... Tuttavia Carmela aggiunse qualcosa che tagliò le gambe al De Angelis.

«Veda, signor?, io non ce l'ho con lei. Lei è una persona molto anziana... potrebbe essere mio padre... lei capisce, io sono ancora giovane, so provare ancora emozioni. Per lei sarà difficile da capire, lei avrà certamente raggiunto la pace dei sensi, alla sua età, ma io... io ancora no... io so ancora amare ed essere amata... ma oramai, con quello lì ho chiuso. Lo sa che è stato capace, per potersi liberare di me, di far travestire un suo conoscente, in modo che io lo seguissi, così che lui se ne è potuto sgattaiolare via, indisturbato?».

Carmela si infilò nelle cucine e chiuse la porta a chiave.

De Angelis, abbattuto, restò lì per qualche minuto ancora, era tramortito... Pace dei sensi? Un padre? Riprese i cioccolatini e uscì dal ristorante, azionando l'apriporta a distanza della sua BMW.

Intorno alle otto di sera Consonni infilò la chiave nella toppa. Trovò la busta lasciata lì dalla Mattei-Ferri, la raccolse e se la infilò in tasca. Il signor Claudio si spaventò, viste le condizioni del suo ospite, che portava a fatica due sacchetti della spesa, e sembrava mezzo morto.

«Ma signor Amedeo, che cosa è successo, si è sentito poco bene?».

Consonni appoggiò le buste per terra e si lasciò andare a sedere nell'ingresso, senza neanche togliersi il cappotto.

In fondo la presenza del Giorgi non era motivo di dispiacere. Tornare a casa e trovare qualcuno non fa mai male, anche se si tratta di un alcolizzato buttato fuori di casa dalla moglie e dalle autorità.

Fra l'altro il Claudio questa volta si era dato da fare, aveva preparato un risotto ai funghi, tutto da verificare, sia in termini di ingredienti, sia in termini di ricetta che di capacità di preparazione.

«Venga Amedeo, si tolga il cappotto, si metta a tavola, beva un bicchiere di vino... oh Madonna, ma cos'è che le è successo... ha a che fare con la storia del bondage?».

Consonni non rispose, non ne aveva la forza.

«Ho comprato il zola» fu l'unica cosa che riuscì a dire, con un filo di voce.

Claudio lo aiutò a svestirsi, lo accompagnò in bagno perché si lavasse le mani, lo servì poi con una bella porzione di risotto.

«Che brav'uomo che è lei...» commentò Amedeo, con lo sguardo fisso nel vuoto. Mangiò il risotto, che non era granché ma quello che conta è il pensiero, riuscì a bersi anche un paio di bicchieri di barbera, si rianimò.

Incredibilmente il Giorgi non toccò il vino, però

ogni cinque minuti si assentava per andare in cameretta, dove aveva una bottiglia di Grand Marnier.

In un orario nel quale di solito non si sarebbe mai permesso di telefonare, per non disturbare, cioè dopo le nove e mezza di sera, Consonni chiamò la Kakoiannis. Le disse che aveva qualcosa di molto importante da comunicarle, ma non poteva farlo per telefono. Per distrarre la signora e sdrammatizzare le chiese se la Marilou si era fatta viva, e se aveva smesso di fare i capricci. Mentì affermando che non c'era niente di cui preoccuparsi, ma preferiva incontrarla di persona perché la faccenda stava coinvolgendo altra gente, e a questo punto occorreva prendere una decisione.

La Kakoiannis naturalmente dette mostra di allarmarsi moltissimo e chiese disperatamente a Consonni se aveva scoperto qualcosa, se sapeva dov'era Marilou.

«No, su Marilou non c'è niente di nuovo, però, forse per caso, ho scoperto cose che lei deve sapere».

«Venga domani in via Sant'Andrea, sa dov'è, c'è una delle mie boutique, venga alle undici».

Consonni si fece dare l'indirizzo preciso.

In serata, nonostante i tentativi di socializzazione operati dal Giorgi, ormai andato, l'Amedeo continuava nelle sue contorte riflessioni. Chissà se la signora Olga Cislaghi era a conoscenza delle malefatte del suo promesso sposo, chissà se lo aveva addirittura aiutato nel lavoro di insabbiamento.

Alle undici di sera, disperato e stanchissimo, provò ancora una volta a implorare l'aiuto di Angela. Non era per chiederle scusa per la millesima volta, non era per cercare di convincerla che lui l'amava tanto, no, questa volta era per una questione più seria, si trattava di un orribile crimine e non degli insignificanti destini personali di alcuni inquilini della casa di ringhiera.

Ma Angela non aprì la porta. Non si può dire che lo facesse apposta, però. Era troppo impegnata a scrivere il nuovo finale del suo romanzo, e indossava due cuffie audio per isolarsi meglio ed ispirarsi sulle note di Ravel.

Consonni non insistette troppo, nonostante vedesse la luce ancora accesa. Se ne tornò a casa, depresso ma convinto, perché una cosa era certa: l'indomani, anche se la Kakoiannis-Sforza non fosse stata d'accordo, sarebbe andato alla polizia, il caso aveva travalicato l'incarico.

E Marilou? C'erano speranze di salvarle la vita? Sarebbe stato un colpo durissimo per la Luisa Kakoiannis-Sforza, ma era principalmente nel suo interesse sapere la verità. E non poteva certo pensare che a trovare la ragazza, viva o morta, fosse un ex tappezziere. Solo la polizia poteva mettere alle strette il Goffi e farlo confessare.

Mentre tentava di addormentarsi, l'unico pensiero che teneva insieme l'io del Consonni era quello di comportarsi come un paladino della giustizia.

Venerdì 15 gennaio

Ivan sta lavorando ai fornelli, enormi pentole sul fuoco, sembra che sia in preparazione un enorme bollito. Marilou fa finta di essere svenuta, ma ormai il suo lavoro sulle cinghie è arrivato a termine, basta che Ivan non se ne accorga proprio adesso.

Così anche quella notte Consonni non dormì quasi per niente e alla fine, intorno alle sei e trenta del mattino, in piena oscurità, decise di alzarsi, occorreva muoversi. Le sue posture avevano assunto fattezze eroiche, si doveva preparare alla giornata forse più intensa e importante della sua vita. Si fece una doccia bollente e poi la barba, con molta cura. Sì, ma che avrebbe fatto da quel momento alle 11, l'ora dell'appuntamento con la Kakoiannis-Sforza? Una cosa era certa, dopo, con la signora o senza, sarebbe andato in Questura.

Indossò il suo vestito buono, di flanella grigia, e si mise anche la cravatta, cosa che non faceva non si ricordava più neanche lui da quanto tempo. Scelse quella che preferiva, rosso bordeaux. Calzò le migliori scarpe che possedesse, inglesi, con i lacci e i buchini, quelle a coda di rondine, si domandò anche se gli avrebbero fatto male ai piedi, visto che non le portava da anni. Si pettinò meglio del solito.

Preparò rapidamente la minuta documentazione di cui disponeva. Alle sette e mezza era già pronto, ma dopo il terzo caffè la sua mente era di nuovo in confusione. Era tutto programmato, era in grandissimo anticipo, per cui ebbe malauguratamente modo di pensare e di ripensare.

Ma come, mi prendo la responsabilità di denunciare questa schifezza e neanche avverto i signori Crescenzago? Che ne sarebbe stato di quella famiglia? Anche loro sarebbero stati coinvolti in un marasma di dolorose conseguenze.

Prima di andare a sporgere denuncia non poteva non parlare con loro. Avrebbe detto che era a conoscenza della verità, e la sua coscienza non gli permetteva, per pietà di loro o per il semplice desiderio di non avere rogne, di chiudere un occhio. I signori Crescenzago avrebbero deciso di operare come volevano. Lui non li colpevolizzava, ma non poteva neanche permettere che un criminale la passasse liscia solo perché aveva una Porsche in più.

Si trattava di una decisione durissima, perché si rendeva conto che in qualche modo stava coinvolgendo quei poveri diavoli in un inferno e nella condanna morale: la storia si svilupperà in una direzione tragica, non c'è altra soluzione, però... Consonni doveva prendersi le sue responsabilità anche nei confronti dei Crescenzago, e cioè doveva comunicare di persona la nuova prospettiva anche a loro. Non voleva che fossero i poliziotti, bruscamente e violentemente, a far sapere a quei poveracci in quali guai si sarebbero trovati, loro e soprattutto, probabilmente, loro figlio.

Così, visto che ne aveva tutto il tempo, Consonni cambiò idea, e decise di ripassare dalla casa di Affori e parlare coi genitori, spiegando loro cosa stava per fare.

Chiamò un taxi che arrivò davanti all'ingresso della casa di ringhiera alle otto e tre.

Quando suonò ancora una volta il campanello dei Crescenzago gli tremavano le mani.

Ma non rispose nessuno.

Il portone da basso era aperto e lui salì fino al piano. Riprovò a suonare, ma anche da lì nessuno gli aprì. Saranno andati a lavorare, o da un'altra parte, ma adesso come li ritrovo? Almeno una telefonata... un messaggio... un biglietto...

In quel mentre uscì dalla porta accanto una signora con due sacchi della spazzatura in mano.

Consonni le chiese informazioni, elegante com'era la signora ne fu quasi impressionata.

«Mi scusi signora, sa, stavo cercando i signori Crescenzago, qui accanto, lei per caso non conosce il loro numero di telefono, un recapito, avrei urgente bisogno di lasciare un messaggio...».

«I signori chi?» rispose domandando arcigna la massaia.

«Crescenzago, quelli che stanno qui accanto».

«Crescenzago? Ma mòcchela lì, che in tel appartement non ci abita propi nissún».

«Ma signora, sono venuto qui ieri, c'era il padre e la madre, e il figlio, perché mi dice così?».

«Guardi, io non so se lei mi sta prendendo in giro o se è uno di quelli che si divertono a dare fastidio alle persone, ma in quell'appartamento lì non ci abita nessuno da due anni, glielo posso garantire. E qui di gente che si chiama Crescenzago non ce n'è mai stata».

La signora decise che la conversazione era terminata e si incamminò verso l'ascensur.

«Ma signora... io proprio ieri...». Andata.

Consonni, lì sul pianerottolo a stento poté assorbire questa notizia sconvolgente. Infastidì altri inquilini del piano: nessuno aveva mai sentito parlare della famiglia Crescenzago, e si sapeva che quell'appartamento era sfitto. Una signora gentile disse che lei di quell'appartamento ne aveva le chiavi, perché quando venivano quelli dell'agenzia era lei che lo apriva. Ci portò il Consonni, che una volta dentro riconobbe l'arredamento, ma si convinse che quello era un appartamento sfitto, d'altronde era la stessa impressione che gli aveva fatto a un primo sguardo.

Oh, questa è bella, oh, questa è veramente bella – diceva a se stesso – ma come diavolo è possibile? Una nuova vertigine lo travolse.

L'editor Zanconi si affacciò nella corte della casa di ringhiera, infreddolito. Portava un soprabito nero a tre quarti, di foggia londinese, leggero e inadeguato agli inverni milanesi. Nonostante questo viaggiava scollato, con la camicia bianca sbottonata e la stessa giacchetta primaverile del giorno prima. Tossiva forte e aveva un aspetto ancora più distrutto e larvaceo: sicuramente anche lui aveva dormito poco, in mezzo a lavoro, sigarette e forse altro.

Il direttore era stato chiaro: «Vai tu a casa sua, mettile pressione, falle capire che è al centro dell'attenzione, vezzeggiala, lusingala, voglio quel finale. Voglio che firmi. Voglio anche sapere com'è la sua casa, dove vive, cosa fa».

Zanconi non era abituato ad alzarsi così presto. Avrebbe dato un dito o due pur di non dover fare questa visita, da quella signora che non aveva idea di che cosa voglia dire scrivere. Peraltro non era la prima volta che gli capitava una cosa del genere, era il suo lavoro, ma in questo caso secondo lui il direttore aveva preso una cantonata gigantesca.

Si era annunciato ad Angela con una rapida telefonata, poco prima di arrivare a destinazione.

Angela cercò di sollevare obiezioni: non era in casa, doveva uscire, non si sentiva bene, ma mentre lo stava facendo lo Zanconi era già alla sua porta.

La Mattei-Ferri notò che quel quarantenne macilento bussava alla porta della Mattioli. E questo qui chi è?

Giulia aprì, Zanconi neanche si presentò, disse sbrigativamente che aveva un appuntamento con la signora Angela. Quella era nella stanzetta che chiamava «il mio studio» e stava cercando di riordinare i pensieri e le carte, l'infinita quantità di fogli sparpagliati sulla sua scrivania. Finalmente uscì: «Ah, è lei. Si accomodi nel mio studio».

«Beh, lei lo sa, dobbiamo metterci a lavorare».

Dopo che Angela si era chiusa nel suo «studio» con quell'uomo – un altro giovane maschio? – Giulia, pensierosa, uscì fuori, e andò a suonare all'appartamento della Mattei-Ferri, con una scusa.

Le disse che stava uscendo a fare piccole spese e che se aveva bisogno di qualcosa poteva comprargliela lei.

La Mattei-Ferri pensò immediatamente che ci fosse qualcosa sotto. Quando mai gli inquilini si curavano di lei, e si proponevano di farle un piacere, se non per avere indietro un piacere più grande, a loro volta?

In effetti però aveva bisogno di alcuni generi, e, senza abbandonare i suoi sospetti, prese una matita e un foglietto di carta e cominciò a stilare una breve lista.

Giulia ne approfittò per venire al punto.

«Eh, certo che ne capitano di storie in questo condominio, no? La gente viene e va, e io non ci capisco niente...».

La Mattei fece finta di non avere sentito.

«Per esempio quel signor Antonio, e mia madre poi... che gli dà lezioni di buone maniere...».

«Che cosa? Lezioni di buone maniere? Adesso si chiamano buone maniere?».

Nel giro di un quarto d'ora la Mattei-Ferri, pur non dicendo niente di preciso, ma introducendolo subdolamente, le fece capire chi era quell'Antonio, la sua grettezza, i suoi atteggiamenti violenti, la sua esuberanza erotica. E che se c'era uno al quale delle buone maniere non importava niente era proprio lui.

«Ma veramente, ieri ci ho parlato, sembra educato, anche troppo formale».

«Formale lui?».

Giulia se ne andò a fare la spesa, in realtà le uniche cose che comprò furono quelle che le aveva chiesto la Mattei-Ferri.

Zanconi aveva la certezza che Angela fosse in difficoltà col finale, e infieriva.

«L'eroina, una volta liberatasi, cosa trova nella sua borsa? Chi ci ha messo cosa? Boh, questo lo deve sapere lei. Una possibilità sarebbe che la protagonista, chiamata Amanda, all'aeroporto, trovasse i suoi due amanti: il giovane aitante ma inaffidabile, l'uomo maturo ricco e tutto sommato affascinante, anche se coinvolto in qualche modo nel rapimento. Si crea una sfida fra loro due? Un duello finale per chi avrà Amanda? D'accordo, abbiamo capito che la vita di Amanda non sarà mai più la stessa. Taglierà i ponti col marito, con la famiglia, fratello e sorella, con il lavoro, ma chi potrà mai toglierla dall'impiccio?».

Zanconi andava avanti per conto suo, mentre Angela friggeva dalla rabbia. Sarebbe entrato in gioco un terzo uomo, per esempio un uomo molto potente, che ne so, un politico, un magnate, uno straniero ricchissimo, che avrebbe giocato un ruolo decisivo: magari Amanda avrebbe potuto avere un'intesa, o subire una sottile attrazione per il potere di quell'uomo, è talmente disperata che a chi potrebbe affidarsi se non a un uomo che conta, che sa risolvere le situazioni, qualcuno che per un verso la sta ad ascoltare, per un altro la rispetta, e le riconosce intuizione e capacità. Ma la questione capitale era: come faceva la protagonista, a un passo dal tracollo, a recuperare su tutti i fronti, grazie all'amore?

«Nel finale per la mia protagonista c'è redenzione e salvezza, ma senza che questa arrivi per l'intervento dell'uomo rassicurante, o dell'uomo ricco... redenzione e salvezza arrivano per meriti suoi...».

«L'uomo ricco ci vuole per forza, se no non ne usciamo, dottoressa. Vedo bene un viatico di sofferenza per Amanda, o come la vogliamo chiamare. Comunque la nostra signora ne ha già passate abbastanza e a quanto pare è giunta al limite, alle soglie della rovina: ecco, farle soffrire altre vicissitudini negative, non so, piuttosto potrebbe tornare a Milano e cercare di rifarsi una vita, magari si mette a fare la cameriera, o magari è una brava cuoca, ecco, questo è un elemento che funziona sempre, perché tutte le lettrici sono o si reputano brave cuoche, e la lettrice si identifica molto bene in una donna rovinata che però sa cucinare: non dico di finire su un orizzonte alla Mildred Pierce, ma chissà, Amanda potrebbe incontrare, mentre fa la cameriera, uno degli uomini che le avevano promesso amore in una delle sue avventure in Sardegna...».

Angela e l'editor non si capivano: l'uno andava avanti con una serie di possibilità che a lei sembravano stereotipi, l'altra sembrava eccessivamente indecisa, come se gli orizzonti prospettati dall'editor non si adattassero al suo progetto, che però lei non voleva dichiarare.

«Senta Angela, pensiamoci con calma. Non c'è peggior cosa che subire la pressione quando c'è da buttar giù uno sviluppo narrativo. Io quello che posso fare per lei è darle un'idea di come si arriva a una trama efficace, perlomeno di come la si riassume. Ecco, le faccio avere una serie di trame. Sa che io, negli anni passati, vendevo trame?».

«Come sarebbe a dire che vendeva trame?».

«Ma sì, avevo un archivio gigantesco di trame, di tutti i generi, in forma di sinossi».

«Cioè lei scriveva trame per altri scrittori?».

«È evidente, molte poi le ho viste messe in pratica... all'inizio mi pagavano pochissimo... 50 euro a trama, poi mi sono fatto un certo nome... a un certo punto ho fatto addirittura il colpaccio... ho piazzato una trama per una cifra che...».

«E ne è venuto fuori un libro di successo?».

«Ah, che io sappia il libro con quella trama, almeno in Italia, non è mai uscito. Era una trama della categoria del "Delitto perfetto". Io chi fosse lo scrittore che me la ha comprata e mi ha dato tutti quei soldi, la cifra non gliela posso dire... ma si doveva trattare di qualcuno di grosso... Mi avevano chiesto una sorta di omicidio a prova di bomba, che evidentemente doveva avere come protagonista un personaggio seriale, un investigatore, un poliziotto, un commissario, forse al femminile, non l'ho mai saputo. Chi lo sa, magari ne hanno fatto un film in America...».

Ma quanto è vanesio questo sfigato, pensava Angela.

«E sa, i colpi di fortuna, come quelli di sfortuna, non vanno mai da soli, arrivano a coppie. E io ne ebbi un altro, pochi giorni dopo aver consegnato alcune storie possibili, tutte sul modello del "Delitto perfetto". Mi hanno assunto come editor della narrativa italiana alla SR38».

«Venga, le preparo un caffè» disse Angela che voleva mettere fine a quel soliloquio.

Quando rientrò Giulia l'editor cominciò a fare il cretino. Raccontava, non si sa perché, che lui aveva intervistato Scott Turow, Elmore Leonard e James Ellroy e infiniti altri. Come spesso capita a questo genere di persone Zanconi non si rendeva minimamente conto che Giulia non conosceva nessuno di coloro che lui citava e che comunque, specie in quel momento, non le interessava assolutamente niente.

Quando Zanconi tolse le tende Angela capì di odiarlo, sempre di più.

Consonni stava lavorando di telefono ed era una macchina da guerra.

Si era fatto dare dalla signora gentile il nome e il numero dell'amministratore condominiale, per sapere chi fossero attualmente i proprietari dell'appartamento sfitto. L'amministratore, per meglio dire la signorina che prendeva le telefonate, ovviamente rispose che così sui due piedi non lo poteva dire. Consonni replicò che lui era l'idraulico e che l'avevano chiamato quelli del piano di sotto, i signori Lentini – effettivamente si era preso la briga di leggere il nome sul campanello – perché colava acqua dal soffitto. Allora era riuscito a farsi aprire la porta dalla signora... e aveva chiuso l'acqua, ma lì c'era un tubo rotto, cosa vuole, nelle case sfitte succede sempre, e voleva sapere come comportarsi perché il tubo perdeva lo stesso. La segretaria rispose che avrebbe telefonato all'amministratore ecc., e che lo avrebbe richiamato. Dopo dieci minuti Consonni venne a sapere che l'appartamento apparteneva a una società. Cercò di mettercisi in contatto, facendo finta di essere interessato, per via che... La telefonista gli riferì che doveva rivolgersi a un altro ufficio, che si occupava degli stabili in questione. Consonni si insospettì un bel po' quando ne conobbe il nome: KS Investments. KS? Ma possibile?

Nei dieci minuti di attesa della risposta dell'amministratore Consonni non aveva perso tempo: aveva chiamato il Giorgi a casa chiedendogli se fosse riuscito, tramite i suoi sistemi informatici, ad avere notizie della famiglia Crescenzago, indirizzo, situazione, dati. Claudio glieli dette in diretta. Il padre di Mariella era morto da tempo, e la madre viveva a Sale, vicino a Tortona, con una sorella. Non avevano altri figli oltre a Mariella.

E dunque chi erano quei signori che lui aveva incontrato? Una messa in scena? E la Porsche? Eppure la targa era quella.

I pensieri nella testa di Consonni correvano talmente veloci che sarebbe impossibile anche riassumerli, ma la conclusione era semplice: oddio, ci stavo per cascare. Stavo per andare alla polizia con un insieme di prove false, ma lo scandalo sarebbe partito lo stesso, immediatamente, certo prima che si fosse dimostrato che era tutta una messa in scena i giornali ne avrebbero parlato per pagine e pagine e la frittata era fatta. Una vera macchinazione, ma il Goffi, come avrebbe fatto a scagionarsi?

Avrebbero continuato a parlare della ragazza, del fatto che probabilmente non era affatto morta per un incidente, chiunque avrebbe pensato che qualcosa sotto ci doveva pur essere. E perché mettere qualcuno come Consonni su una falsa pista? Qual era il vero complotto?

I giornali non si sarebbero accontentati certamente della versione dell'ex tappezziere, che peraltro stava cercando tutt'altro, e non lo poteva neanche dire.

E la Porsche? Se era quella del Goffi, e lo era, voleva dire che il Goffi faceva il doppio gioco? Cioè – possibile? – aveva partecipato ad un complotto che aveva come primo obiettivo la sua reputazione? Forse lo aveva fatto per attirare l'attenzione su di sé, per scatenare l'ennesimo scandalo, anche se avrebbe compromesso le sue imminenti nozze.

Consonni si trovò bruscamente e inaspettatamente a confronto con le insidie del mondo. Era furibondo.

Pensavano di giocare con me come il gatto col topo. Pensavano che ci cascassi come un allocco. Volevano che sollevassi un putiferio, proprio prima del matrimonio del Goffi! E poi tutta la responsabilità sarebbe caduta su di me! Come avrei potuto dimostrare che io coi genitori della Mariella ci avevo parlato, e avevo la cinghia, e sapevo del bondeig, e tutto il resto? In fondo erano tutte mie ricostruzioni, come avrei potuto provare che mi avevano teso una trappola?

Anche Consonni, come tutti quelli che intravedono un complotto, utilizzava il pronome personale «loro», ben sapendo a chi pensava. Lei?

Volevano che la faccenda finisse su tutti i giornali! E chi se la sarebbe lasciata sfuggire una notizia di questo genere?

Oddio, al Consonni mancavano i sensi.

In fondo era vero che non tutto era chiarissimo sulla fine della ragazza; in fondo era vero che la ragazza era stata con il Goffi al B&B, forse con la nuova Porsche; in fondo poteva essere vero che poi il Goffi di quella Porsche se ne era liberato, ma perché? E che fine aveva fatto veramente quella Porsche, se non era stata regalata al fratello della vittima?

La stampa, qualsiasi fosse la verità, avrebbe continuato a lavorare per vari numeri sulla faccenda, con titoli come: Che ne è stato della Panamera di Ricky? Quali sono stati «veramente» gli ultimi minuti della vita di Mariella Crescenzago? Che cosa succedeva nel residence di via Broglio? La macchina del fango non si sarebbe fermata presto.

Ecco, sarebbe bastato un niente, e cioè che Consonni non avesse avuto un piccolo scrupolo di coscienza, e non avesse provato l'esigenza di tornare nella casa dei genitori di Mariella, che poi la loro casa non era, e tutto sarebbe partito come un treno, inarrestabile.

Gesù Santo, il piano era perfetto, pensava Consonni.

Angela pareva sconvolta, tutta rossa in viso, tentava di rinfrescarsi col ventaglio. Subito dopo aveva freddo, il sudore le si congelava addosso. Si mise il cappotto.

«Mamma, che fai?».

«Esco».

«E dove vai?».

«Fuori».

«Mamma ma che dici, neanche io quando avevo sedici anni ti rispondevo con queste stronzate...».

«Vado a prendere una boccata d'aria, vado in libreria a dare un'occhiata... vado...».

Giulia vide uscire sua madre in fretta.

Telefonò al dottor Mengoni, un neurologo il cui numero le era stato dato da Sabrina, una sua vecchia compagna di liceo che poi aveva fatto Medicina.

«Ma sei sicura che in questi casi serva un neurologo?».

«Boh, mi hanno detto che è uno bravo».

Consonni aveva previsto di prendere il tram per andare in centro, zona via Montenapoleone. Erano anni che non frequentava quelle strade, quelle dei negozi di lusso, Gucci, Dior e Chanel, almeno questi erano i nomi che si ricordava lui. Adesso di boutique ce n'erano tante altre, con dei marchi strani che aveva solo sentito dire in giro o alla televisione.

Era in anticipo sull'orario dell'appuntamento, ma voleva dare un'occhiata. Percorse un tratto di via Montenapoleone, poi girò a sinistra in via Sant'Andrea.

Adocchiò la boutique della signora Luisa, identificata da una grossa sigla, KS, a caratteri d'oro. Le vetrine erano abbastanza spoglie, due o tre vestitini di piccole dimensioni, operati e ricamati in filo d'oro. In basso c'erano dei microscopici cartoncini che riepilogavano ciò che era esposto e il prezzo relativo: gonna 16.350 euro; top 9.600 euro; sandali 2.850 euro. Consonni temette di sbagliarsi o di non vederci più bene.

Cercò di guardare dentro il negozio ma non si vedeva niente perché i vetri erano oscurati.

Nei pressi fortunatamente c'era un bar, piccolo ed elegante. Consonni ordinò un caffè ed ebbe la fortuna di trovare posto a sedere proprio vicino alla vetrata. Da lì poteva osservare la boutique di Luisa, che intorno alle dieci aprì i battenti. Entrarono un paio di ragazze molto alte e snelle, e un giovanotto con un ciuffo sparato verso l'alto.

Volendo soffiarsi il naso Consonni infilò la mano nella tasca e trovò quella busta con scritto sopra «Per il signor Amedeo Consonni», senza mittente. Lesse la fotocopia, un articolo di giornale risalente al 1994. LO STRIP-TEASE DELLE VEDOVE ALLEGRE.

Consonni accusò il colpo.

Queste due signore del bel mondo avevano, ed hanno, più o meno la stessa età, ed un destino a suo modo simile, tutte e due vedove di ricchi bauscia che se ne erano andati quando loro due erano giovani e scatenate. E in tempi lontani pareva che le due addirittura facessero coppia fissa. Beh, si sa che in certi ambienti si conoscono tutti fra di loro.

Eh, sì che è vero, pensò il Consonni, assai più improbabile il contrario.

Dunque fra la Kakoiannis-Sforza e la Olga Cislaghi c'era un'amicizia, chiamiamola così, di vecchia data, e... poteva essere un caso che il Goffi avesse a che fare con la figlia della Kakoiannis-Sforza? E qual era il ruolo di questa Olga Cislaghi? Un altro complotto?

Intorno alle dieci e un quarto vide quello che si aspettava di vedere. Era arrivata la Kakoiannis-Sforza, su una piccola Smart decappottabile. Posteggiò la vetturetta nello spazio riservato ai disabili, proprio davanti alla boutique, e si trattenne sul marciapiede, conversando platealmente al telefono.

Rideva e scherzava, tutto pareva fuori che pensierosa e preoccupata. Consonni pagò in fretta il caffè – 4 euro perché si era seduto – e uscì fuori cercando di nascondersi dietro a una struttura di tubi Innocenti coperta da teloni, c'era un cantiere, un nuovo negozio in allestimento.

Luisa parlava a voce alta, e se ne stava lì, come fanno le persone famose in mezzo alla strada sperando di essere riconosciute.

«Ah, va tutto per il meglio, non ci crederesti come è stato facile. Marilou? E chi lo sa dov'è quella, è una settimana che non la sento, credo sia a Praga, per lavoro...».

Consonni non sapeva se restarci male – ... che canaglia! – o bene – ... e pensava di fregare me!

Poi il disvelamento fu completo, quando arrivò un signore non più giovane ma molto elegante. Al Consonni sembrava di averlo già visto, ma non riusciva a capire dove.

Si mise a parlare con la Kakoiannis, con una certa serietà. Però a un certo punto scapparono dei risolini.

Consonni bruscamente capì chi era quel signore: era il portiere del B&B, quello che non credeva, giustamente, che lui fosse un rappresentante di commercio.

Consonni, in fondo, non ne rimase del tutto sorpreso, aveva saputo quello che si aspettava di sapere. Tutta la faccenda della fotografia, del Bed & Breakfast, della scomparsa di Marilou, degli indizi che lo avevano portato al Goffi, della faccenda del bondage erano soltanto una messa in scena, per portare la pedina prescelta, cioè lui, a sollevare un vespaio per screditare il Goffi, oppure per fargli pubblicità, che a quanto aveva capito il Consonni era lo stesso.

Amedeo decise che non sarebbe andato all'appuntamento e provò il desiderio di allontanarsi immediatamente da quel luogo.

Si avviò a piedi verso posti a lui più familiari, anche questa volta aveva bisogno di camminare. Le conclusioni ormai si potevano tirare: la Kakoiannis-Sforza aveva ordito questa messa in scena per sputtanare pubblicamente, almeno per un po', il Goffi e di conseguenza Olga, che era il suo vero obiettivo, facendo saltare il matrimonio. La sua trappola prevedeva che Consonni fosse la pedina da sacrificare, un imbecille che si era messo a fare inchieste. La notizia sarebbe immediatamente esplosa, ma in fondo poi Consonni come avrebbe potuto scagionarsi: tutta la sua ricostruzione era campata in aria e forse sarebbe stato lui stesso, per il giudizio popolare, a ordire tutto ciò per ottenere un po' di notorietà, accecato dal glamour dell'ambiente dei ricchi. Secondo l'astuto piano della Kakoiannis alla fine sarebbe risultato che lei aveva contattato il Consonni per riparare un divano pregiato, il resto se l'era inventato lui.

Senza rendersene conto si trovò ai giardini pubblici di Porta Venezia, che adesso si chiamavano in un altro modo ma lui non si ricordava come. Consonni si sentiva doppiamente bene, perché a metterlo nel sacco non c'erano riusciti. Con chi pensavano di avere a che fare? Pensavano che bastasse un assegno e qualche lusinga, e l'idea di fare l'investigatore, per farlo cadere in trappola. Eh no, al Consonni non si fa... ci posso mettere un po' a capire le cose ma poi le capisco. Avrebbe voluto condividere la sua vittoria, fortunosa a dire il vero, con qualcuno, e chi se non Angela? Le avrebbe raccontato tutto.

Squillò il telefonino, era la Kakoiannis, ma lui non rispose. Come erano cambiate le cose rispetto a qualche ora prima. E lui che temeva per la Marilou... Che idiota. Cosa fare con la signora Luisa si sarebbe visto in seguito. Ma non l'avrebbe passata liscia.

Gironzolava per i giardini, perdendo il senso del tempo e dello spazio. Cercava lo zoo, sapeva che era lì, si ricordava benissimo, da piccolo ce lo avevano portato più di una volta. Ma ora non c'era più, neanche un animale. Mah, meglio per loro.

Passeggiando pensava che gli zoo sono posti adatti per le storie poliziesche e di spionaggio. Uscì dai giardini.

In un bar panineria ordinò un panino Ibrahimovic, con rucola, fontina, speck, caprino, pomodori Pachino e altri ingredienti. Lo mangiò di gusto.

Angela e Giulia invece, silenziose e piuttosto accigliate, stavano consumando un pranzetto biologico, a base di riso bianco Carnaroli condito con un filo di olio.

Il signor Giorgi dal canto suo si era preparato due uova fritte, innaffiate da un rosso pugliese senza denominazione di origine. De Angelis come al solito un brodino di dado con pastina tipo «semi di mela», regime dietetico che non si sarebbe invece adattato alle esigenze di Antonio, sceso in strada a farsi un paio di kebab non di primissima qualità. Per completare il quadro nell'appartamento Giorgi la signora Donatella stava ammannendo a Gianmarco e Margherita la solita cotoletta alla milanese con patatine fritte dei Quattro Salti in Padella.

L'unica che si trattò dignitosamente fu la signorina Mattei-Ferri, che mangiò una porzione di melanzane alla parmigiana, pur se riscaldate.

Consonni non aveva nessuna voglia di tornare a casa, inebriato e sconvolto dalle sue vicissitudini si aggirava, stanco morto, per via Tunisia. Poi lo colse un pensiero improvviso, quello di essere pedinato. Ma certo! Come aveva fatto la Kakoiannis-Sforza a sincerarsi che la sua pedina si muovesse secondo i piani? Chi l'aveva informata che lui era andato alla Bovisa, a Como, al Go-Go-Go-Bar, ad Affori? Anche in quel momento poteva esserci alle sue calcagna uno scherano di quella donna, pronto ad informarla sulle sue mosse. Sapeva anche del suo ritorno ad Affori? Consonni non ci capiva più niente, forse per stanchezza non riusciva a distinguere fra le sue fantasie e la realtà. E come fanno tutti quelli che presumono di essere pedinati si infilò in un cinema, l'Arcobaleno Film Center. Non badò neanche a che film passassero, pagò il biglietto, entrò e si accomodò. Quale fosse il film non lo seppe mai, perché, visto che nella notte non aveva chiuso occhio, si addormentò quasi all'istante, durante i trailer.

Alle due e mezza del pomeriggio Giulia entrò nella stanza del dottor Mengoni, neurologo.

Non era facile dirgli quello che aveva da dire, ma ci provò.

«Veda, la questione riguarda mia madre, ed è un po' delicata... io vivo all'estero, sono tornata per qualche giorno, e ho trovato mia madre completamente cambiata... stranissima... Sembra che viva in un universo parallelo. Prima di tutto parla di soldi in una maniera strana, come se disponesse di cifre enormi, cosa che non è. Parla di complotti contro di lei, di situazioni di pericolo, come se ci fossero dei "Loro" che possono rovinarle la vita, se non addirittura togliergliela. Di mezzo ci sarebbero tutti questi soldi che lei avrebbe in banca. A me sembra che deliri e inoltre è iperattiva, non sta mai ferma, parla in continuazione, di queste cose e del suo romanzo. Avrebbe scritto un romanzo e secondo lei una casa editrice molto importante lo vorrebbe immediatamente pubblicare. Addirittura le avrebbero proposto un anticipo enorme, per strapparla alla concorrenza. Se non sono manie di grandezza queste... una specie di delirio di onnipotenza. Non ha pace, e manifesta un'energia anomala, ha sempre qualcosa per la testa, entra ed esce di casa, sostiene che deve andare da questi famosi editori, senza contare che da qualche tempo ha rotto la sua relazione con un uomo, un suo vicino di casa, del quale dice cose terribili. Lui, poveraccio, vorrebbe fare la pace, ma lei lo accusa di aver perso il suo manoscritto, che poi però è ricomparso... guardi, mi viene da piangere se penso alle frottole che si inventa. Per esempio che l'ultimo capitolo del manoscritto importantissimo era restato nel gabinetto di questo signore, e che era una fortuna perché in questo modo "Loro" non potevano sapere che...».

Il dottore la ascoltava senza dire niente.

«E poi c'è un'altra cosa... imbarazzante... che mia madre mi tiene nascosta ma che io ho scoperto. È diventata insaziabile sotto il profilo sessuale: pensi che ha reclutato un giovane, un muratore, col quale ha quotidianamente rapporti, credo a pagamento, e questa cosa mi ha fatto pensare... Il bello è che mi dice che va da quest'uomo per dargli lezioni di buone maniere, ci pensa? E oggi anche un altro uomo, che ha fatto venire in casa, sotto i miei occhi... un tipo strano...

e poi non dorme mai, passa tutta la giornata a scrivere, scrive selvaggiamente, anche di notte, perché il suo romanzo...».

Dopo che Giulia ebbe aggiunto altri dettagli parlò il dottor Mengoni, che non fu affatto rassicurante. Fece alcune domande, e prese nota delle risposte di Giulia.

«Veda signorina, io, naturalmente, non posso fare una diagnosi sulla base di una testimonianza di un'altra persona, bisognerebbe che sua madre la vedessi, e non una volta sola, però sa in questi casi non è mai facile avere a che fare con il paziente, che spesso nega, almeno durante la fase maniacale, che ci sia alcun problema, e lo fa in buona fede, perché ne è inconsapevole. Però molte delle cose che mi ha detto sembrano tipiche... l'ossessione dei soldi e la convinzione di avere una grande disponibilità, le manie di persecuzione, l'iperattività, legata a manifestazioni creative, il delirio di onnipotenza... un surmenage sessuale... insomma... tutto farebbe pensare a quello che si è immaginato lei... insomma un disturbo bipolare... che lei sappia altri in famiglia ne hanno sofferto?».

Giulia era sconfortata. E adesso che si poteva fare?

«Lei signorina pensa che riuscirebbe a portare sua madre qua da me, con molta delicatezza, ovviamente...».

«Macché! Direbbe che sono impazzita. Che lei sta benissimo, e che non c'è nessunissimo motivo di andare da un dottore... la sentisse...».

«Ci provi, signorina, ci provi... se poi non ci dovesse riuscire... beh, allora vedremo di agire in altro modo...».

«Ma quale modo...».

Ormai era diventata una routine, Ludmilla portava Enrico ai giardinetti e si dileguava senza aspettare il Consonni. Questa volta Enrico non perse tempo, e appena la odiosa baby-sitter scantonò, lui si diresse immediatamente verso casa del nonno, dove c'erano persone che lui conosceva, per esempio il papà di Margherita, che era sempre un po' strano ma simpatico.

Gianmarco e Margherita, tutti incappottati, erano nella corte della casa di ringhiera che giocavano svogliatamente a niente. Enrico fu contento di rivederli, e si fermò a fare quattro chiacchiere.

I due bambini grandi furono sorpresi di vederlo arrivare tutto da solo: «E allora Enrico, dov'è che vai...».

Enrico assunse un'espressione fatalista, come a dire, eh, la sapeste tutta.

Poi furono i bambini grandi a raccontargli delle loro tribolazioni. Erano tornati nella loro casa, dopo aver passato tanto tempo dallo zio, però la mamma era triste, perché il papà era scomparso, e non si sapeva dove fosse andato, «invece che andare a fare la detos».

Enrico non aveva la più pallida idea di che cosa potesse essere la detos, però assunse un atteggiamento rassicurante, che i bambini grandi stessero tranquilli, lui dove si trovasse il loro papà lo sapeva benissimo.

«Davvero?».

Così spiegò che il loro papà non era tanto lontano, perché era ospite nella casa del suo nonno.

«Ma hai voglia di scherzare?».

«Io non scherzo mai».

Quindi Enrico si accomiatò, e prese le scale per raggiungere la casa del nonno.

La Mattei-Ferri notò il fatto e lo registrò, senza poter fare a meno di pensare che non si lascia un bambino così piccolo tutto da solo.

Il nonno non c'era neanche questa volta, e non c'era neanche il papà di Gianmarco e Margherita. Enrico avviò la solita cassetta, «Nightmare before Christmas», si rifornì in frigo di alcuni Kinder Pinguì e si dispose alla visione del film, avendo quattro anni e probabilmente uno sviluppo commisurato all'età dei lobi frontali, non poteva fare pensate troppo articolate su quello che sarebbe successo in futuro.

Dopo poco arrivarono anche Gianmarco e Margherita, un po' perché nella corte della casa di ringhiera si rompevano i coglioni, un po' perché volevano capire se quello che aveva detto Enrico era vero.

«Ma ti fanno stare così, da solo?».

Enrico li invitò ad accomodarsi anche loro a vedere il film, disse loro che in frigo c'erano un sacco di Kinder, e che ne potevano prendere quanti volevano.

Più o meno nel momento in cui Jack Skeleton arriva nella Città del Natale Ludmilla entrò infuriata nell'appartamento di Consonni.

«Io denuncio tuo nonno, io denuncio tutti, metti subito cappotto, voi farete andare me prigione, io denuncio tuo nonno».

Enrico fatalisticamente si rimise il giaccone.

«Se tu parlare male del mio nonno io dire tutto mamma, tu perdere lavoro e polizia te blindare in prigione» disse a Ludmilla, salutando i ragazzi, che restarono lì a godersi il film.

Pochi minuti dopo Claudio, sempre nei panni del Consonni, rientrò in casa. I bambini scattarono in piedi, beneducati. «Buonasera signor Consonni, ci scusi se siamo qui, ma ci ha invitato Enrico, poi lui è dovuto andare via, ma ci ha detto che potevamo rimanere a vedere il film».

Claudio alla vista di Gianmarco e Margherita ebbe un mancamento. Tentò per qualche secondo di non farsi riconoscere, senza togliersi cappotto e cappello, ma poi cedette di schianto e si mostrò, afferrò i due bambini stringendoli come se dovesse estrarne un succo. Si mise a piangere, e pianse tanto.

Anche i bambini piansero un po', pur se meno di lui.

Dopo un quarto d'ora le lacrime e gli abbracci terminarono, e i bambini, per voce di Gianmarco, parlarono chiaro.

«Papà, la mamma sta molto male, bisogna che tu torni».

«Ma cosa dite, la mamma non mi vuole neanche vedere, se si viene a sapere che io sono qui, e che voi mi avete visto, io vado in galera...».

«Papà, a noi di queste cose non ce ne importa mica, bisogna che tu parli con la mamma, perché la mamma non ce la fa».

Claudio andò velocemente in bagno e si fece un triplo cognac Martell a garganella.

«Il giudice ha parlato chiaro... io...».

«Papà, a noi non ci importa se bevi il whisky, però devi farti vivo, dire alla mamma che sei vivo e parlarci, guarda che la mamma sta peggio di te».

«Ma lo sapete... lo sapete o no che il giudice... voi non mi avete visto... voi non siete qui... voi non dovete dire niente alla mamma...».

«Noi non gli diciamo niente alla mamma, ma tu ci devi andare a parlare. Noi siamo piccoli, poi va a finire che ci mettono in un istituto».

Claudio non l'aveva mai vista in questi termini, ed ebbe bisogno di tornare in bagno, a dare altre due o tre sorsate.

«Ma voi state scherzando, o è la mamma che vi fa dire queste cose, è un ricatto, un vittimismo».

«No papy» disse Margherita «la mamma sta proprio male».

«Adesso dobbiamo andare papà, ci dai un bacino?».

Claudio, sia per l'emozione ovvia provata dopo che non vedeva i suoi figli da settimane, sia per l'effetto disinibente dell'alcol, si liberò nuovamente in un profluvio di lacrime. Piangeva come un vitello. I bambini non ci fecero troppo caso, l'avevano già visto piangere, sciogliersi, decine di volte, così come l'avevano visto ridere a crepapelle, oppure attuare comportamenti molto aggressivi e violenti. Il loro papà, a causa della dipendenza da alcol, ne faceva di tutte, perdeva sempre il controllo.

Quando i bambini uscirono dall'appartamento Claudio era consumato, e aveva esaurito tutti i liquidi corporei sotto forma di lacrime. Gli toccò reintegrare il fabbisogno tornando in bagno, con un'altra dose multipla di Martell.

Ma non bastò. Dopo l'apparizione dei figli Claudio era talmente scosso che dovette tornare al supermercato a rifornirsi. Comprò due bottiglie di gin e una di prosecco, perché con le bollicine l'alcol arriva prima. Tornato a casa, previa registrazione della Mattei-Ferri, si chiuse in camera e si dedicò a mille meditazioni, ciascuna accompagnata da un bicchiere bello pieno.

Giulia era tornata a casa e andava avanti e indietro, senza scopo. La mamma era uscita, a dir suo per andare in biblioteca, chissà se era vero. Le venne in mente di cercare una vecchia camicetta abbastanza sexy che ricordava di avere da qualche parte, non riusciva a trovarla. Vuoi vedere che l'ha presa lei?

Così andò in camera della madre a controllare. Si impose di non curiosare ma non ci riuscì più di tanto. Per esempio nel cassetto del comodino trovò una confezione di Cialis. Ah, e questa a chi serve? Allo stallone di turno?

Aprì il vecchio cassettone, ufficialmente per cercare la sua camicetta scollata, in realtà per verificare se non ci fosse materiale interessante, o deprimente, che ne sapeva lei di che cosa fosse diventata capace sua madre. Aprì i cassetti. Non c'era niente di scabroso, sado-maso o simili, però, eccola lì la camicetta, lo sapevo, me l'ha fregata, adesso...

Quello di cui Giulia non aveva tenuto conto era che il vecchio cassettone aveva degli scorrimenti a coda di rondine.

Questi sono noti per incastrarsi e non scorrere più, soprattutto se il cassetto si è messo un po' di traverso. E quando Giulia tentò di richiudere i tiretti, questi facevano resistenza e non ne volevano sapere. E più lei insisteva per farli tornare indietro, e più questi si bloccavano in modo irrimediabile.

Provò con la forza, ma peggiorava la situazione, ben due erano rimasti aperti, e se la mamma li avesse trovati così sarebbero stati guai seri. Oddio, e adesso come faccio?

Calma, calma, ho tempo, studiamo la situazione. Giulia finì per estrarre del tutto un cassetto, che cadde a terra. L'altro era incastrato in modo tale che non si muoveva né avanti né indietro.

Capì che da sola non ce l'avrebbe mai fatta, aveva bisogno di aiuto.

Andò a suonare alla porta del Consonni, uno che di mobili se ne intendeva, sicuramente avrebbe saputo come fare. Ma quello non apriva, nonostante la luce fosse accesa. Insistette per un po', senza esiti. E allora?

Pensò ad Antonio, che faceva il muratore. Magari lui sapeva come muoversi in questi casi. Senza riflettere sulle possibili conseguenze del caso – la Mattei-Ferri notò facilmente che anche la figlia della Mattioli si dirigeva verso l'appartamento dell'erotomane – andò a bussare alla porta di Antonio.

Antonio, come se si stesse aspettando questa visita, le aprì la porta, sbarbato, liscio come una patata sbucciata, puzzava di deodorante e indossava una felpa nuova. Fu assai cordiale.

«Buonasera Giulia, allora è vero?».

«È vero cosa?» fece lei, che ne aveva mille per la testa.

«Prego, si accomodi, lasci che prenda il suo soprabito».

«Antonio, ho un problema, solo lei mi può aiutare».

Aiutare? pensava lui.

«C'è un mobile in casa di mia madre, fatto a cassetti, non è che potrebbe venire a dare un'occhiata? Sa, temo di aver fatto un pasticcio, e non vorrei che mia madre se ne accorgesse, avrebbe mica un momento per me?».

Giulia era ancora sulla porta d'ingresso, e l'unica frase che la Mattei-Ferri riuscì a decifrare fu proprio quest'ultima: «Avrebbe mica un momento per me?».

Ah, questa non me l'aspettavo, ragionava la signorina.

Antonio sembrò del tutto disponibile e i due raggiunsero l'appartamento della Mattioli e si chiusero dentro.

La Mattei-Ferri non resistette, uscì di casa sulla sedia a rotelle e si mise a origliare.

«... Lasci fare tutto a me, ci penso io...».

«Meno male che ho trovato lei, se no come facevo?».

Si cominciarono a sentire dei colpi sordi, ripetuti, a intervalli regolari, in crescendo.

La Mattei-Ferri avrebbe voluto andare in chiesa, a pregare. Ma che schifosi, talis mater talis filia, che depravazione!

Bum, bum, bum, i colpi sembravano sempre più forti, verso il parossismo finale.

Altri colpi.

«Ecco, ci siamo!» gridava lui.

«Vai ora!».

«Tieni ancora un momento da questa parte».

«Se non sta dritto non scorre!» gridava quella svergognata.

Ci furono ancora altri colpi, altre grida, altre frasi indecifrabili, poi tutto si acquietò.

Un altro paio di colpetti di aggiustamento e i cassetti erano tornati al loro posto.

La Mattei-Ferri colse il momento in cui Antonio usciva dall'appartamento.

Era tutto congestionato, e altrettanto lo era la ragazza, sulla porta.

«Grazie Antonio» disse Giulia. «Non so come ringraziarla. Le devo qualcosa?».

«Ma figuriamoci, per me è stato un piacere. E quando ha bisogno non esiti a chiedere» replicò quell'animale.

«Non lo dica a mia madre, mi raccomando, se ne offenderebbe».

«E per chi mi ha preso? La cosa rimane fra di noi».

Fra di noi un tubo! pensava la Mattei-Ferri.

Un'altra persona era andata a trovare Antonio, per gli ultimi accordi, e aveva notato che quel furbacchione era entrato nell'appartamento di Angela Mattioli con quella bella ragazza. Fu veramente sorpresa di sentire da fuori certi rumori tipici di colluttazioni amorose. Chissà con chi se la sta facendo quel figlio di puttana: con la madre o con la figlia? O con tutte e due insieme? Ah, beh, questa poi, comunque stiamo andando bene, stiamo andando benissimo...

Adrem si dovette allontanare perché arrivava qualcuno proprio nel momento in cui i due, o i tre, sembravano andare al massimo.

Consonni si svegliò bruscamente, durante una sparatoria, al cinema. Ci mise un po' a tornare in se stesso, finalmente capì dov'era e che cos'era successo. Era tutto indolenzito, ma trovò la forza di alzarsi e di guadagnare l'uscita.

Non ci capiva più niente, ma un pensiero lo intrigava, mentre lasciava la sala. Era veramente il Goffi l'obiettivo del complotto?

Perché troppi nomi in tutta quella vicenda continuavano a riaffacciarsi. Primo fra tutti quello della signora Olga Cislaghi, la futura consorte dell'ex calciatore. E Consonni sapeva che fra la signora Kakoiannis-Sforza e la Olga c'era una conoscenza, e forse un'inimicizia, di lunga data.

Non poteva non ripensare a questa eventualità. E non poteva non immaginare che la beffa della Merda d'Artista fosse in qualche modo ricollegabile all'odio fra le due. E così, che cos'era successo? Che la Kakoiannis-Sforza avesse tentato l'ultimo colpo letale contro la Olga?

Consonni aveva bisogno di riflettere e camminando al rallentatore era arrivato alla Stazione Centrale. Entrò e si sedette nella sala viaggiatori. Sul suo quadernetto indulgeva nel fare disegni, grafici e ricostruzioni mentali. Gli parve ovvio che la Kakoiannis-Sforza lo avesse usato per attuare la sua vendetta nei confronti della Cislaghi. E l'aveva pensata molto bene. Lo aveva portato sulle piste del Goffi, e aveva fatto in modo che si interessasse al caso della morte della ragazza. Poi con qualche dato vero e qualche dato costruito alla bisogna lo aveva convinto che il Goffi era un assassino, o comunque un criminale. Ecco fatto. E lui come una pedina manovrabile avrebbe sollevato la questione delle responsabilità della morte della ragazza, e a quel punto la macchina si sarebbe messa in moto. Ah, le sapeva tutte la Kakoiannis. E poi che schifezza, simulare la scomparsa della figlia, come se potesse essere in pericolo di morte. Che ignominia!

Controllò il telefonino e vide che c'era una gran quantità di chiamate e di messaggini per lui, tutti con un unico mittente, la Kakoiannis-Sforza.

Su come comportarsi con lei Consonni non aveva le idee chiare, mentre le aveva su che cosa avrebbe fatto il giorno dopo. Sarebbe andato a parlare con il calciatore Goffi, o con Olga, che secondo lui era il vero obiettivo dell'intera trappola.

Perché adesso era la Kakoiannis che non la poteva passare liscia. Ecco perché aveva scelto proprio il Consonni per mettere in atto il suo piano: aveva bisogno di quello che secondo lei era un elemento manovrabile, un pirla, un dilettante allo sbaraglio che messo di fronte a una specie di caccia al tesoro avrebbe seguito come una marionetta gli indizi da lei preparati a bella posta. Beh, elemento manovrabile sì, ma fino a un certo punto, e adesso il piano le si stava rivolgendo contro. Perché Consonni non poteva certamente denunciarla per la trappola che aveva ordito e per le sue finalità, ma una cosa la poteva fare: la spia.

Se l'obiettivo era la Olga Cislaghi, e per raggiungerlo la Kakoiannis non si era fatta problemi di trovare e sacrificare un «pirla», che ne avrebbe pensato la signora se l'obiettivo fosse stato informato? Ah, non c'era niente di meglio, e sicuramente l'obiettivo avrebbe saputo, dati i precedenti, ripagare lui e anche e soprattutto la Kakoiannis stessa.

Un po' fiero, un po' tronfio, Consonni non si accontentava di averla scampata bella, e maturò la decisione, l'indomani avrebbe contattato la futura sposa. Giunse alla casa di ringhiera che erano le sei passate.

La luce in camera di Caterina era accesa. Amedeo sbirciò dalla porta semiaperta, e quello già dormiva, sembrava in coma. La stanza era un disastro, le bottiglie vuote, un forte odore di alcolici.

Consonni capì che le cose non potevano andare avanti così, l'indomani avrebbe parlato col signor Claudio, senza nessun giudizio morale, per carità, ma ormai erano passati diversi giorni e quello era opportuno che si trovasse un'altra sistemazione, perché, insomma...

Prima di togliersi il cappotto telefonò alla Kakoiannis-Sforza, era proprio curioso di sentire cosa aveva da dirgli. Lei pareva tuttora disperata per i destini di Marilou, e si chiedeva cosa fosse mai successo, perché il Consonni non si era presentato all'appuntamento, aveva temuto per lui.

«Non tema per me» fece il Consonni con un atteggiamento abbastanza gaglioffo per lui «ho grosse notizie da darle, ma sicuramente non per telefono. Oggi per me è stata una giornata di grandi scoperte, e domani la informerò dettagliatamente».

«E quando la vedrò, domattina?».

«No, domattina non ce la faccio, ho un impegno importante».

«Allora venga domani sera a Lugano, alla mia villa, le va bene alle dieci? Vuole che la faccia venire a prendere dal mio autista?».

«No, grazie, non si incomodi, sarò lì».

«Ma Marilou? Ha avuto notizie?».

«Sì e no, ma stia tranquilla, gliene parlerò domani».

Impressionato e allo stesso tempo esaltato da quello che aveva scoperto e preordinato, sicuro di essere sulla strada giusta e pronto a fare qualcosa di importante, Consonni bussò alla porta di Angela con decisione. Ad aprirgli fu Giulia, che, istruita, disse che Angela non c'era, era uscita e non sapeva dove fosse. Ma Consonni entrò lo stesso e senza incertezze aprì la porta dello studio di Angela, che era lì, impegnatissima a scrivere al computer.

Giulia aveva cercato di impedirglielo, gli era andata dietro temendo le reazioni della madre, ma involontariamente si trovò testimone di una scena per lei imbarazzante: Consonni sollevò dalla sedia Angela e la abbracciò e la baciò appassionatamente, mentre lei prima cercava di resistere e poi si abbandonava all'amplesso.

Giulia rimase perplessa, ma che stava succedendo a quella accolita di vecchi rincoglioniti?

Per fortuna poi Consonni chiuse la porta, e Giulia si risparmiò il seguito. Quei due rimasero chiusi nella stanza per un paio d'ore, oh, cazzo, pensava Giulia.

In realtà i due si erano messi a parlare, anzi, per la precisione a parlare fu quasi esclusivamente Consonni, che attaccò come una macchinetta a esporre tutto ciò che gli era capitato. Pure Angela avrebbe avuto molte novità da raccontare, ma, per l'ennesima volta, non ci riuscì. Anche perché la storia che le narrava Amedeo era abbastanza strabiliante. Possibile? VIP, bondage, ragazze morte, omertà della famiglia, Porsche fuoriserie, messe in scena, tutto finto, giornali e paparazzi, ecco risolto il mistero della Kakoiannis-Sforza, ecco perché quella donna aveva scelto uno scalzacane come il Consonni, ecco... Ma perché Amedeo non glielo aveva detto prima? Ma che cretinone, se glielo avesse detto, lei sì che avrebbe saputo metterlo sul corretto avviso. Scemone, scemone mio, pensava Angela.

Amedeo invece di se stesso non pensava in questi termini, riteneva di essere un gran dritto, uno al quale non è poi così facile metterlo in quel posto. E domani lui... la cosa non finiva qui... perché tutto ha un limite... ma quando lui era tornato indietro alla casa di Affori aveva avuto una sensazione... eccetera eccetera.

Consonni comunicò ad Angela che l'indomani mattina sarebbe andato a parlare con la signora Olga Cislaghi. Una piccola vendetta nei confronti della Kakoiannis se la poteva prendere, no? E poi era la verità che doveva trionfare. Angela gli disse che secondo lei era la cosa giusta da fare, ma disse anche che era tardi, e che non aveva ancora finito di lavorare.

«Ma di lavorare a cosa?».

«Al finale, no?».

Anche quella era una storia lunga, ma viste le condizioni di Consonni Angela pensò che fosse meglio rimandare, si limitò ad accennare che era molto impegnata nella stesura di un testo, aveva le ore contate, Consonni non recepì, pensava solo alla sua avventura. Rientrò in casa parlando da solo, giubilante e confidente, moralizzante e autoassolvente.

Dalla cameretta perveniva il forte russare del Giorgi.

La signorina Mattei-Ferri per fortuna non si era ancora ritirata, nel momento in cui quel folle del Consonni era penetrato nell'appartamento della Mattioli. Ah, questa è bella, aveva pensato la signorina, e adesso quello lì cos'è che vuole dalla Mattioli, che ha tutt'altro per la testa, senza contare che è presente la figlia, sempre che anche lei, con quella faccia da santerellina... Dunque aveva atteso nella sua postazione, per vedere come sarebbe andata a finire. Quando Consonni se ne uscì un po' esaltato dall'appartamento 2 la Mattei-Ferri fece le sue deduzioni. In che mondo dobbiamo vivere.

De Angelis era avvolto nei pensieri più malinconici del mondo. Anche le persone anziane provano dei sentimenti, ma sono tagliate fuori, per loro non è previsto, e allora soffrono, soffrono enormemente. Si stava autocommiserando, e per di più lo faceva da solo, a chi poteva raccontare di quello che gli si muoveva dentro? A sua sorella Ernestina? A quel criminale del suo nipote Daniel? Alla signorina Mattei-Ferri? «Che si vive a fare se non si può neanche nutrire un sentimento?» disse a voce alta, in cucina, mentre si preparava un ovetto alla coque.

Ma, anche se la felicità è un sogno dimenticato, servisse soltanto a mettere una pietra definitiva sopra questa avventura d'amore, io non posso non dire niente a Carmela, un ultimo biglietto, un ultimo messaggio nella bottiglia... lei deve sapere. Mi denigrerà, si prenderà gioco di me, di questo vecchio insensato, di quest'uomo finito, ma deve sapere.

Così si accinse a fare l'ennesima cazzata, voleva scriverle un messaggio, ma certamente non telefonico. Ci pensò un po', e se le inviassi un telegramma? No, un telegramma non va bene, i telegrammi si usano per fare le condoglianze. Prese degli appunti, vergò e cancellò, buttava nel cestino fogli su fogli, poi, finalmente, intorno alla mezzanotte, arrivò al testo definitivo. Ma non posso inviarlo come telegramma, no, non va. Si logorava per trovare una soluzione, quando ebbe un'idea brillante.

Quante volte aveva visto dei messaggi d'amore scritti sui muri, con la bomboletta spray. C'era sempre il nome della ragazza, e poi delle frasi incomprensibili, che imbrattavano la città, va bene, però erano un sistema pratico per far conoscere alla bella, e in fondo a tutto il mondo, qual era lo stato d'animo dell'innamorato, evidentemente deluso, se non fosse stato deluso e respinto quello che sentiva lo poteva dire benissimo a voce.

Probabilmente la donna interessata si sarebbe sentita lusingata, o almeno così pensava l'innamorato, del gesto pubblico così eclatante. Tutti dovevano sapere.

De Angelis andò nello sgabuzzino alla frenetica ricerca di una bomboletta di vernice spray, era certo di possederne una, di colore nero, che certe volte utilizzava per microritocchi alle parti mat della vettura, ovviamente non quelle in vista, bensì quelle all'interno del vano motore o bagagli.

La trovò, e in pochi minuti era già per strada, con la BMW.

Raggiunse il ristorante, posteggiò, non c'era più nessuno in giro all'Ortica, oramai erano le una passate, poi con quel freddo. Mascherandosi alla meglio con la sciarpa e una papalina di lana marrone, attaccò a scrivere sul muro della casa di fronte al ristorante, a grossi caratteri stampatello. Il messaggio suonava così:

CARMELA IL MIO ERA SOLO UN SOGNO D'AMORE, SÌ, PERCHÉ IO L'AMORE LO POSSO SOLTANTO SOGNARE.
ADDIO

LUIS DE ANGELIS

Una volta vergata la firma fu preso dal terrore: scrivere sui muri è un atto vandalico, un reato, e se mi firmo mi prendono subito. Oddio, ci mancherebbe anche questa. D'altronde cosa ho da perdere ormai? La mia vita è finita. In lui si scatenò un violento dibattito interiore. Finì per vincere la paura sull'eroismo, e con qualche altra spruzzata De Angelis rese poco riconoscibile, se non addirittura illeggibile, il suo nome. Confidò sul fatto che Carmela avrebbe capito lo stesso.

Sabato 16 gennaio

Ivan non c'è, qualcuno o qualcosa lo ha distratto, è dovuto uscire, Marilou ormai non è più legata, guarda le pentole che bollono sul fuoco ed ha un'espressione di disgusto, ma non c'è tempo, non c'è tempo. Lui sta rientrando. «Una bella cena tradizionale!». Marilou è nascosta, lui diventa pazzo e si mette a cercarla. Lei si ripara in un angolo morto. «Dove sei cara? Perché non vuoi assaggiare la mia cucina?».

Angela si era alzata presto per dedicarsi di nuovo, a mente fredda, al suo lavoro. Oddio, la mente tanto fredda non lo era, dopo tutto quello che le aveva raccontato il Consonni, stentava a crederci. Sembrava che i ruoli si stessero invertendo: dopo tutte quelle volte che lei aveva cercato di narrargli le proprie vicende esistenziali, e quello a malapena la stava ad ascoltare, adesso era lui che come un fiume in piena la metteva a parte di una serie di incredibili fatti, complotti, trappole e disvelamenti. Possibile che l'Amedeo si fosse trovato ad essere una pedina di un gioco al massacro, vendette, ritorsioni, sciarade e cacce al tesoro? Perché proprio lui? In effetti, pensava maliziosamente Angela, la

Kakoiannis-Sforza non si era mossa male, ritenendo che il Consonni fosse la persona adatta a cascare come una pera cotta nella sua rete. E se non fosse stato per uno scrupolo in più, o per un caso, a quest'ora su tutti i giornali si sarebbe parlato degli atroci sospetti sul famoso ex giocatore di calcio Ricky Goffi, detto Go-Go-Go, coinvolto in una storia tristissima di sesso estremo, incaprettamenti, morte e corruzione. Il Consonni l'aveva scampata bella! Alla fine sarebbe stato lui a passare guai seri. Mah...

Adesso però bisognava tornare alla questione del nuovo finale, Angela si mise a rileggere i suoi appunti schematici del giorno prima. C'erano dei titoli commentati come per esempio: «Trionfo dell'amore. Lei si trasferisce in Sardegna per vivere col commissario, che è vedovo e nasconde misteri e storie tristi: un figlio scomparso? Un passato da tossicomane? Un crimine mai svelato? Macché. Così non si va da nessuna parte: tutte quelle avventure per riprendere un ménage di tipo tradizionale?».

A maggior ragione sul titolo «Rifiuto dell'amore e ritorno a casa dal marito» c'era un bel frego sopra a penna rossa. L'ipotesi «La protagonista morrà da eroina» era da escludersi ancor di più, l'editore una cosa del genere non l'avrebbe gradita, in vista del sequel. Farla risuscitare? Non esageriamo, pensava Angela, in qualche modo l'ho già fatto.

Un'altra ipotesi era definita «Deus ex machina»: nella valigia la protagonista trova un biglietto della lotteria, vince diversi milioni e se li gode in piena autonomia... mah... non regge, non reggerà mai, il lettore non riuscirà mai a «sospendere l'incredulità», come avrebbe detto quel cretino di editor. No, qui deve accadere qualche cosa di plausibile, un fatto che possa sembrare vero. Di necessità la sua mente scivolò sulle avventure del Consonni: per esempio quella storia del bondage. Ma veramente le persone per aumentare il proprio piacere sessuale si fanno legare come salami, mettendo a rischio la propria vita? E se un fatto del genere fosse accaduto alla sua eroina? Finire nelle mani di un pervertito che la introduce a una serie infinita di spostamenti progressivi del piacere? Ma chi mai leggerebbe libri scritti in prima persona dove si racconta di esperienze del genere... No, non ci siamo e non ci siamo.

Angela bevve un altro paio di caffè, prese a camminare in su e in giù per il suo «studio», attendendo l'ispirazione, sfogliò altri appunti, addirittura estrasse qualche romanzo dalla sua libreria aprendo delle pagine a caso, alla ricerca di una illuminazione fortuita, di una coincidenza astrale, di una folgorazione. Ma niente, niente di niente. Fu presa dallo sconforto, in piena crisi da pagina bianca. Non le veniva da scrivere niente. Forse, definire una simile situazione come quella del blocco dello scrittore era un po' prematuro, visto fra l'altro che Angela era entrata in questo ruolo solo da un'ottantina di ore. Ma più ci pensava, meno le venivano idee accettabili.

Si pose di fronte al computer. Nel corso della notte erano arrivate alcune mail da quell'antipatico borioso insopportabile dell'editor Zanconi, si trattava delle sue storie in sintesi, una specie di enciclopedia delle trame, che pezzo di imbecille.

Angela distrattamente cominciò ad aprire le cartelle. Ciascuna aveva un titolo, del tipo «Redenzione e colpa»; «Sliding doors», «Un delitto inevitabile» o anche «Quando il cattivo diventa buono e il buono diventa cattivo», eccetera.

Che presuntuoso. Angela cominciò a darci un'occhiata. Ciascuna trama occupava un paio di pagine o tre, della maggior parte c'erano varianti sul tema, finali diversi a seconda della bisogna, epiloghi tragici o comici, il tutto trattato con una sicumera pseudoscientifica che ad Angela faceva venire i nervi.

Alle nove Amedeo Consonni telefonò agli uffici della CISLAGHI LOGISTICS e parlò con una o due o tre delle segretarie di Olga Cislaghi, per fissare immediatamente un appuntamento. Naturalmente nessuna delle tre gli dette alcun credito, con tutta probabilità lo prendevano per matto, ma chi è che pensa di poter parlare con Olga Cislaghi per telefono o addirittura di incontrarla di persona? Allora Consonni insistette, questa volta utilizzando alcune parole chiave: Merda d'Artista – Kakoiannis-Sforza – Matrimonio – Vendetta.

Le segretarie non parvero essere molto colpite da queste parole chiave, fatto sta che nel giro di pochi minuti il Consonni fu richiamato, e l'appuntamento con Olga fissato per quella stessa mattina alle 9.45, vale a dire nel giro di mezz'ora. Certamente a questo punto le segretarie medesime erano strabiliate, cos'erano, parole d'ordine della mafia rumena?

Consonni dovette affrettarsi per arrivare in tempo in via San Maurilio, una viuzza dalle parti della Biblioteca Ambrosiana, a lui sconosciuta ma che racchiudeva palazzi signorili. Lì c'era la residenza di città della Cislaghi, che probabilmente fungeva anche da ufficio. In effetti suo era tutto il palazzo, una sorta di reggia, Consonni ne fu quasi intimorito.

All'ingresso fu addirittura perquisito, e poi fatto accomodare, sempre sorvegliato da un agente della Security, in una sala d'aspetto lussuosa, piena di vetri, specchi e mobili di mogano. Poi lo fecero entrare in una saletta più piccola, ben arredata, anche se Consonni osservando le tappezzerie sovraccariche avrebbe avuto qualcosa da osservare sulle cuciture esterne a vista.

Finalmente, alle 9.47 fu ricevuto.

Olga Cislaghi, una bella signora, elegantissima con un tailleur di marca di quelli a quadrettini con i bottoni grossi, dimostrava meno anni della figlia del Consonni, ma a quanto ne sapeva lui, cioè a quanto diceva la Mattei-Ferri, doveva essere intorno ai cinquanta. Lo guardava di traverso, algida ma sospettosa. Ascoltava quell'ometto, ometto dal suo punto di vista economico-sociale, non fisico, perché il Consonni era robusto, senza dire niente, molto interessata, questo sì, ma anche molto avvertita. Era quasi sicura che quella mezza calzetta fosse un emissario di Luisa, e quale trucco era più semplice e banale di mandarle un suo collaboratore che faceva finta di tradirla?

Ma il materiale che quel tipo le mostrò non era proprio da prendersi sotto gamba; c'erano le prove che Ricky frequentasse un certo residence, dove a quanto pareva era stato registrato insieme alla ragazza morta; c'erano le prove che nella villa di via Panoramica qualcuno si fosse dato al bondage, e poi c'era la storia della Porsche che Ricky, questo lei lo sapeva benissimo, aveva venduto quindici giorni dopo averla comprata, fra l'altro i soldi per comprarla glieli aveva dati lei, mentre il ricavato se lo era tenuto lui, e quella faccenda le piaceva pochissimo. Insomma quel signore anziano e tutto sudato qualcosa da dire ce lo aveva.

Inoltre parlava con un certo grado di cognizione di causa della faccenda della Merda d'Artista. Nulla di sorprendente, in molti la conoscevano, ma evidentemente quel tipo andava ascoltato, perché veniva a raccontarglielo a lei. Forse una ragione di più per pensare che glielo avesse spedito la Luisa secondo una manovra tutta da capire. Olga aveva pensato di dedicargli quindici minuti. Dopo quarantacinque Consonni era ancora lì che parlava: le raccontava della storia della fotografia scattata dal B&B, e della Caccia al tesoro che la Kakoiannis-Sforza gli aveva fatto fare, e della pista sulla quale lui, inconsapevole, era stato messo a bella posta.

Insomma lui si era fatto l'idea che la Kakoiannis avesse in mente un piano per rovinare scandalisticamente la signora Cislaghi, ma per fortuna se ne era accorto, ed era corso a raccontare i fatti all'interessata, per un pelo non era andato alla polizia, cadendo nel trabocchetto.

Ma non sarà che questo qui è molto meno scemo di quello che sembra? pensò Olga. Scannerizzava con gli occhi il poco materiale che il Consonni, ingenuamente, le aveva portato. La foto, le cinghie, i biglietti.

Camminava per la stanza: da una parte c'era una sorta di sarcofago di pietra tipo travertino, tutta imporrita, sul coperchio c'erano un marito e una moglie mezzi sdraiati, doveva essere una roba antica. Su una parete c'erano un paio di quadri con due uomini molto grassi, grassissimi. Sulla parete di fronte un arazzo, ah, quello sì che era bello, raffigurava delle scene di una sorta di pic-nic antico in mezzo ai boschi, Consonni con occhio esperto valutò che fosse un 250x600.

«Insomma lei quanto vuole per queste cose che mi viene dicendo? E che garanzie mi dà che non sia tutta una bufala per spillarmi soldi, magari d'accordo con quella là?».

Consonni ci rimase male. Ma come? Lui aveva deciso di presentarsi alla corte di quella signora, per spiegarle che per un pelo non era stato vittima di un complotto che come obiettivo finale aveva lei, la signora Olga stessa, e quella ti chiedeva quanti soldi volevi?

«Beh, sono qui proprio a dirle che è tutta una messa in scena che ha tirato su quella là, io soldi, per l'amor del cielo...».

Eh sì, o era completamente scemo o non lo era per niente. La signora Olga ci pensò un po', un minuto abbondante, poi scrisse al computer qualche cosa e lo stampò.

«Lei adesso mi firma questo foglio, in cambio del quale io le firmo un assegno».

Sul foglio, che era datato un mese prima, c'era scritto:

Io Amedeo Consonni dichiaro di ricevere da Olga Cislaghi la cifra di 50.000 euro per l'attività di consulenza investigativa svolta nell'arco del periodo... relativamente alla presunta attività di stalking nei confronti della Cislaghi Olga medesima da parte di Kakoiannis Luisa...

«Insomma lei capisce, qualsiasi cosa dovesse saltare fuori di questa faccenda, indipendentemente dalla sua volontà – perché lei non lo deve dire esattamente a nessuno, ma potrebbero esserci colpi di coda – lei risulta che lavora per me. Posso benissimo aver incaricato qualcuno per stare dietro al mio futuro marito e per scoprire se qualcuno sta giocando sporco, d'altronde come lei saprà con uno come Ricky sono cose all'ordine del giorno. E così lei non mi può fare neanche qualche scherzo».

Consonni firmò senza pensare a cosa stava facendo, e si ritrovò per le mani l'assegno.

«Beh, vede, signora Cislaghi... c'è un'altra cosa... cosa che non le ho raccontato. Stasera io avrei un appuntamento a Lugano con la Kakoiannis-Sforza e allora, che cosa devo fare?».

«A Lugano? Ma ci vada no? Visto che adesso lavora per me, cerchi di capire quella che cosa ha in mente. Probabilmente le dirà che Marilou è tornata, ma che lei deve andare alla polizia e rovinare il Goffi e me. Non crede che questo sia l'ultimo atto? Ci vada e poi mi faccia sapere, ecco qua, questo è il mio cellulare. Io di solito non parlo al cellulare, ma questo numero è buono».

Consonni si ritrovò così in possesso di un assegno, di un numero di cellulare e di una copia del foglio che aveva firmato. Se avesse avuto tempo avrebbe pensato meglio a cosa stava facendo, ma la Cislaghi lo accompagnò alla porta, c'erano persone che aspettavano da mezz'ora.

Antonio in cantiere non riusciva a lavorare. La situazione gli stava sfuggendo di mano, Adrem non era un tipo da tirarsi indietro, e in qualche maniera bisognava risolvere. Antonio pensò la cosa più ovvia che potesse venirgli in mente, e cioè spaccare la testa ad Adrem, con qualche attrezzo del cantiere o a mani nude. Ma no, con Adrem non era come cazzottare il primo stronzo che ti rompe i coglioni per la strada. Dunque decise di procurarsi un coltello, ci voleva un coltello a serramanico. Una volta ne aveva uno, ma chissà quell'imbecille di sua moglie dove l'aveva nascosto.

Ne andò a comprare uno nuovo in un negozio di articoli da caccia proprio davanti alla stazione di Lambrate.

Claudio era ancora a letto, a metà fra il sonno e la veglia. Stava malissimo, gli girava la testa, ancora non era uscito dai sogni e gli sembrava di essere sveglio e di dormire allo stesso tempo, per esempio, nonostante fosse in piedi, gli pareva di essere ancora in mezzo al sogno che aveva appena fatto, un sogno circolare, ripetitivo, gli tornava davanti sempre la stessa immagine, una casa tutta piena di merda, che lui cercava di coprire con dei fazzolettini di carta. Si alzò e andò in bagno, dove si sciacquò la faccia, infilò addirittura la testa sotto il rubinetto, ma quella sensazione mista di terrore e di dolore non se ne andava, il suo cervello era nel caos. Pensò che l'unica soluzione era quella di bere qualcosa, subito, ma in casa non c'era rimasto niente, in camera le due bottiglie di Bosford Gin erano vuote. Provò a cercare qualcosa nel mobile bar del Consonni, ma aveva prosciugato tutto. Fu preso dal panico, gli tremavano le mani, a sussulti. Non era la prima volta che gli venivano quei tremori, era pratico, sarebbero diventati sempre più forti. Sapeva che l'unica maniera di uscirne era quella di buttare giù un po' di alcol, immediatamente, altrimenti sarebbe stato un inferno. Doveva vestirsi rapidamente, presto, poi si rese conto che era già vestito. Sentiva un odore cattivissimo, un misto fra bruciato e vernice, andò a vedere in cucina se c'era qualcosa che era rimasto sul fuoco. Era tutto in ordine, il Consonni aveva messo a posto.

Ma cos'era che produceva quell'odore? Immagini indecifrabili gli correvano davanti agli occhi, indossò il soprabito e il cappello, si frugò nelle tasche, non aveva neanche un euro. Il bancomat, il bancomat, in tasca non aveva neanche il portafoglio, ma dove l'aveva messo? Furiosamente mise a soqquadro la ex camera di Caterina, era tutto rovesciato, ma che aveva fatto la sera prima? Gli venne da vomitare, ne fece un po' sul pavimento di legno e il resto nel lavandino del bagno, quando riuscì ad arrivarci. Nel bidet accanto scorse una blatta, una schifosa blatta, ma lui in quel momento aveva un unico scopo, rintracciare quel maledetto portafoglio. In effetti a trovarlo per terra era stato Consonni, che lo aveva appoggiato sul tavolo da pranzo, con un biglietto: «Stamani ho un appuntamento importante, non so a che ora sarò di ritorno». E chi se ne frega, pensò Claudio, ormai in trance. Cercò in tasca la chiave del portoncino che era chiuso con le mandate. Una di quelle serrature che richiedono la chiave anche dall'interno. Consonni non chiudeva mai, ma chissà perché quella mattina lo aveva fatto, forse per evitare che qualcuno entrasse dentro e trovasse il Giorgi in quelle condizioni.

Claudio con orrore realizzò che la chiave in tasca non c'era, e mentre la cercava il delirium non si faceva pregare, inesorabilmente, misto a una crisi di panico, Claudio avrebbe desiderato che qualcuno gli sparasse in testa, così almeno finiva di soffrire: vedeva o desiderava di vedere persone che gli infilavano dei pugnali nelle reni. Altre furibonde ricerche, fra disperazione e orrore, ma le chiavi non vennero fuori. Si abbandonò su una sedia, stravolto. Quindi cominciò a percepire che qualcosa si muoveva intorno a lui, esseri schifosi, erano alcuni ratti che si stavano avvicinando, senza alcuna paura. «Andate via, bastardi! Bastardi!», urlava cercando di menare fendenti a quei ratti, che tentavano di salirgli addosso, e che gli morivano davanti, o in grembo.

«Ahhrrghh, mi ammazzano, mi ammazzano, la peste, la peste... aarrggghh».

La signorina Mattei-Ferri nell'udire distintamente quelle grida agghiaccianti ebbe un sussulto di terrore e di curiosità. Chi era che stavano ammazzando? Cos'era questa storia della peste? Sfidò le insidie dell'inverno e mettendosi uno scialle di lana sulle spalle uscì di casa, sulla sedia a rotelle, spingendo le ruote con buona lena. Fu subito davanti alla porta del Consonni, era da lì che venivano le grida, sembrava che stessero scorticando vivo qualcuno. Oh, santissimo Signur, che sta succedendo! Qualcuno avrà già chiamato la polizia? Inspiegabilmente nella corte della casa di ringhiera non c'era nessuno, nessuno aveva messo il naso fuori dalla porta.

«Aiutooo! Aiutoo... gli scorpioni! Gli scorpioni! Mi stanno ammazzando, mi mangiano vivo... aaarrgghhh».

Poi si cominciarono a sentire dei tonfi fortissimi, qualcuno si stava buttando contro la porta con tutta la forza che aveva. Bum, bum, bum, la porta si muoveva, ma non cedeva. Proprio quando la signorina aveva fatto fare una inversione a U alla carrozzella la porta cedette, e il Consonni si scaraventò fuori, finendo con la faccia a terra. Poi si alzò, senza neanche girarsi verso di lei, e corse via, come un ossesso.

La Mattei-Ferri si allontanò quanto poté, convinta che adesso sarebbe uscito qualcun altro, colui che voleva ammazzare il Consonni. Ma non uscì nessuno. La porta era aperta, tutto silenzio.

Claudio intanto era già alle prese col bancomat, purtroppo non si ricordava il numero.

Angela si stava chiedendo se l'editor quelle trame se le fosse inventate di sana pianta, o se le avesse copiate da vecchi romanzi e racconti. Naturalmente cominciò con la cartella «Redenzione e colpa» che a occhio e croce era quella più vicina alle sue necessità. Dentro c'era una dozzina di trame, con un certo squilibrio a favore dei personaggi femminili in quanto soggetto di colpe varie. Un breve trattamento dal titolo fantasmagorico «La colpa del senso» forse poteva darle qualche spunto. C'era una protagonista X che tradiva il marito Y. Anche Y tradiva X, ma lei si sentiva in colpa e lui no. Inoltre X sapeva che Y la tradiva, il che non era reciproco. Ma quando Y viene a saperlo, lui la lascia. Z, l'amante di Y, che X non sa esserne l'amante, diverrà amica di X (per altre strade), e la consiglierà di conoscere un uomo che le saprà dare godimento, che non è altri che suo marito, Y. L'incontro a tre si farà, la nostra protagonista X mascherata e quindi non riconosciuta da Y proverà sensazioni mai provate... Eccetera eccetera.

Ma che schifo di uno schifo, pensava Angela... che stronzate...

In un'altra trama dal titolo «Il buio dentro» la storia riguardava un uomo che aveva ucciso la moglie, e che poi, avendo espiato la sua colpa in carcere, tornava a casa dopo dodici tredici anni: qui trovava la figlia venticinquenne, con la quale sviluppava un rapporto incestuoso. Alla fine il tipo finiva per ammazzare anche lei, il che gli sarebbe costato un'altra bella quantità di anni di galera... quando sarebbe uscito...

Angela era disgustata. L'unica trama che le veniva in mente era come organizzare un delitto perfetto di cui la vittima fosse l'editor in questione. Più si arrabbiava e più apriva e chiudeva i file.

Aprì per l'appunto la cartella dal titolo «Delitto perfetto». Sembravano storie noir, che poco avevano a che vedere con quella che aveva scritto lei, in più tutte partivano dagli stessi presupposti, come se fossero un tema in classe da sviluppare.

Vicina a raggiungere il colmo dell'indignazione, Angela fu interrotta da Giulia, che bussò delicatamente. La madre, infuriata con l'editor, di pessimo umore, non fu tanto gentile neanche con la figlia: «Beh, che c'è adesso? Non vedi che sto lavorando al mio romanzo?».

«Ma mamma, volevo solo dirti che ho preparato un brunch, insomma tè, caffè, uova fritte, formaggio, prosciutto, tartine con burro e dolce o salato, eccetera». Queste erano le usanze nordiche alle quali Giulia era abituata.

Angela si riscosse: «Grazie, arrivo subito» e mandò a quel paese quelle trame insulse.

A tavola Giulia avrebbe voluto provare a introdurre nella conversazione il tema spinoso che le stava a cuore. Mentre Angela soprappensiero spalmava con energia il burro su una fetta di pane abbrustolito, Giulia la prese larga: «Ciao mamma, come stai stamattina?».

«Beh, come sto lo vedi, sono nei pasticci, ho una grande confusione nella testa...».

«Sono contenta che ieri tu abbia fatto la pace con l'Amedeo, ho capito che vi siete parlati tanto... ti ha fatto bene...».

«Beh (chompchomp), per la verità a parlare è stato lui, tu non hai idea di che cosa gli è capitato. L'ha scampata per il rotto della cuffia. È per puro caso che oggi non lo trovi su tutti i giornali...».

«Su tutti i giornali?». Arieccoci con le esagerazioni maniacali.

«Eh, sì, rischiava di sollevare un polverone nel mondo del jet set».

Giulia rimase in silenzio. Ormai era venuto il momento di parlare seriamente.

«Ma mamma, scusa se te lo chiedo, ma ti trovo così cambiata... come ti senti in questo periodo? Va tutto bene? Non ti pare che...».

Angela stava divorando due uova col bacon.

«Come sto io? Ah, te l'ho detto, me ne succedono di tutte, ma io sto benissimo, mi sento in gran forma... Se non fosse per quell'editor che vuole portare il mio best seller dove vuole lui... ma lo metterò nel sacco... eccome se lo farò...».

«Mamma, forse mi sbaglio, ma non ti pare di essere un po' stanca? Stai sveglia tutta la notte a scrivere, sei sempre agitata, te ne capita sempre una nuova, io ti trovo un po' esaurita, non pensi che... un aiutino... una pasticca, che male c'è...».

«Una pasticca? Perché, ce l'hai? Che roba è, anfetamina? Caffeina? Roba che tiene svegli? Beh, non dovrei essere io a parlarti così, ma se tu ce l'avessi, la gradirei. Ormai non sono più una ragazzina, non ho l'energia di una volta, e se ci fosse...».

Giulia non disse altro, non c'era più molto da fare. In che altro c'era da sperare, che sua madre si mettesse davvero nei guai, così sarebbe stata ospedalizzata in modo coatto?

Consonni era appena tornato alla casa di ringhiera dopo lo sconcertante incontro con la signora Olga Cislaghi, che in parte lo aveva scombussolato e in parte, una parte che per il momento era più consistente, l'aveva convinto di non essere poi quel bamba che certe volte pensava di essere. Senza passare da casa sua andò direttamente da Angela, che stava mangiando pane burro e salmone.

«Ah, caro, vuoi favorire?». Così lo accolse Angela, mentre Giulia, che sembrava un po' contrariata, lo salutò con un mezzo sorriso, poi li lasciò soli.

Consonni prese a raccontare gli esiti delle sue avventure. Ormai non c'era che addivenire al chiarimento definitivo con la Kakoiannis-Sforza, che in serata, facendo finta che nulla di nuovo fosse successo, sarebbe andato a trovare, per dimostrarle la sua sconfitta.

Consonni mostrò di gradire il brunch, e si fece fuori due uova fritte col bacon, il succo d'arancia, tè, caffè, pane burro e marmellata.

Fu chiamato al telefonino dalla signorina Ludmilla, che era parecchio incazzata: «Ieri tu fatto me bello scherzo. Ma tu pazzo? Un giorno tu mandi un briaco vestito come te, giorno dopo non viene nessuno e io toccata venire a casa tua a prendere bambino. Tu pazzo».

«Ma come, io ti ho mandato chi? Ma che intendi dire? Hai lasciato Enrico ai giardinetti? Ma non si era detto che... Il messaggio... e mi hai anche risposto... e in che modo!».

«Tu è pazzo, ha ragione signora Caterina».

Ludmilla impose a Consonni che quest'oggi si sarebbero trovati ai giardinetti non alle tre ma alle due.

«Ma è sabato, non si era parlato di sabato». Ludmilla chiarì al Consonni che anche se era sabato Caterina l'aveva reclutata, approfittava della baby-sitter pagata dal nonno per avere qualche momento di relax anche il sabato, e quindi Ludmilla non aveva potuto rifiutare, però la faccenda la metteva in difficoltà, e allora lei avrebbe portato l'Enrico ai giardinetti alle due del pomeriggio, e lo sarebbe tornata a riprendere a casa del Consonni, alle quattro o dopo, insomma quando aveva finito di fare quello che doveva fare.

Mentre quella parlava Consonni aveva reiterati tuffi al cuore: ma come, ma cosa è successo, cosa ha combinato questa qua... Enrico è venuto da solo a casa mia, e poi qualcuno, ubriaco, lo ha riaccompagnato ai giardinetti. Su chi potesse essere quel qualcuno evidentemente non c'erano dubbi. Ma perché il Giorgi non mi ha detto niente? O sono io che ho perso il controllo, magari me l'ha detto, magari la faccenda dei messaggini me la sono sognata... come aveva potuto essere così sbadato? Pazzo, era veramente diventato pazzo, aveva perso il cervello, in mezzo al marasma di avvenimenti nel quale era coinvolto. La solita storia, la solita storia, quando ho a che fare con questi accadimenti, e con queste persone, mi dimentico di tutto. Ma presto l'intera faccenda finirà, anzi, per quanto mi riguarda è già finita.

Ludmilla precisò che, data la confusione che il Consonni aveva provocato, fra l'altro quel signore ubriacone che il Consonni aveva mandato aveva rischiato di far succedere il finimondo, la tariffa era da considerarsi festiva, vale a dire doppia: dunque per due ore nelle quali Consonni avrebbe avuto la fortuna di custodire il nipote doveva pagare altri 60 euro. «Oppure io parla con signora Caterina».

«No, no, non parli con Caterina, va bene, ci vediamo alle due ai giardinetti».

Consonni si mosse alle 13.48, senza neanche avere il tempo di ripassare da casa sua. Sulla strada per piazza Gobetti rimuginava ancora sulla sua dissennatezza. Per fortuna all'Enrico non era successo niente, e inoltre ormai il caso Kakoiannis-Sforza era chiuso in maniera definitiva. Una maniera che lui non si aspettava, e che sicuramente neanche la Kakoiannis si aspettava. E presto ci sarebbe stato l'ultimo atto, la sera stessa, a Lugano.

Ai giardinetti c'era un clima agitato. Appena Enrico arrivò con Ludmilla, che subito se ne scappò via, gruppi di genitori e nonni si mossero all'unisono, come se si fossero organizzati in precedenza. Si radunarono, si concertarono, e poi si diressero tutti insieme verso Consonni, circondandolo. Le loro intenzioni sembravano molto minacciose, e dicevano cose senza senso.

«Quel bambino è un violento, è aggressivo, dà fastidio a tutti gli altri, e bisogna anche stare attenti perché qualcuno di loro si potrebbe fare male...».

«Vedesse la Valentina, ha pianto tutto il pomeriggio...».

«E il Walter, piccino, è caduto dall'altalena...».

«E cosa c'entra l'Enrico? E cosa c'entro io?».

«Ah, cosa c'entri lei proprio non lo sappiamo. Il bambino viene lasciato solo, senza nessuna sorveglianza, e quello fa quello che vuole, con gli altri bambini, lo sa?».

«E poi, come se non bastasse, l'altroieri ti arriva un energumeno ubriaco, che ci minaccia tutti, gli puzzava l'alito in una maniera vergognosa, e quello lì lo sa che cosa ha detto agli altri bambini?».

«No, che cosa gli ha detto?».

«Gli ha detto che se davano fastidio all'Enrico lui gli infilava i petardi nel sedere, ecco che cosa gli ha detto... E frequentando persone simili come fa un bambino a non diventare arrogante e aggressivo? Ma lei ci è con la testa?».

Il comitato anti-Enrico stava aumentando di numero e di convinzione. Quelli si davano forza l'un l'altro, e cominciavano ad alzare la voce. Consonni, senza aver ben capito che cosa fosse successo, avrebbe volentieri alzato le tende, era meglio togliersi di lì perché quella gente, maschi e femmine di età vicina alla sua, gente per bene, all'apparenza, sembravano accendersi e aizzarsi l'un l'altro.

«Enrico... Dove sei Enrico? Vieni che andiamo, che si è fatto tardi...».

«Eh no, adesso lei non se ne va, lei ci deve delle spiegazioni...».

«Ma quali spiegazioni, daghe un calcio nel cü».

«Altro che calcio nel cü, io gliene darei due o tre nelle bale».

Un signore appartenente alla medio-piccolo borghesia del quartiere condusse al cospetto del Consonni il corpo irrigidito di una bambinetta di circa tre anni. La piccola faceva resistenza, non voleva assolutamente sottoporsi a quel rituale, ma il nonno andò avanti, e sollevando il corpo della bambina ad altezza occhi di Consonni attrasse l'attenzione del Consonni su un discreto bozzo che la piccina aveva in fronte. «Questo glielo ha fatto l'angioletto del suo nipotino» e sembrava pronto a vendicarsi sul nonno, che a questo punto non vedeva più vie di fuga percorribili.

Per una circostanza del tutto accidentale, si trovò a passare per il giardinetto il signor Antonio Scognamiglio, il quale come al solito doveva liberarsi di alcuni sacchi di calcinacci, e aveva pensato bene che i giardinetti di piazza Gobetti potessero essere il posto giusto. Ma nonostante fossero quasi le quattro del pomeriggio i giardinetti sembravano assai affollati, anzi, c'era un vero e proprio assembramento, e volavano alti improperi e parolacce. La signora Angela si sarebbe sdegnata. Ma che cazzo facevano quei vecchi di merda, si litigavano il gorgonzola?

Presto tuttavia Antonio realizzò quello che stava succedendo, anche perché Enrico lo aveva scorto e riconosciuto.

«Io so chi sei» gli aveva detto il bambino. «Adesso tu aiutaci, per favore, ci vogliono picchiare».

Antonio non se lo fece dire due volte, oltretutto il Consonni gli era sempre stato abbastanza simpatico, perché a differenza di quell'altro vecchio di merda, il De Angelis, non rompeva mai i coglioni. Così Antonio lasciò a terra due sacchi di calcinacci, si tolse la felpa, e platealmente, in pieno inverno, rimase in maglietta, esibendo numerosi tatuaggi dall'aspetto poco raccomandabile. Si introdusse al centro dell'adunata, facendosi largo, poi domandò: «Qual è il problema qui, signor Consonni?».

Alla semplice vista di quell'energumeno diversi elementi del popolo vociante si fecero un pochino indietro. Due o tre di loro, invece, convinti di avere dietro di sé una folta schiera di supporter inferociti, pronti a passare alle vie di fatto, continuavano a inveire contro Consonni, mostrando dentature artificiali ma spaventose e i palmi delle mani, non in segno di pace. Sembravano pronti ad aggredire il povero Consonni, che d'altronde non sapeva cosa fare.

Antonio aveva più dimestichezza con questo genere di situazioni. Individuò il maschio alfa – si fa per dire – del gruppo, e gli afferrò un orecchio, ruotandolo come si fa con la chiavetta della messa in moto. Il tipo passò rapidamente da un atteggiamento offensivo ad uno difensivo, trovandosi con le spalle a terra. Antonio mollò la presa e si pose al centro del pow wow.

«Qualcun altro ha da esporre le sue rimostranze nei confronti del signore?». Evidentemente le lezioni di Angela non erano state inutili.

La piccola folla si mosse come un'onda retrograda, prendendo le distanze dal Consonni, che senza perdere tanto tempo raccolse l'Enrico e si incamminò velocemente verso casa. Antonio restò lì per qualche altro momento: «Qualcuno ha altre cose da dire?». I presenti si allontanarono ancora un po'.

Enrico, affrettandosi verso casa, si guardava indietro. In pochi minuti Antonio era diventato indiscutibilmente il suo eroe preferito. Il quale, approfittando del fatto che l'area giardinetti si era sgomberata, aveva scaricato i suoi sacchi di calcinacci nel giardino pubblico.

Ma le maree sociali, così come si ritirano, rimontano. E un gruppetto di genitori inveleniti, già pronti a chiamare i vigili urbani, stava inseguendo a distanza il Consonni e l'Enrico, fino alla casa di ringhiera. Una volta individuato l'indirizzo ci fu un incrocio di telefonate di grande complessità, che se si dovesse mettere in grafico assomiglierebbe ad un network di interazioni proteiche, e che comunque riuscì a provocare la convocazione di un numero notevole di persone nella corte della casa di ringhiera, figli, cugini, padrini e conoscenti, oltre che, ovviamente, di una vettura dei vigili urbani, chiamati per risolvere una situazione di rissa aggravata.

I vigili urbani ebbero qualche difficoltà a capire quale fosse l'appartamento del signore che aveva come nipotino quel bambino che traumatizzava gli altri piccoli, e che si faceva difendere da picchiatori alcolizzati e tatuati. Si cercava di fare chiarezza, soprattutto su queste figure maschili che avrebbero esercitato forti minacce, una in evidenti condizioni di ubriachezza molesta, l'altra, un picchiatore di professione: ma in quale situazione familiare viveva quel bambino? Per forza che aveva sviluppato una forte tendenza al bullismo.

In mezzo alla corte della casa di ringhiera si scatenò la bagarre. Affluivano altri genitori danneggiati, nonni, conoscenti, e tutti si raccoglievano in capannelli attorno alla macchina dei vigili urbani, che nel frattempo avevano scovato il Consonni, il quale era rimasto nell'arena. Come fanno i rospi quando piove uscirono fuori quasi tutti gli inquilini della ringhiera. Comparvero dunque Angela, Giulia, il De Angelis e la Mattei-Ferri, naturalmente. Anche Donatella e Margherita e Gianmarco. Tutti questi inquilini si affacciarono dai ballatoi, mancavano solo Claudio e Antonio, i due facinorosi che avevano minacciato la collettività. A una certa ora arrivò anche Ludmilla, che però, essendo priva di permesso di soggiorno, si tenne da una parte.

I vigili salirono in casa di Consonni e trovarono una situazione che non si aspettavano, e della quale era all'oscuro anche il proprietario di casa stesso. Il portoncino era stato sfondato, apparentemente dall'interno: la casa, pur di base ben arredata, era un caos, sembrava che qualcuno l'avesse vandalizzata, per motivi di ritorsione o di rapina: cassetti estratti e gettati al suolo, suppellettili di ogni tipo in terra, ogni equilibrio estetico rovinato, le belle fodere in seta della sua tappezzeria lordate di materiale liquido.

Consonni, che era l'ultimo della fila, alla vista di un tale caos, ebbe un malore. Poi, una volta sedutosi su una sedia, credette di capire.

Certamente la responsabilità era stata di Claudio ma Consonni non se la sentì di farne il nome. Così sostenne che era stato lui, preso da un raptus.

«Ecco, lo vede con chi abbiamo a che fare?» disse un appartenente al comitato anti-Enrico. «Qui c'è gente che ha i raptus. E noi dobbiamo lasciare i nostri bambini con queste persone qui? E chi ci difende?».

Presto fu presa una decisione a questo punto non più rimandabile: venne chiamata telefonicamente dai vigili Caterina, la madre del bambino al centro del tumulto rionale.

Quando Consonni seppe che sua figlia era in arrivo si accasciò sulla sua bella poltrona, sporcata di bitter Campari.

Di sabato il ristorante «La bella Trapani» per il pranzo era chiuso. Riapriva solo a cena, e dunque Carmela arrivò di pomeriggio. Era carica di teglie di verdure miste che aveva preparato a casa e non fece caso al messaggio a lei indirizzato sul muro prospiciente la trattoria. In sala tuttavia si accorse immediatamente che regnava un clima strano, i dipendenti, che poi erano quasi tutti suoi familiari alla vicina o alla lontana, le lanciavano sguardi insinuanti.

«Ma che cosa è successo? Perché mi guardate così?».

Nessuno disse niente. Solo la signora che aiutava in cucina, Jasmina, ebbe il coraggio di farle un cenno, di guardare fuori dalla porta-finestra.

Carmela lo fece, e immediatamente le venne un travaso di bile. Rilesse tre o quattro volte il messaggio graffito, col sangue agli occhi. La firma non le risultò leggibile ma lei neanche si applicò a cercare di decifrarla, attribuendo la paternità ancora una volta a Consonni. Era così furiosa che avrebbe voluto mettere in atto un gesto insensato.

«Che vergogna, mamma mia che vergogna...».

Disse al cuoco e ai camerieri che doveva assentarsi per un'ora, e si lanciò a prendere la metro. Questa volta era troppo. Pura e semplice crudeltà. A parte il contenuto denigratorio del messaggio, ma con la vergogna rispetto a tutto il vicinato adesso come la poteva mettere?

Si sentiva umiliata e derisa di fronte a tutti, ma che mostro di persona era quella?

Nonostante il suo fisico rotondetto, che tanto piaceva al De Angelis, si catapultò in via Porpora e raggiunse la casa di ringhiera, e si avventò nella corte, che trovò, inaspettatamente, assai affollata.

Non capiva cosa stesse succedendo, c'era grande animazione, e addirittura una macchina dei vigili urbani.

De Angelis la vide sopraggiungere, tutta agitata. Pensò di aver fatto centro, di essere finalmente riuscito a smuovere i sentimenti della sua amata, utilizzando il metodo più classico, la poesia.

«Dov'è quel porco? Dov'è quella carogna?» urlava invece Carmela a chiunque le si trovasse di fronte. «Dov'è quel serpente a sonagli?».

«Chi sta cercando, signora?» le chiese sommessamente Donatella, che insieme al grosso della folla presente era rimasta, con i suoi bambini, nella corte della casa di ringhiera, nell'attesa che si venisse a un chiarimento.

«Cerco quel disgraziato che si fa beffe di me, tal Consonni Amedeo!».

«Mah, è salito adesso nel suo appartamento, ma è con altra gente... ora non so se sia il caso...».

«Il caso? Il caso? Io quello lì lo ammazzo!». Salì le scale inferocita e bussò con tutta la forza che aveva all'uscio del seduttore.

«Lo so che ci sei, apri immediatamente, disgraziatissimo. Apri, se non apri ti ammazzo!».

All'interno i presenti – Consonni, Angela, i due vigili, due o tre genitori denuncianti in delegazione e qualcun altro – che erano impegnati, non senza elementi di frizione, a ricostruire la verità, si domandarono che cosa altro stesse accadendo.

La porta fu aperta e Carmela si proiettò all'interno. Non si aspettava di trovare tutta quella gente, ma accecata com'era dalla rabbia, giunse a rapide conclusioni.

«Ah, ecco, finalmente sono arrivate le forze dell'ordine, finalmente hai il destino che ti meriti, ti stanno incarcerando?».

Il vigile maschio, scuotendo la testa, stava per arrendersi.

«Ma lei chi è? È anche lei una parente danneggiata? Si è detto che qui sarebbe entrata solo una ristretta delegazione dei facenti denuncia, si calmi, e la smetta di urlare».

«Urlare, urlare? Ma io questo condominio lo faccio saltare in aria, siete tutti complici, anche quel vecchio che viene da me a fare il sensale! Non si era mai vista una cosa del genere!».

«Signora, ma che sta dicendo? La prego di avere pazienza, vada giù con gli altri, cerchi di avere pazienza...».

«Pazienza io? Pazienza! Io tutto spacco».

Angela, che aveva cercato di muoversi con un atteggiamento di pacifica superiorità, non gradì l'intervento di quella signora che ce l'aveva, non si sa per quale motivo, con l'Amedeo.

Così, in quel caos ingovernabile nel quale Carmela continuava a strillare, il comitato voleva le sue ragioni, soprattutto il tipo a cui era stato rigirato un orecchio fino a farlo strisciare a terra, e tutti gli altri inveivano, accadde l'inevitabile, e cioè arrivò Caterina, la madre del bambino che terrorizzava i frequentatori dei giardinetti e che frequentava la malavita organizzata.

Caterina, infuriata per la convocazione, senza sapere quale fosse l'oggetto del contendere si gettò nella corte della casa di ringhiera, ancora piena di gente.

Innervosita perché le erano state rovinate le poche ore di relax che poteva concedersi, aveva raggiunto l'appartamento del Consonni, e già il fatto di rendersi conto che Enrico era lì la fece alterare un bel po'. Ma quell'idiota di Ludmilla dov'era? Gliela avrebbe fatta vedere lei. Quando poi, con gran difficoltà, si rese conto di quale fosse l'argomento della discussione uscì completamente di senno. «Mio figlio aggressivo? Mio figlio provocatore? Voi siete tutti pazzi, io vi mando in galera».

Prestamente tirò fuori gli artigli, pronta a difendere l'Enrico da ogni attacco esterno e altrettanto pronta a dare la colpa di tutto a quel cretino di suo padre.

Nello stesso momento si affacciò nella corte della casa di ringhiera lo Scognamiglio Antonio, che si bloccò alla vista dell'auto della Polizia Municipale, che non è come la PS ma insomma qualche grana te la può sempre creare. Per esempio quando uno sta restaurando un appartamento senza avere alcun permesso per farlo, al nero e con una attrezzatura non esattamente a norma. Ma non c'erano solo i vigili, la corte era piena di gente, tutta vociante e agitata.

La situazione pareva veramente caotica. Antonio vide gli inquilini nella corte, che non sapevano come contenersi.

In effetti tali spettatori erano allibiti e contriti. Fra questi Donatella, la moglie del Giorgi Claudio, che non ci capiva niente, ma che quando aveva orecchiato la storia di un ubriacone che aveva preso a male parole dei poveri bambini qualche sospetto lo aveva avuto; c'era il De Angelis, che sapeva bene che per la faccenda di Carmela era tutta responsabilità sua ma se ne stava zitto; c'era la Mattei-Ferri, che pensando di sapere tutto lei, continuava ad elucubrare, ma la situazione a questo punto pareva oggettivamente sfuggirle di mano. Antonio tutti questi stati d'animo non poteva che intuirli, ma si rese conto che l'Enrico, che in quel momento stava svicolando a casa di Margherita e Gianmarco a fare merenda, doveva essere al centro della discussione.

In quel casino tutti urlavano contro gli altri: urlava Angela a difesa di Consonni, urlava Caterina contro Consonni e la baby-sitter, urlavano i genitori dei giardinetti, urlavano i vigili, urlava una signora grassottella dall'accento meridionale.

Antonio pensò bene di togliere il disturbo, senza farsi vedere.

Anche Caterina, furiosa, decise che ne aveva abbastanza. Rintracciò Enrico, la pietra dello scandalo, in casa Giorgi, che se ne stava tranquillamente giocando con Margherita a figurine. Lo portò via e se ne andò sdegnata.

Nella mezz'ora successiva in qualche maniera, faticosamente, i dissidi si ricomposero.

I vigili riuscirono a redigere un verbale, una multa al Consonni per qualcosa che non c'entrava niente, tipo che quando i vigili erano arrivati sul posto lui stava calpestando l'erba. I genitori incazzati defluirono lentamente, assai poco soddisfatti dell'esito, ma pronti a minacciare Consonni che le cose sarebbero andate a finire male se quel bambino si fosse fatto rivedere ai giardinetti. Gli inquilini rientrarono nei rispettivi appartamenti, ciascuno con i propri interrogativi irrisolti, soprattutto la Mattei-Ferri.

Se ne andò anche Carmela, delusa di non essere riuscita a ottenere soddisfazione dal Consonni. A questo punto, dopo che la collera si era po' sgonfiata, si sentiva amareggiata e derelitta. Sbollita la rabbia, il desiderio di vendetta, la furia cieca, che cosa le restava in mano? Sarebbe tornata al ristorante e avrebbe ripreso il tran tran quotidiano, ma con quali prospettive?

Quando arrivò davanti al «La bella Trapani» non riuscì a non dare un ultimo sguardo a quel messaggio d'amore, che però non c'era più. Jasmina e le altre lo avevano cancellato, con degli spazzoloni, per sempre.

L'oggetto dell'amore e dell'odio di Carmela nel frattempo era molto impegnato nelle pulizie di casa, per cercare di ridare un po' di decoro al suo appartamento, ridotto in condizioni disperate. Dovette smontare le tende dorate di crêpe di seta, per portarle in tintoria, chissà se c'era una minima speranza che tornassero come prima. Recuperò vetri rotti, tazzine spaccate, perfino il piccolo busto di ceramica raffigurante Robespierre, uno dei pochi oggetti di valore che aveva in casa, era andato in frantumi. Questa volta il Giorgi l'aveva fatta grossa.

Quando ebbe finito di passare il prodotto sul parquet, che non era affatto tornato ad avere un aspetto accettabile, dopo che ebbe pulito a fondo il bagno, ma che schifo, e i sanitari, dopo aver dato anche una riordinata alla cameretta, oddio che scempio, Consonni si rese conto che erano quasi le sette. Quindi non ebbe tempo di riposarsi nemmeno per cinque minuti, doveva prendere il treno per Lugano, per via dell'appuntamento con la Kakoiannis-Sforza.

E Claudio? Che aveva combinato nelle ore precedenti? Non riuscendo a ricordarsi il codice del bancomat, aveva convinto il barista, quasi minacciandolo, a dargli a credito una bottiglia di Stravecchio. Se lo era andato a scolare in un portone, recuperando un filo di lucidità. Anche i tremori se ne erano andati, come i ratti e i cattivi odori. Alla fine era stato addirittura in grado di ricordarsi il codice, aveva prelevato cento euro e, a bottiglia finita, era tornato al bar, ne aveva comprata un'altra, questa volta di vodka lemon, lasciando addirittura una mancia.

Una volta ripreso un minimo di controllo su se stesso sprofondò nella vergogna. Passò qualche ora in giro, camminando e ogni tanto sedendosi da qualche parte a dare una sorsata di vodka e facendo milioni di proponimenti.

A sera tornò nell'appartamento di Consonni, la serratura era fuori uso. Aprì la porta lentamente, sperando che il Consonni non ci fosse, e in effetti non c'era. Però doveva esserci stato, il vomito era stato pulito, anche se l'acido dei succhi gastrici aveva rovinato il parquet.

Caffè, caffè, mi ci vuole del caffè. Se ne bevve una caffettiera intera, corretta con la vodka lemon, e si abbandonò alla più squallida delle autocommiserazioni: mi merito solo di morire... mi merito solo di morire. Devo parlare con Donatella, devo chiederle aiuto, non me lo può rifiutare... farò tutto quello che lei vorrà... sono un infame, un fallito, una merda.

Come succede spesso agli alcolizzati, prima che il loro comportamento diventi arrogante ed aggressivo, fu preso da un'ondata di tenerezza lamentosa. Pianse, pensando ancora ai suoi figli.

Così passò una mezzoretta impegnato in gravi tormenti, e a bere altra vodka che lo precipitava in ulteriori stracciamenti di vesti e spargimenti di cenere sul capo.

La melanconia non durò molto, in tempi relativamente brevi fu preso da pensieri diversi, per esempio quello di andare a spiare che cosa stesse facendo sua moglie, che in fondo era la causa di tutte le sue disgrazie.

Fuori era buio, questa volta neanche ebbe cura di vestirsi da Consonni. Scivolò giù per le scale, raggiunse il ballatoio di fronte, dove c'era il suo appartamento di proprietà, anche quello gli avevano portato via. Si avvicinò silenzioso alla finestra accanto alla porta di ingresso, era la finestra di cucina, la luce era accesa. Tenendosi accosto allo stipite sbirciò dentro. Donatella era lì, seduta al tavolo di cucina, con la testa fra le mani. Davanti a sé aveva un bicchiere vuoto e una bottiglia di bitter Campari, piena per un quarto.

Adrem sembrava molto convinto di quello che diceva.

«Operazione comincia oggi, tu devi darti da fare, diversament...».

«Diversament che?» disse Antonio tirando fuori dalla tasca il coltello a serramanico che aveva acquistato nel pomeriggio.

«Diversament» disse Adrem estraendo a sua volta una pistola automatica da dietro la schiena. «Diversament io e te molto da discutere».

I due si posizionarono uno di fronte all'altro, e restarono bloccati in quella postura, come se il fotogramma si fosse fermato.

Dopo il cataclisma pomeridiano Angela era tornata a casa, alle sue fatiche letterarie. Stava scorrendo annoiata le trame scopiazzate che aveva predisposto quel vanaglorioso cretino, niente le poteva interessare e comunque aveva già fatto le sue scelte. Ci mancavano altro che le storie precotte, un insieme di stereotipi di genere e di plot, una cosa che le faceva accapponare la pelle.

Alcune non avevano proprio niente a che fare con il suo caso, per esempio ce n'erano su «Il colpo grosso», altre su «Soli nell'isola deserta», ancora su «Il salvataggio della bella dall'assalto del bruto», e roba simile.

Anche il file dal titolo «Il delitto perfetto» non aveva niente a che fare con le dinamiche narrative di Angela ma lei, per pura curiosità, si mise a leggerlo. Le solite storie.

Ma la vicenda che andava sotto il titolo di «Sacrificio di pedina» le tolse il respiro, rimase quasi paralizzata, non poteva credere a quello che stava leggendo.

Per un attimo pensò di essere nel mezzo di una crisi epilettica, un maxi déjà vu, come se ciò che aveva davanti l'avesse già visto in un'altra vita.

Ci mise un po' Angela a raccogliere le idee, ma a un certo punto, dandosi pizzicotti, riepilogando, ricapitolando, associando, scuotendo la testa per la improbabilità dell'esperienza che stava vivendo, e altri gerundi, capì, capì che doveva immediatamente bloccare il Consonni, perché era a rischio la sua vita, si intende quella del Consonni, che stava per finire in trappola, una trappola diabolica.

Guardò l'orologio, erano le nove e un quarto e la prima cosa da fare era quella di telefonargli. Ma naturalmente il Consonni non rispondeva, probabilmente lasciava squillare il suo telefonino, ammesso che se lo fosse portato dietro.

Angela si lanciò in casa di Consonni dove fece una breve ispezione. Il signor Claudio dormiva profondamente sul divano, senza nemmeno essersi tolto il cappotto. Angela riprovò a telefonare all'Amedeo, il suo telefonino, evidentemente sulla poltrona, a pochi centimetri dal Giorgi, iniziò a squillare, ma quello neanche accennò a svegliarsi.

Con grande anticipo sulla tabella di marcia Consonni arrivò alla stazione di Lugano alle 21.14 e prese un taxi.

Che cosa avrebbe detto alla Kakoiannis? Avrebbe fatto finta di rispondere al suo piano, continuando a recitare il ruolo della ignara pedina, per vedere fino a che punto poteva arrivare quella malvagia? Chissà se era vero quello che prevedeva la Cislaghi, e cioè che Marilou proprio quella sera sarebbe fortunatamente ricomparsa e comunque bisognava che il Consonni denunciasse tutto quello che sapeva alle autorità, e che chi doveva pagare pagasse.

E allora lui come si sarebbe comportato?

C'era pochissima gente in giro, in dieci minuti fu a destinazione. Il taxista accettò il pagamento in euro, applicando un cambio valuta assai generoso nei confronti del franco svizzero.

Angela corse da De Angelis che era già in pigiama di flanella. Lo scongiurò di portarla subito a Lugano, con la sua veloce BMW, perché il Consonni era in pericolo. De Angelis non aveva nessuna intenzione di fare una cosa del genere, in primo luogo perché aveva programmato di andare a letto nel giro al massimo di un quarto d'ora. In secondo luogo perché in quel periodo non aveva alcuna simpatia per il Consonni per motivi che sapeva lui.

«Mille euro per questa corsa vanno bene?» chiese spregiudicatamente Angela. «Però dobbiamo essere a Lugano alla velocità della luce».

De Angelis fu pronto in due minuti, dopo tre stava già facendo rombare il motore della BMW.

Mentre il Luis si affrettava Angela corse a convocare anche Antonio. Pensava che la sua presenza avrebbe potuto essere utile, in caso ci fosse bisogno di un po' di fisicità. Andò all'appartamento 9, e come sempre faceva bussò nello stesso istante in cui entrava. Aprì la porta e trovò Antonio immobile di fronte a uno sconosciuto, si puntavano delle armi. I due la guardarono sbalorditi, si fissarono negli occhi l'un l'altro e poi fecero finta di essere impegnati in qualche mossa di arti marziali. Lei chiarì che non c'era tempo da perdere: «Smettetela di giocare, voi due stupidotti. Antonio, presto, scendi con me, dobbiamo scappare a Lugano, è una questione di vita o di morte».

Antonio ubbidì, raggiunse immediatamente la BMW del De Angelis e si rannicchiò dietro i sedili anteriori della Z3, che notoriamente è una due posti e i sedili posteriori non ce li ha. Il De Angelis non fu affatto contento di questa presenza, ma dopo altri due minuti viaggiava sul filo dei 185 all'ora sulla tangenziale Est. Cercò di avere qualche ragguaglio.

«Ma che cos'è che è successo al Consonni, perché rischia la vita, c'entra la faccenda della fotografia?».

Angela non rivelò nulla, e parlottava con Antonio, ma a voce bassa, tanto che il De Angelis, impegnato in una garetta con una Golf GTD che a lui lo faceva ridere, non capì niente.

«Se mi danno la multa la paga lei, eh? E se mi beccano con l'autovelox è lei che guida, né?».

«Stia tranquillo, se ce la facciamo ci sarà una ricompensa extra, oltre alla cifra che abbiamo già detto».

«Cioè quanto?».

«Diciamo altri mille, e tutte le spese...».

Consonni si trovava a Porza, davanti alla villa della Kakoiannis-Sforza. Faceva un gran freddo. Tutto calmo, e lui, indeciso se presentarsi prima del tempo, si fece un giro di ispezione intorno alla proprietà. In fondo quella villa, che era senz'altro costata un patrimonio, era brutta parecchio, aveva un aspetto austero e grigio, e anche solitario, un'unica luce era accesa. Tutto il perimetro era costellato di telecamere e Consonni in un primo momento tentò di dissimulare la sua presenza, calcandosi il cappello di feltro sulla testa, ma poi pensò: e che cos'ho da perdere? È lei che ha qualcosa da perdere, ma non lo sa ancora, e io, all'inizio, non le dirò niente. Le farò credere che ho abboccato in pieno, e che andrò avanti per la strada che lei ha preordinato. Voglio proprio vedere che cosa sarà capace di dirmi.

E se mi avesse fatto pedinare? Se sapesse che sono andato dalla Cislaghi? Ah beh, ci sarà da divertirsi, in quel caso. Che mi dirà? Che si era sbagliata?

Il terzetto sulla BMW arrivò alla frontiera, e lì, come succede sempre al confine Italia-Svizzera, ci furono dei guai. Ce l'avevano la carta verde? De Angelis non la trovava, eppure era sicuro di avercela. E poi perché erano in tre in una macchina a due posti? De Angelis ispezionò i vani portaoggetti del mostro, e finalmente trovò la carta verde.

«È troppo tardi, è troppo tardi» ripeteva Angela, quando poi si presentò il problema del bollino dell'autostrada, perché in Svizzera funziona così, tu paghi un bollino che dura un anno anche se ci vai una volta sola.

Consonni, terminato il suo giro di ispezione, si pose statuariamente davanti al cancello d'ingresso, pieno di strumenti elettronici e dispositivi, e mentre stava per suonare il campanello, vide uno scoiattolo. Che bellino lo scoiattolo, sembrava non avere alcuna paura di lui. Consonni si chinò, facendo mici mici, un verso che si fa ai gatti, ma lo scoiattolo domestico si avvicinò. Consonni mostrò allo scoiattolo un palmo vuoto. L'animale, confuso, non seppe che fare se non affibbiare al dito indice di quell'uomo un bel morso, e se ne scappò via.

La BMW entrò in Lugano a 200 all'ora. Angela aveva l'indirizzo scritto su un foglietto che le aveva dato il suo innamorato, per ogni evenienza, e dettava indicazioni a De Angelis, lei che a Lugano c'era stata una volta sola, per vedere dal vivo il *Ritratto di uomo* di Antonello da Messina e la *Giovanna Tornabuoni* del Ghirlandaio, alla Collezione Thyssen-Bornemisza.

Erano le 22.00, e Consonni si decise a suonare il campanello con videocitofono. In quel mentre sentì il rombo di una macchina di grossa cilindrata, rombo che a Consonni in qualche modo parve familiare.

L'auto si avvicinò a velocità impressionante all'ingresso della villa Kakoiannis, che nel frattempo aveva già aperto il cancello.

Quella macchina arrivò in prossimità e frenò bruscamente, con grande stridore. Dall'auto uscì un uomo di gran corsa che si lanciò verso il cancello, entrò anche lui dentro la proprietà Kakoiannis-Sforza e placcò l'Amedeo con gesto rugbistico.

Angela pensò al resto. Dopo qualche minuto i quattro erano alla stazione. Angela e Consonni sarebbero tornati a Milano in treno, De Angelis e Antonio in macchina.

Adrem, con la sua Mercedes Benz 300 SEL del 1987, una macchina da zingari, che però recava sul lunotto tutti i bollini regolarmente pagati della rete autostradale svizzera, arrivò appena appena in ritardo. Vide la coda della roadster del De Angelis già ripartita, e si ritrovò davanti a quella villa del Canton Ticino senza sapere di preciso cosa fare. Lasciò la macchina in un angolo e si avvicinò all'ingresso, il cancello incredibilmente era aperto. Si guardò un po' attorno e poi entrò. Anche il secondo portone era aperto, e lui lo varcò. Si trovò all'interno della lussuosa abitazione della signora Kakoiannis-Sforza, che sembrava deserta.

Domenica 17 gennaio

Marilou fugge nel corridoio buio, dietro di lei incede Ivan con in una mano una torcia elettrica e nell'altra un coltellaccio da macellaio. Ma laggiù c'è una fievole luce, che diventa sempre più visibile, la via d'uscita è vicina... la salvezza...

Marilou riesce a uscire, si trova in un vicolo, ma Ivan è a pochi centimetri. «Ma perché non ti piace la cucina tradizionale?».

La mattina di domenica Milano si svegliò sotto una sottile coltre di neve bianca, giusto una spolveratina che si era depositata sui tetti e da qualche altra parte. Le strade erano bagnate, c'era poca gente in giro, e un silenzio moderato ma inusuale.

Angela aveva lavorato tutta la notte, mettendo insieme le informazioni di cui disponeva, molte delle quali erano di fonte Mattei-Ferri, con la quale aveva parlato a lungo. Aveva anche messo al lavoro il Giorgi, su consiglio del Consonni: «Quello lì su internet ti trova qualsiasi notizia».

«Il Giorgi, ma perché, sai dov'è?».

«Certo che lo so, è a casa mia».

«A casa tua? Ma lo sai che... No, adesso non ho tempo per queste cose... mandami il Giorgi... Poi mi spiegherai...».

Claudio in realtà non era in condizioni ottimali. Visto com'era terreo nel colorito e nello spirito, Angela gli prestò un flacone di Valium, che si usa per dare una mano durante le sindromi di astinenza. Lui ne prese una quarantina di gocce: prima che facesse effetto riuscì a fatica a raccontare quello che si ricordava, ciò che aveva scoperto e su quali siti aveva trovato le informazioni che aveva passato a Consonni. Presto si addormentò sul divano di Angela, che riuscì a condurlo, come un sonnambulo, nel suo letto dal Consonni.

Giulia, durante quella notte, ebbe modo di alzarsi dal letto un paio di volte, e in entrambi i casi sua madre era sempre sveglia, intenta a un lavoro frenetico e inarrestabile. Consultava un numero elevatissimo di siti web, raffrontava le notizie, ricostruiva gli avvenimenti. La solita sindrome.

L'appuntamento era per le dieci, nell'appartamento del Consonni. Amedeo attendeva spiegazioni. Perché Angela era andata a prenderlo a Lugano? Perché gli aveva impedito di avere un chiarimento con la signora Kakoiannis-Sforza? Angela non gli aveva fornito alcuna motivazione, limitandosi a promettere che l'indomani avrebbe parlato.

Dunque alle dieci erano tutti presenti, Angela era stata chiara su chi dovesse esserci e chi no. Così oltre al Consonni e al signor Giorgi, che si trovavano già in loco – il signor Giorgi più con il corpo che con la mente – arrivarono, nell'ordine, il Luis De Angelis, la signorina Mattei-Ferri, Antonio, e perfino Giulia. Angela volle che ci fosse anche lei. Si disposero tutti sulle eleganti poltrone e sul pregiato divano del salotto, smacchiati alla bell'e meglio da Consonni.

Della presenza del Giorgi solo la Mattei-Ferri si stupì: ah, allora era dal Consonni che si nascondeva! Oh, se lo avesse saputo la povera signora Donatella... e dunque... quelle uscite del Consonni, quella persona... ma la Mattei-Ferri non fece in tempo a svolgere i suoi ragionamenti perché arrivò Angela, per ultima, portando dietro di sé una cartata di appunti, stampate laser, fotocopie e altro materiale, fra cui alcuni numeri di riviste di gossip.

Angela si pose al centro della stanza, e chiese al Consonni una caraffa di acqua e un bicchiere.

Anticipò che per raccontare la faccenda nel suo insieme aveva bisogno di un po' di tempo, perché si trattava di una vicenda complicata. Sapeva che come captatio benevolentiae affermare che ciò che si sta per raccontare è complicato non era il massimo. Ma sapeva anche che quelli che iniziano dicendo «vorrei dire una cosa molto semplice», come una volta insegnavano a dire agli alti esponenti del PCI, cascano dalla padella nella brace.

Dopo qualche istante di concentrazione, finalmente, attaccò.

«Questa storia comincia molti anni fa, e cercherò di mettere un po' d'ordine in una serie di eventi che sono in apparenza caotici».

Angela si ricordava di quando insegnava Lettere a scuola e certe volte dava ai suoi alunni un esercizio ritenuto difficile ma che a lei pareva elementare, infatti lo si fa anche alle scuole elementari, ovverosia quello di ricostruire la fabula a partire dall'intreccio, cioè raccontare i fatti nell'ordine cronologico in cui sono avvenuti, e non in quello in cui sono narrati, con analessi, prolessi, e altri stratagemmi narrativi, di cui fra l'altro in quel periodo si stava occupando per la riscrittura del suo romanzo.

«Dunque questa storia comincia molti anni fa, diciamo nei primi anni Ottanta, ed è la storia di due ragazze molto belle. Una si chiama Olga e l'altra Luisa. Hanno circa la stessa età, vent'anni. È come se ci fosse un legame fra i destini di queste due giovani, entrambe assai disinibite, pronte a tutto per garantirsi un futuro tranquillo e senza problemi. Tutte e due nel 1983 si trovano ad essere mogli di due ricchi sessantenni. Non sto a ricostruire com'è che li hanno accalappiati, anche perché non lo so. Uno dei due, lo sposo di Olga, era vedovo, il signor Cislaghi, il re dell'autotrasporto lombardo, che dalla prima moglie aveva avuto tre figli, due maschi e una femmina, più o meno della stessa età di Olga. L'altro, lo sposo di Luisa, il signor Sforza, proprietario di un impero di concessionarie auto che si estendeva per tutta l'Italia del Nord, non era mai stato sposato e non aveva figli. Entrambi questi uomini giunti alla soglia dell'anzianità avevano perso la testa per le due ragazze, una mora e una bionda, neanche a farlo apposta, e le avevano dunque sposate chi in prime chi in seconde nozze.

«La cosa interessante è che i due ricchi signori erano amici d'infanzia, e si frequentavano. Forse il fatto che entrambi si fossero sposati con ragazze che avevano una quarantina di anni meno di loro non era un caso: magari si invidiavano o si imitavano a vicenda, chi lo sa. Ma non ha per noi alcuna importanza. Dunque, una volta sposate, le due ragazze si conobbero, e forse diventarono amiche... Erano gli anni Ottanta, quelli della Milano da bere, di Craxi, della cocaina e della moda... Immaginatevi la scena, le due comandavano a bacchetta i consorti, e avevano quello che volevano. È facile pensare che nel corso degli anni siano entrate in competizione fra di loro a proposito dei benefit di cui godevano: gioielli, automobili, appartamenti, mi viene da credere che facessero a gara su quanto riuscivano a far spendere ai loro rispettivi mariti, che le viziavano senza fare economie. Non è difficile immaginarsi che fra i benefit in questione rientrassero anche gli amanti di cui potevano disporre. Che ci si vuole fare, erano giovani belle e prive di scrupoli, e senza porsi troppi problemi mettevano le corna ai loro mariti, che facevano fatica a tenere botta, che volete, non era ancora la stagione del Viagra e del Cialis, i metodi utilizzati erano molto più artigianali e i risultati molto meno garantiti. Come non credere che per un certo periodo le due signore siano diventate addirittura complici. Si davano dei consigli. Quello che faceva l'una faceva l'altra.

«Oddio qualche differenza c'era: Olga si era ritrovata tre figliastri, Luisa invece era libera: suo marito, con grande cruccio, non aveva figli.

«Ciascuna senz'altro cercava di dimostrare all'altra che il suo grado di privilegio era più alto. Mi immagino che se una si comprava uno spiderino, l'altra si faceva comprare la decappottabile, se Olga si faceva intestare l'appartamento a Portofino, Luisa se ne faceva regalare uno a Cortina.

«Ma qualcosa deve essere cominciato a cambiare nel 1992, quando Luisa rimase incinta. Alla fine dello stesso anno ebbe una figlia, Marilou. Anche Olga avrebbe voluto fare altrettanto, ma la gravidanza non arrivava, e non si può dire che la responsabilità fosse del marito, perché Olga ci provava anche con altri. Il problema era suo. Ho qui un rarissimo numero di "Eva Express", fornitomi dalla signorina Mattei-Ferri, che riporta nei dettagli di questi crucci. I maligni potranno immaginarsi qualcosa di più: per esempio che Luisa le dicesse "Ma che fortuna che hai, non hai figli tuoi, puoi fare quello che vuoi", ma Olga senz'altro non la viveva alla stessa maniera. Incredibilmente le due donne rimasero vedove nello stesso anno, il 1994, a distanza di sei mesi l'una dall'altra».

Il racconto era appena iniziato ma Angela dovette interromperlo. Porca miseria, proprio adesso! Diventò tutta rossa e cominciò a sudare perché le era presa una scalmana. Le sembrava di morire dal caldo, poi, improvvisamente, tutto finì, tranne la sensazione del sudore gelato addosso.

«Che stavo dicendo? Olga e Luisa si ritrovarono tutte e due libere e ricche, trentenni e pronte a godersi il denaro, il potere e la vita. E non si facevano mancare niente, tanto che a Milano erano diventate una favola. Facevano parte dei circoli più alla moda, e la vorticosa serie di relazioni sentimentali delle due era pane per i giornaletti scandalistici. Sembrava che fra loro ci fosse una competizione a chi aveva più amanti, più trucidi e noti erano e meglio era: calciatori, attorucoli del cinema, politicanti rampanti, ecc. ecc. Grazie all'efficienza della signorina Mattei-Ferri abbiamo qui un interessantissimo reportage giornalistico su una delle loro avventure».

Angela esibì la fotocopia dell'articolo in cui si narrava della sfida di strip-tease. Lo appoggiò sul tavolo, come a dire che era a disposizione di chiunque lo volesse consultare, agli atti.

La Mattei-Ferri, sulla sua sedia a rotelle, un pochino si pavoneggiò, e si guardò intorno cercando di incrociare sguardi di ammirazione. Se non era per lei come avrebbero fatto il Consonni e adesso l'Angela a sapere tutte quelle cose? Non aveva idea di dove la Mattioli sarebbe andata a parare ma l'area di Broca del suo cervello stava esprimendo livelli altissimi di attività.

«Insomma, tutto fa pensare che i loro rapporti cominciassero a declinare, forse anche perché in fondo le due erano per natura assai diverse, pur se accomunate da una vanità senza pari. Mentre Luisa soffriva delle sue origini popolari – sua madre era una lavandaia della Lomellina, di suo padre non si hanno notizie – e di un complesso di inferiorità nei confronti delle famiglie bene milanesi, dalle quali voleva in tutti i modi farsi accettare, seguendone usi e costumi, tic e occupazioni, Olga, figlia di un commerciante brianzolo – da ragazza fa Ventura – non aveva di queste ubbie: non gliene importava niente di essere riconosciuta in un certo mondo snob, ma badava a una crassa ostentazione del denaro, per il quale peraltro aveva un senso sviluppatissimo. Infatti si era impegnata a gestire con profitto e senza pietà le ditte di trasporti che appartenevano al marito. Con un astuto piano di accorpamenti societari, di scatole cinesi finanziarie, di investimenti, di joint venture con aziende turche, rumene e russe, riuscì prima di tutto a ridurre le quote dei figliastri, peraltro un terzetto di imbelli viziati, in modo tale che a loro spettasse molto meno di quello che aveva previsto il marito. Di queste cose devo ammettere che non so molto, e non sarebbe facile ricostruire se e come un testamento del marito aveva cercato di difendere gli interessi dei suoi figli rispetto a quelli di Olga. Non ho avuto tempo di approfondire ma pare che Olga sia riuscita a far firmare ai figliastri un certo documento. I ragazzi in quel periodo si ritrovavano a corto di liquidi, e in cambio di un bell'ammontare firmarono la rinuncia alle loro quote societarie e finanziarie... come da testamento del marito. Ma non ha tutta questa importanza. Il fatto è che Olga, e questo è il secondo punto, aveva notevolmente fatto crescere il fatturato complessivo, con operazioni che alcuni giudicavano ben oltre il limite del lecito, per esempio accordi con la malavita organizzata, che allora stava assumendo una nuova connotazione in Lombardia, con le rispettive mafie di Turchia, Romania e Russia. Per svolgere con più agio le sue operazioni Olga aveva anche fatto precise scelte politiche, rendendosi disponibile a favorire la carriera di alcuni elementi di primo piano della maggioranza. Tutte queste notizie sono facilmente reperibili on line, e a questo proposito devo ringraziare il signor Giorgi, vero mago del web, senza il quale queste ricostruzioni sarebbero state impossibili».

Il signor Giorgi non poté fare il tipico sorrisetto che fa colui che viene citato in pubblico. Dormiva sul divano.

«... Luisa invece, che non aveva problemi di spartizione dei beni del marito con chicchessia, si dedicò a spenderli, diversificando le attività secondo i suoi interessi personali. Basta con tutte queste automobili, ne aveva fin sopra i capelli. Avviò varie attività nel campo della moda e della "cultura", per darsi un tono e affermare la sua personalità raffinata, a quanto pensava lei. Così aprì svariate boutique nelle zone più prestigiose della città. D'altronde poteva godere di un patrimonio immobiliare così vasto da non dover temere eventuali piccole perdite. Oltre alle sue attività nell'abbigliamento, si dedicò all'arte, aprendo due importanti gallerie in città, più o meno nelle stesse aree dove aveva le boutique di moda.

«Assumiamo che fra le due, gelose l'una dell'altra, i rapporti siano peggiorati. Posso immaginare che all'inizio si trattasse di scherzi pesanti e di cattivo gusto.

«Non so se sono al corrente di tutti gli screzi o i colpi bassi intercorsi: farò una breve sintesi solo di quelli documentabili.

«Nel 2001 Luisa rubò, a suon di contanti, un toy boy a Olga: a distanza di tre mesi erano state fotografate entrambe con lo stesso ragazzo in Sardegna.

«Nel 2002 Luisa tentò di portare a termine una grossa speculazione edilizia, operazione che non andò a buon fine perché, così riportano gli atti, un assessore compiacente aveva improvvisamente tolto la sua copertura, restituendo inopinatamente una tangente di due milioni di euro. E chi glieli aveva ripagati i due milioni di euro?

«Nel 2004 un grave incidente di percorso capitò a Olga. In certi autosnodati di una delle sue numerose ditte furono trovate cospicue partite di droga, provenienti dal Turkmenistan. Lei si difese sostenendo che la droga ci era stata messa da qualcuno che voleva la sua rovina. Al resto ci pensarono i suoi avvocati.

«Nel 2005 toccò a Luisa. L'incendio di un'intera zona edificabile di cui era proprietaria venne dichiarato doloso, e quindi non risarcibile dall'assicurazione. Erano stati rinvenuti dei rudimentali inneschi, un errore che Luisa o chi per lei non avrebbe fatto mai. E dunque chi ce li aveva messi?

«Nel 2006...

«Si fa fatica a stare dietro all'escalation, e io non ho avuto il tempo per farlo, sta di fatto che perlomeno dalla metà degli anni duemila le due non si vedono più, non hanno rapporti ufficiali. Fra di loro, è chiaro, è guerra aperta, all'ultimo sangue. Si deve pensare che ciascuna lavori a un piano distruttivo nei confronti della rivale. Qui vado di fantasia, ma non credo di esagerare se penso che entrambe dispongano di un dossier completo sull'altra, che studiano da mattina a sera per cercare il punto debole, dove il danno può essere maggiore. Lavorano su varie ipotesi, complesse, anche perché ormai tutte e due stanno sul chi vive, non sarebbe tanto facile provare un attacco frontale.

«Pensate a dei dossier dettagliati e segretissimi dove ci sono tutte le informazioni del caso: sui beni immobili e mobili, sulle manie, sui punti forti e sui punti deboli, sugli amori pubblici e privati, sulle iniziative, sulle preferenze politiche, anche se, curiosamente, in questo campo le due parevano essere schierate sullo stesso fronte, perché avevano la stessa deformazione mentale, ovverosia quella dettata dai media.

«E qui ci avviciniamo a tempi più recenti e a fatti noti a tutti: in particolare quello della Merda d'Artista».

Fra i presenti, dal De Angelis a Giulia ad Antonio, ci fu un'ondata di curiosità mista ad incredulità. Merda d'Artista? L'unica che già governava la materia, la Mattei-Ferri, sogghignava sorniona. Consonni annuiva perché sapeva di che cosa si trattava. In realtà anche Giulia ne aveva sentito parlare, almeno dell'opera d'arte e dell'artista responsabile, che per lei si pronunciava Manzonì e credeva fosse francese.

«Tutti conoscono la storia della Merda d'Artista. Non sto scherzando: chiunque abbia una minima conoscenza del mondo dell'arte sa di che cosa si tratta».

A questo punto Angela riassunse le notizie principali sulla cosiddetta beffa della Merda d'Artista, in mezzo alla sorpresa dei presenti, ai quali era difficile pensare che il concetto di Merda d'Artista non fosse una beffa di per sé: da un breve riepilogo della storia del Manzoni alla fortuna anche di mercato dei multipli che consistevano in presunta merda inscatolata, dall'iniziativa della Kakoiannis, organizzare una mostra importantissima su tale opera d'arte, al terribile fallimento di quella esposizione, sapientemente organizzato da qualcuno che voleva molto male alla Kakoiannis-Sforza. E chi era questo qualcuno, il burattinaio? Non c'erano prove che si trattasse della Olga Cislaghi, ma difficile pensare che potesse essere stato qualcun altro, anche perché il lavoro preliminare per organizzare la beffa aveva certamente richiesto un ingente investimento di capitali, e una perfetta conoscenza della materia.

Angela fu presa improvvisamente da un'altra scalmana. Sarà stata la tensione, l'infervoramento del racconto, diventò ancora una volta tutta rossa e sudata, cominciò a sventolarsi col ventaglio. Dopo qualche istante il calore si trasformò in sudore freddo, poi passò.

«Fatto sta che per Luisa riprendersi da questo colpo non fu facile. Dal mondo che a lei stava tanto a cuore, quello dell'arte, era tagliata fuori. Non era semplice pensare di riuscire a tirarsi su. Per un certo periodo abbandonò le scene pubbliche, un po' per recuperare sotto altri fronti, un po' per dedicarsi in modo definitivo alla vendetta nei confronti di Olga, che non aveva mai rivendicato la responsabilità della beffa, ma che sicuramente in quel periodo camminava due metri sopra il pavimento. Siamo in un'epoca più vicina a noi, quando cominciano ad accadere fatti che ci riguardano. In questa fase non mi risulta difficile ritenere che il vantaggio di Olga fosse netto, e Luisa al tappeto. Ma non sconfitta.

«A questo punto per lei non si tratta più di dare una stilettata provvisoria alla nemica, ma di assestare il colpo finale e mortale. Non che stesse progettando di fare fuori la rivale, non voglio pensare che nessuna delle due abbia mai lavorato seriamente all'ipotesi di uccidere l'altra, direttamente. Ma adesso per Luisa il colpo doveva riguardare lo status, le finanze e soprattutto l'immagine pubblica di Olga.

«Credo che Luisa a questo punto si sia imposta di non avere fretta. Prima di tutto doveva rimettersi in piedi e leccarsi le ferite: un tentativo immediato di risposta sarebbe stato una catastrofe. Si ritirò in Florida per un semestre, con la scusa di voler stare dietro alla figlia Marilou, che non vedeva mai e già mostrava forti segni di inquietudine e, nonostante la giovanissima età, la capacità di mettersi in situazioni che sarebbe stato meglio evitare. Forse l'idea era quella di rassegnarsi alla sconfitta, senza tentare colpi a sorpresa. Almeno questo è quello che doveva pensare la sua nemica. Ma si mise al lavoro sul serio. In primo luogo capì che non poteva fidarsi di nessuno, in secondo luogo si rese conto, e con questo dette prova di un elevatissimo grado di autoconsapevolezza, cosa rara oggigiorno, che con la sua testa non sarebbe mai stata in grado di organizzare un piano definitivo, perfetto e letale. La fortuna le andò incontro, quando venne a sapere che esisteva un operatore culturale, un ghost writer, come si dice in gergo, che scriveva storie per i giallisti. Per la precisione non è che scrivesse storie per intero, scriveva trame, riassunte in un paio di pagine, che i giallisti a corto di idee gli compravano per una cinquantina di euro. Massima riservatezza. Tramite una persona di fiducia Luisa commissionò al venditore di trame quello che le serviva: un delitto perfetto senza morto. Gli elementi di base da cui partire non erano molti: ci sono due persone che si odiano e ciascuna sta sul chi vive attendendo la mossa fe-rale dell'avversario. Quale può essere un piano per distruggere completamente la controparte? Adesso sì che stiamo arrivando al punto che ci interessa».

Angela si fermò un istante, nel silenzio di tutti i presenti. Tutti tranne uno perché il Giorgi aveva preso a russare veramente forte. «Per favore scuotetelo, svegliatelo» disse Angela in modo perentorio, temendo di perdere il filo. Approfittò della pausa per bere un po' d'acqua, il Giorgi fu svegliato.

«Dunque... Per puro caso io personalmente sono entrata in contatto con quel signore, al quale era stata commissionata una storia di delitto perfetto: ma lui all'epoca dei fatti non si immaginava lontanamente quale fosse lo scopo del committente. Non sapeva certamente chi potesse essere, ma doveva trattarsi di uno scrittore molto famoso, perché metteva sul piatto una cifra assolutamente enorme per il nostro, forse 10.000 euro. Però il piano doveva essere perfetto, tanto che lo sconfitto non potesse mai più alzare la testa. Fu fatto un contratto rigidissimo: il creativo doveva predisporre alcune trame, e non parlarne assolutamente con nessuno: se veniva fuori che certe idee erano state create da lui, avrebbe dovuto pagare una penale salatissima. Accidenti, l'autore doveva essere veramente importante, pensava il ghost writer, o come si chiama.

«Lui, abituato a compensi da fame, non poteva credere alla proposta e si mise al lavoro con alacrità. Preparò decine di trame, scopiazzate a mosaico da libri gialli o noir di tutte le epoche, temendo che nessuna di esse andasse bene. Lavorò sul tema della vendetta perfetta.

«Temeva che si trattasse di una bufala, e invece, incredibilmente, fu pagato. Fra l'altro da quel momento la sua storia professionale cambiò, come sempre succede... E poi? Poi non ne seppe più niente. Studiò nei mesi successivi le nuove uscite di giallisti importanti, ma non c'era nessuna trama che assomigliasse a una delle sue. Per la verità qualche storia simile usciva, ma si sa che molto spesso i gialli ripropongono sempre gli stessi cliché. Tuttavia nessuna corrispondeva a quella che lui reputava la migliore. Ed eccoci a Luisa... Luisa studiò con attenzione le trame proposte, e con calma decise di sceglierne una, per l'appunto la migliore, anche per l'autore. Di che storia si trattava?».

Antonio faceva fatica a seguire il resoconto. Soprattutto si chiedeva perché Angela si facesse le domande, quando invariabilmente conosceva la risposta. E poi che cazzo gliene fregava a lui di tutte quelle puttanate? Se Angela avesse saputo che cosa rischiava adesso non sarebbe stata lì a parlare e a parlare. Qui si faceva il ci-

cicì e cicicià, ma questa gente lo sapeva chi era Adrem? Che fosse il caso di dare una sveglia almeno ad Angela?

«Dunque quella trama conteneva un doppio piano: un piano falso, atto a distogliere l'attenzione della vittima vigile, e un piano vero, atto a rovinarla, ma senza ucciderla. Il presupposto era che siccome le due nemiche stavano sul chi vive, occorreva in primo luogo convincere Olga che le risorse vendicative di Luisa erano alla frutta. Il piano prevedeva una prima fase, chiamiamola Caccia al tesoro, e una seconda, detta Sacrificio di pedina. Nella prima si creava una falsa pista in modo da convincere la vittima, Olga, di essere sotto tiro, ma anche da rassicurarla che tale complotto era stato sventato.

«Nella seconda si trattava di dare alla rivale un movente, un'arma, un mediatore, e tutto quello che serviva per dimostrare che aveva ordito un piano mortale contro la sua nemica che così sarebbe passata per vittima. E Olga ne avrebbe pagato le conseguenze!

«L'intreccio predisposto dall'inventore di trame era veramente complesso, ma astratto. Per Luisa adesso si trattava di provare a mettere in pratica un progetto così articolato. Occorreva sostanziare il piano, e immergerlo nella realtà, approfittando delle circostanze. Ora non vi esporrò questo intreccio, perché verrà fuori dopo. Vi racconterò quello che è successo, ma tenete presente che Luisa con grande abilità e capacità di spesa ha seguito per filo e per segno la sceneggiatura. Quindi...».

De Angelis alzò una mano come si fa a scuola: «Signora Angela, mi deve scusare, le dispiace se mi assento un attimo per andare ai servizi... Sa, alla mia età...». Angela, com'era abituata a fare quando insegnava, acconsentì. Ne approfittò per bere un altro bicchier d'acqua e sventolarsi un po'. Al ritorno di Luis riprese.

«Passano i mesi, sembra che non succeda niente fra le due nemiche, ma le braci sono vive sotto la cenere. Luisa sta lavorando al suo doppio piano; quello di Olga, se ne aveva uno, non lo conosco. Luisa ha organizzato quasi tutto, la pista falsa e il piano vero sono quasi pronti per scattare. Ma quali erano gli elementi con i quali Luisa poteva realizzare la sua architettura?

«Il fatto importante era che Olga aveva reso pubblico il suo prossimo matrimonio con l'ex calciatore Goffi, che guarda caso si celebrerà proprio oggi. Oggi, sì, oggi. Si tratta di qualcuno che è noto a tutti, il Ricky, un personaggio sempre al centro delle cronache mondane, protagonista di un numero indefinito di relazioni con veline, attrici, soubrette, e servizi fotografici sulla stampa specializzata. Forse era proprio questo il colpo che aveva immaginato Olga contro Luisa: il matrimonio del secolo! E veniamo all'attuazione del piano della Kakoiannis-Sforza. Luisa decide di scatenarlo quando ritiene di avere trovato la persona adatta e la situazione confacente. Prima di tutto reperisce una vittima, una ragazza apparentemente morta in un incidente stradale, povera lei. È morta veramente, si chiamava Mariella Crescenzago. Luisa non ha difficoltà a ingaggiare varie persone, attori, che incarneranno i genitori della ragazza, il fratello, e altre comparse, ha trovato i luoghi adatti per la Caccia al tesoro. Ha organizzato quasi tutto, ma quello che le serve è la persona, deve esser qualcuno il cui sacrificio non costerà molto a nessuno, un sacrificio di pedina. E di chi si tratta? Di Amedeo Consonni, una specie di investigatore dilettante che fra l'altro prima faceva il tappezziere, e aveva lavorato per lei nel palazzo di Milano. Del Consonni Luisa legge sui giornali: ho qui alcuni articoli usciti nella cronaca nera milanese, riguardano il disvelamento del mistero della morte di tal Rebaudengo, a Lentate sul Seveso. Sentite cosa dice un articolista, a margine della soluzione del caso».

Angela inforcò gli occhiali e lesse l'articolo.

UN TAPPEZZIERE CHE SI DILETTA DI INVESTIGAZIONI

Chi è Amedeo Consonni, l'uomo che ha risolto il caso più misterioso dell'anno, quello della Sfinge di Lentate, ovvero della morte del signor Rebaudengo? È una persona molto tranquilla, un ex tappezziere in pensione, che vive a Milano nel quartiere Casoretto. Ma cosa c'entra quest'uomo con l'omicidio più efferato che sia avvenuto in Lombardia, la cui vittima era stata ritrovata completamente nuda, eviscerata ed evirata, con le spalle slogate, in una posizione che ricordava pienamente quella della Sfinge?

Il fatto è che il signor Consonni durante il tempo libero, e ne ha tanto, ha un hobby, quello del crimine. E sa tutto dei delitti che avvengono in Lombardia, e anche in tutta Italia. Nel suo archivio colleziona le notizie, riprendendole dai giornali e da altre fonti, dei fatti criminosi. Ha fatto lo stesso anche con l'omicidio del Rebaudengo, che a lungo ha lasciato gli inquirenti incapaci di trovare il bandolo della matassa. Ecco, il bandolo l'ha trovato lui, il Consonni, perché questa volta non si è accontentato di ritagliare e catalogare gli articoli di cronaca nera. Si è recato sul luogo del delitto, a Lentate sul Seveso: ha ispezionato la villetta quadrifamiliare dove abitava il Rebaudengo, ha parlato coi vicini, si è fatto un giro per il paese interrogando anche una persona che la vittima la conosceva bene, la bibliotecaria comunale. E insomma, con pazienza, acume e intuito, ha fatto delle ipotesi e sul suo quaderno ha ricostruito gli avvenimenti. La polizia lo ha notato gironzolare sul posto, ha voluto capire se quell'uomo avesse qualcosa a che vedere col delitto: che fosse lui l'assassino? Un uomo misterioso che si aggira sul luogo del crimine. D'altronde è noto, l'assassino torna sempre nel teatro del delitto. Ma quello che la polizia ha trovato quando è andata a far visita al Consonni è stato ben diverso, è stata la soluzione. Solo Consonni aveva intuito che non c'entravano niente le ricerche egittologiche del Rebaudengo, la sua passione per il modellismo navale, le sue agendine maniacali dove registrava ogni fatto della sua vita. Abbiamo di fronte un nuovo Marlowe, anche se un po' attempato a dire il vero? Qual è il caso di cui si sta occupando adesso questo investigatore dilettante? Criminali, state in campana, a Milano c'è qualcuno che come un segugio vi troverà e vi stanerà.

Non tutti i presenti in realtà avevano letto l'articolo. Soprattutto Antonio, che in quel periodo aveva ben altro a cui pensare, ne fu sorpreso. Ma come, il Consonni era un esperto di casi criminali? Questa poi, sembrava un signore così tranquillo. E se fosse il caso di raccontare a lui quale fosse la reale situazione, in quali pericoli si trovasse la signora Angela?

Quella riprese.

«Perché vi ho letto l'articolo, che forse molti di voi già conoscono? Perché qui Luisa trova quello che fa per lei. Si tratta di un signore che si interessa dei fatti di cronaca nera al punto di ritenersi un esperto, e di esprimere la sua opinione sulla soluzione possibile. Il soggetto è attento, vanitoso, rispettabile e apparentemente disinteressato, un coglione ideale da sacrificare. Ci tengo a precisare che la parola "coglione" non è un mio giudizio di valore, è quella usata dall'inventore di trame nella sua sceneggiatura».

Amedeo, che era seduto proprio di fronte ad Angela, guardò da un'altra parte. E ascoltò facendo finta di niente la definizione di «coglione», in parte condividendola.

«Consonni viene facilmente reclutato. L'incarico, da mantenersi segreto, è questo: cercare Marilou, l'irrequieta figlia della Kakoiannis-Sforza. Consonni dispone di un indizio molto debole, la foto di una parete di una casa che si presume milanese. Questa foto è l'ultimo scatto che la figlia ha fatto col suo telefonino, poi il silenzio, a parte qualche altro messaggio da parte di Marilou, volto a convincere la madre di non occuparsi più di lei, ma che alla madre suona falso. L'indagine del "coglione", come si è detto di chiamarlo, parte, anche perché la Kakoiannis-Sforza astutamente ha dato un anticipo al segugio dilettante. Costui si dà da fare e una volta trovata la casa, con grande difficoltà, risalirà a qual è la finestra dalla quale è stata scattata la foto. È la camera di un residence...

«Come in una Caccia al tesoro il Consonni è trascinato in trappola: scoprirà indizi che lo portano all'ex calciatore Goffi, al fatto che lui frequenta un giro di ragazzine, e in particolare una, la Crescenzago, che è morta in circostanze misteriose. Quello che è successo alla figlia della Kakoiannis-Sforza da questo punto in poi non conta più molto, almeno per noi, anche se per il Consonni è tutto sommato il problema principale. Dov'è? È ancora viva?

«L'investigatore coglione farà esattamente tutto quello che ci si aspetta da lui: avrà dei sospetti atroci e scoprirà – almeno crederà di scoprire – che il Goffi è implicato in un affare molto losco: una ragazzina è morta durante una seduta di bondage – io prima non sapevo neanche cosa fosse – e a quel punto il Goffi stesso ha pagato la famiglia perché non si andasse avanti nelle indagini, ma si facesse passare il tutto per un incidente stradale o simili.

«In che modo il Goffi avrebbe pagato la famiglia Crescenzago? Con una Porsche ultimo modello di valore superiore ai 100.000 euro, che avrebbe regalato al fratello della vittima, per comprare il suo silenzio. Un vero schifo, no?».

«Scusi, professoressa, ma cosa sarebbe il bondage?» chiese la Mattei-Ferri, che non voleva perdere battute.

«Ah, scusi lei, lo davo per scontato. Il bondage è una pratica erotica estrema, che prevede che un individuo leghi l'altro con delle cinghie, facendo dei nodi che impediscono al sottomesso di muoversi, ma che dovrebbero aumentare il suo piacere sessuale. È una pratica che presenta anche dei rischi mortali».

«Oh, signur!», dissero all'unisono il De Angelis e la Mattei-Ferri, ma Angela riprese imperterrita.

«Il bello è che l'investigatore dilettante scopre tutte queste cose, e si convince che deve operare una denuncia in piena regola dell'ex calciatore, persona indegna, esecrabile ecc. Infame forse è anche la famiglia della ragazzina vittima, perché ha accettato una Porsche in cambio del silenzio, ma con questi VIP il senso di inferiorità è un classico, che altro si deve fare?

«Comunque l'investigatore è fermo e deciso. Denuncerà i fatti: ne ha anche le prove, a cominciare dai legacci per il bondage».

Giulia seguiva l'esposizione della madre con la morte nel cuore. Quella sembrava lucidissima, nel suo delirio. Probabilmente viveva in un mondo parallelo, tutto mentale, dentro il quale accadevano mille avventure e situazioni impossibili. E tutte le notizie di cui veniva a conoscenza non le facevano pensare che le sue visioni fossero deliranti, no, lei cercava di combinare nomi e persone nella sua fantasia allucinatoria, dove ogni particolare trovava una casellina in cui disporsi, come accade ai paranoici. Quel suo mondo era impenetrabile, non c'era modo di entrarci dentro, e se Giulia avesse tentato di dimostrare a sua madre che tutte queste vicende, queste coincidenze, questi piani machiavellici erano assolutamente implausibili, lei l'avrebbe guardata con disprezzo, come una che non capisce niente. Ah, ma perché, perché esistono queste complicate malattie mentali? Giulia, nonostante tutto, continuò ad ascoltare, senza dire niente, senza sbottare. Pensava al dottor Mengoni, mentre Angela imperversava nei suoi deliri.

«Il passaggio successivo del Sacrificio di pedina è più complesso: l'investigatore dilettante, che ha capito e sofferto per la storia torbida di un VIP che corrompe una famiglia affinché nulla si sappia delle sue nefandezze, deve esser portato a scoprire che tutta questa storia è falsa. È lui che deve rendersi conto, dopo una sceneggiata ad hoc, che non è vero niente che il calciatore ha delle responsabilità così orribili, ma che si sta tentando di appioppargliele per rovinare l'imminente matrimonio con Olga.

«Perché per puro caso – che poi un caso non lo è per niente, ma all'inavvertito Consonni pare proprio –, uno scrupolo in più, previsto anche quello, l'investigatore scopre che le cose non sono come sembrano. Quelli che lui riteneva fossero i genitori della povera ragazza non sono affatto i genitori della Crescenzago, che è morta veramente in un incidente stradale, ma delle comparse. Il calciatore non c'entrava niente e non c'entrava nemmeno con la scomparsa della figlia di Luisa, che era altrove, probabilmente nella Repubblica Ceka, e la signora Kakoiannis lo sapeva benissimo.

«Allora Consonni si rende conto che era tutta una montatura, ma a che scopo? Chi si voleva danneggiare? Si voleva colpire il calciatore, o chi altri attraverso lui?

«Il fatto è che il Consonni vuole capirlo. Nel frattempo è venuto a sapere altre cose: per esempio della inimicizia storica fra Luisa e Olga – è allora che si fa delle domande sul famoso caso della Merda d'Artista e del fatto che Olga sta per convolare a nozze col calciatore. Fa due più due: il piano è di Luisa, pensato per danneggiare Olga, rovinare il suo matrimonio e anche la sua eventuale tardiva maternità, ma Consonni non c'è cascato. Pensa di avvertire Olga e di raccontarle tutto: che Luisa aveva escogitato un piano sofisticato per danneggiarla, perché voleva rovinare il suo matrimonio e la sua reputazione, ma per fortuna, grazie a una intuizione, la manovra era stata sventata.

«Il problema è che invece il piano Sacrificio di pedina sta procedendo a meraviglia: quello che stava facendo Consonni era esattamente quello che doveva fare, cioè raccontare a Olga che la mossa di Luisa era fallita.

«Proprio nel momento in cui crede di essere sfuggito al piano di Luisa, il Consonni sta agendo come una marionetta, sta facendo quello che il piano prevede. Vale a dire convincere Olga che il piano di Luisa è fallito, e che lei è sconfitta».

Angela riprese fiato, ma non tributò al Consonni nessuno sguardo che potesse essere inteso come consolatorio. La Mattei-Ferri fissava quell'uomo scuotendo la testa, come a dire che era stato proprio un coglione.

«Così Consonni, pensando a questo punto di essere un dritto, va da Olga e le racconta tutto quello che è successo. Soprattutto si dilunga in riflessioni su quanto orribile fosse il piano di Luisa, che giocava su sentimenti profondi, per esempio come si sarebbe sentito lui, il Consonni, di fronte a una famiglia che aveva praticamente venduto la morte della propria figlia per una Porsche ultimo modello. A proposito, la Kakoiannis-Sforza quella Porsche probabilmente l'aveva dovuta comprare. Bah, poco male per lei. Comunque lo sfogo di Consonni con Olga è efficace. Olga fa finta di non capire, in realtà quello che Consonni le riferisce è la (presunta) sconfitta di Luisa su un piatto d'argento».

Angela qui trascurò il particolare dell'assegno da 50.000 euro che la signora Cislaghi aveva sganciato al Consonni, soltanto per essere andato da lei a riferirle dell'ordito della sua nemica.

«Okay. Ci abbiamo messo tanto, ma siamo arrivati al punto, cioè al passaggio (shift, se mi permettete) dal piano fasullo, la Caccia al tesoro, a quello vero, la parte ultima del Sacrificio di pedina, detto anche, secondo la titolazione dello sceneggiatore, *Mors omnia solvit*».

E che cazzo vuol dire? si chiese Antonio. Lo stesso, senza interiezioni, si domandò la signorina Mattei-Ferri. Mors omnia solvit? Ma la professoressa Mattioli continuava impassibile.

«A questo punto l'Olga, infuriata, doveva pensare a chiudere definitivamente i conti uccidendo Luisa. Ma non davvero. Così avrebbero dovuto credere gli inquirenti. Lo so che è complicato, ma cerchiamo di andare avanti, se avete domande potete farle, ma non interrompetemi adesso, se no perdo il filo.

«Dunque il movente c'era eccome, Luisa aveva tentato di rovinare le nozze di Olga. Come non pensare che Olga a questo punto volesse chiudere una volta per tutte la questione?

«Perché Luisa nel frattempo ha organizzato le cose in modo che il coglione da investigatore dilettante si trasformi in un killer assoldato da Olga per eliminare Luisa stessa, cioè lei, scusate mi sto confondendo un po' anch'io. In fondo che cosa rischiava la Kakoiannis-Sforza, quando ci sarebbero state le indagini relative? Lei al Consonni aveva solo chiesto di risistemare i suoi preziosi sofà. E che ci poteva fare se Olga era troppo furba e informata: aveva certo saputo che Luisa aveva reclutato l'ex tappezziere Consonni lasciandogli libero accesso in casa sua. E qui è la genialità del piano: il protagonista del piano falso, quello deviante, la assurda Caccia al tesoro, diventerà anche il protagonista del piano vero, il Sacrificio di pedina. E chi è questa pedina? Ormai è ovvio a tutti: Amedeo Consonni, il coglione».

Questa volta la caldana venne a Consonni, che sottrasse ad Angela il ventaglio e cominciò a usarlo, cercando di placare la forte sudorazione.

Angela bevve un altro bicchier d'acqua.

«Ricapitolando, tutto ciò che il Consonni ha fatto corrispondeva perfettamente al piano Sacrificio di pedina, che mirava A) a far credere a Olga che l'attacco di Luisa fosse stato sventato, quando invece l'attacco vero sarebbe arrivato da un'altra parte; B) a mettere in contatto, in modo documentabile, Consonni con Olga; C) a creare un movente per una eventuale vendetta di Olga, sottoposta a un terribile tentativo di danneggiarla... ecc.».

Angela ebbe un attimo di incertezza. «Oddio, scusate, forse questo l'ho già detto, ma insomma, in questo guazzabuglio tanto vale riepilogare. Quello che è successo veramente è andato oltre la capacità di pianificazione di Luisa e dei suoi soggettisti: Olga paga Consonni con un assegno di 50.000 euro, per il solo fatto che ha scoperto il piano. Oddio, avevo promesso di non raccontarlo, ma la cosa è così importante... Comunque è proprio la ciliegina sulla torta! Una fortuna insperata! Perché il ruolo di Consonni non era finito, a dire il vero cominciava proprio adesso. Era previsto infatti che la sera stessa il coglione incontrasse la Kakoiannis-Sforza».

Consonni non ce la fece più. «Scusa Angela, ma non potresti evitare? Capisco che lo sceneggiatore abbia definito in questo modo la cosiddetta pedina, ma ora non mi sembra il caso di insistere con queste parole, anche perché io...».

«D'accordo, d'accordo... ma non mi interrompere proprio adesso per questi dettagli... volevo dire che il... il Consonni aveva un appuntamento con la Kakoiannis-Sforza. Da questo punto in poi, guardate bene, il mio racconto diventa complicato perché, se fino ad adesso tutto quello che si ipotizza sia successo corrisponde pienamente al piano dello sceneggiatore, da qui le cose vanno diversamente. Che cosa era previsto? Che la pedina tornasse dalla Kakoiannis-Sforza. Secondo l'idea del coglione questo appuntamento sarebbe stato un *redde rationem*, cioè più o meno una resa dei conti, dove Consonni avrebbe fatto presente alla perfida Luisa che lui nella trappola non c'era caduto. Consonni così si figurava di entrare nella sontuosa villa di Lugano e dirle che no, non era vero niente che il Goffi aveva circuito una ragazza e ne aveva provocato la morte con pratiche di sesso estremo. No, la storia della fotografia e della ipotetica scomparsa di Marilou erano tutte invenzioni, invenzioni della Kakoiannis-Sforza, che voleva sollevare un polverone sul Goffi per impedire il matrimonio con Olga. Questo era quello che il Consonni avrebbe voluto dire alla Kakoiannis.

«Ma lei per la serata aveva predisposto, secondo il copione, un altro programma. Il Consonni sarebbe dovuto entrare nella villa di Porza, e fin qui non ci sono problemi. Ma che cosa ci avrebbe trovato?

«Non so dirvi di preciso come la Kakoiannis-Sforza avesse organizzato praticamente la cosa, perché per fortuna la cosa si è fermata prima. Il Consonni, proprio quando stava per entrare nella villa, è stato bloccato, da noi. Posso dirvi soltanto che nella sceneggiatura il malcapitato investigatore dilettante sarebbe entrato nella casa silenziosa. Nella versione 7bis avrebbe trovato una pistola appoggiata sulle scale ricoperte da pesante moquette. Nella versione 7ter sarebbe arrivato nella stanza della Luisa senza trovare alcuna pistola. Nella 7bis avrebbe consegnato la pistola alla Kakoiannis, dopo aver distribuito bene le sue impronte digitali sull'arma, e la Kakoiannis avrebbe fatto fuoco su di lui. Nella 7ter il Consonni sarebbe entrato nella camera della Kakoiannis e quella avrebbe fatto fuoco direttamente sulla pedina. L'esito era lo stesso. La pedina ci avrebbe rimesso la vita, ma quello che sarebbe risultato era che il Consonni, mandato da Olga, aveva cercato di fare fuori Luisa. Una volta stecchito il Consonni, cosa ci voleva a dimostrare che lui, armato, era riuscito a penetrare nella casa di Luisa, e che, solo per una strana circostanza, non era riuscito a fare fuori la Kakoiannis? Il giorno dopo Olga sarebbe stata incriminata per tentato omicidio, in quanto mandante. Esecutore il Consonni, che non a caso aveva in tasca un cospicuo assegno di Olga Cislaghi. Una vera trappola mortale».

Angela dette uno sguardo panoramico ai suoi ascoltatori. Non si sbagliava, il Giorgi aveva ripreso a ronfare. E anche Antonio, nell'ultimo banco, non aveva retto a tutta quella serie di avvenimenti, e si era addormentato. Angela si avvicinò silenziosamente ad Antonio, poi prese in mano un quotidiano appoggiato sul divano e lo stampò sul tavolo facendo un rumore del diavolo, come si fa quando si vogliono spaventare i cani. Antonio si risvegliò bruscamente, impaurito. «Adrem... Adrem, sei un bastardo...».

Angela non fece commenti, e riprese dal punto.

«La vera sfortuna della Kakoiannis-Sforza è che le persone non sanno mantenere i segreti: nella fattispecie si parla del venditore di trame, colui che originariamente aveva ideato il doppio piano, credendo che fosse per un autore con carenza di idee. Per un intervento del caso proprio io ho potuto leggere la sinossi del doppio piano, e riconoscere che, almeno per la prima parte, la Caccia al tesoro, coincideva perfettamente con quello che era accaduto a Consonni. Non sarà che sta per attuarsi anche la seconda parte? ho pensato. Non sarà che Luisa adesso, proprio adesso, sta portando a compimento il suo piano, per il quale Olga verrà arrestata per tentato omicidio premeditato?

«Per sua fortuna il Consonni è stato bloccato, prima che entrasse nella casa che sarebbe stata la sua tomba, e dunque, alla fine, la sceneggiatura non ha funzionato. Eppure, a dire il vero, era ben congegnata. Soprattutto si era dimostrata efficace la scelta della pedina, che si era mossa esattamente come previsto. E se non fosse stato perché un'altra persona, del tutto casualmente, aveva letto la sceneggiatura...».

Solo adesso Amedeo aveva capito che in quel momento lui poteva essere morto. E solo grazie alla lucidità di Angela, alla sua prontezza, e anche alla fortuna, non era finito vittima della trappola della Kakoiannis. Ohimè, che imbecille, ohimè che idiota... e io che... e Angela, Angela mia... D'ora in poi mi dedicherò soltanto a te, basta e ribasta con i crimini e con le indagini... Angela intanto era arrivata alle conclusioni.

«In questo momento la signora Kakoiannis-Sforza si starà chiedendo che cosa non ha funzionato, proprio all'ultimo minuto. E qui ringrazio la prontezza di De Angelis Luigi, in virtù delle cui capacità al volante in un pugno di minuti siamo arrivati a Lugano, giusto in tempo, e ringrazio anche Antonio, che ha messo a disposizione la sua prestanza atletica, senza neanche sapere perché, solo sulla fiducia. Ringrazio tutti voi, a partire dalla signorina Mattei-Ferri, senza le conoscenze della quale non avremmo mai potuto ricostruire l'intera faccenda. E ringrazio anche il signor Claudio, per le sue competenze informatiche, e inoltre...».

L'uditorio era senza parole, quelli che non dormivano la guardavano con gli occhi sgranati.

Le redazioni dei giornali scandalistici, quelli tanto cari alla signorina Mattei-Ferri, si trovavano in una situazione di pura fibrillazione. Questo perché era previsto il matrimonio epocale fra Olga Cislaghi e Ricky Goffi, la cui celebrazione sarebbe avvenuta nella chiesa romanica di San Pietro a Civate in provincia di Lecco, una isolata e antichissima basilica risalente addirittura all'epoca longobarda. Era tutto organizzato al millesimo di secondo. Data la collocazione della chiesa, raggiungibile soltanto a piedi procedendo per un sentiero di montagna che superava un dislivello di 500 metri, era stata predisposta una navetta in elicottero, che avrebbe consentito alla selezionatissima cerchia di ospiti di raggiungere il monastero benedettino.

Un paio di elicotteri facevano la spola fra il paese di Civate e la chiesa, e tutto funzionava a meraviglia. Per la sposa era previsto un elicottero a parte, bianco, proveniente direttamente da Lugano. Il Ricky era arrivato a destinazione per tempo, abbigliato con un tuxedo americano luccicante di lustrini. Per decorare l'austera basilica Olga non aveva badato a spese, soprattutto la scenografica scalinata, che collega la chiesa al piccolo oratorio di San Benedetto, era stata decorata con un trionfo di fiori, gigli bianchi in tale quantità da nascondere quasi il possente muro di pietra. In effetti la discesa degli sposi per quella scalinata avrebbe rappresentato il clou dell'evento, e la troupe televisiva, in termini di quantità di telecamere e di tecnologia applicata, era degna di una diretta Barcellona-Real Madrid. Alcune riprese sarebbero state fatte dall'elicottero, altre da piccoli droni. L'interno della chiesa, anch'esso rivestito di gigli, era illuminato a giorno da potentissimi riflettori, con particolare enfasi sull'edicola in stucco che contiene l'altare, dove i due sposi sarebbero diventati tali.

L'importante affresco dell'Apocalisse, collocato nel nartece, di scuola bizantina, avrebbe fatto da contorno alla cerimonia, con il drago infilzato che comunque attentava alla vita di un neonato. Neonato che forse, nell'idea di Olga, era quello in arrivo, minacciato dal drago ma che sarà condotto verso il trono di Dio. Che questa selva di simboli apocalittici avesse a che fare con la situazione in corso?

Il problema era che la sposa non arrivava e nessuno era capace di rintracciarla al telefono o con altri mezzi più sofisticati.

All'inizio tutti pensarono che si rientrava nella norma, è previsto che la sposa arrivi per ultima e si faccia attendere, anche più del necessario.

La cerimonia era fissata per le undici e mezza del mattino, e a mezzogiorno la sposa ancora non aveva fatto la sua comparsa. I presenti si scatenarono con i telefonini, ma lo stesso non riuscirono a capire perché l'Olga non si faceva viva. Che ci avesse ripensato? Oppure aveva organizzato una manfrina del genere per elevare il tasso di interesse mediatico?

Fra gli ospiti c'erano personaggi importanti, attori e attrici, calciatori, procuratori, allenatori, politici, imprenditori, pezzi grossi della finanza, malavitosi dell'Europa orientale e non, giornalisti, soubrette, ecc. ecc., anche qualche ricco magnate russo, il quale si era rifiutato di salire sull'elicottero navetta solo perché in cima al monte voleva arrivarci con quello personale. Gli ospiti, la maggior parte dei quali accompagnata da numerose scorte di vigilantes, security men, guardie del corpo, agenti in borghese e non, dopo quasi un'ora di attesa cominciavano a innervosirsi, giudicando questa trovata di pessimo gusto. La troupe televisiva dell'antenna che si era aggiudicata l'appalto fremeva. «Alle 14 ci tolgono il ponte radio. Con i camion a fondo valle! Siamo fregati». Ma la sposa non arrivava.

Marilou era morta.

Dopo una settimana passata a Praga a girare quello spot non ne poteva più. Aveva rivisto il premontaggio, sette giorni di lavoro per trenta secondi di filmato durante i quali il marito legava Marilou per costringerla a mangiare i piatti della cucina tradizionale, ma lei riusciva a scappare e a infilarsi nel primo fast food, quello della catena ***, nel quale finalmente riusciva a mangiarsi un doppio hamburger con carne europea. Che poi al fast food ci arrivasse seminuda e prostrata, beh, faceva parte del senso dello spot. Il regista, un gallese neanche venticinquenne, lo stesso che aveva girato il precedente con Marilou protagonista, quello del prodotto per la linea, tendeva a valorizzare le forme di Marilou. Era uno che ci sapeva fare, anche nelle relazioni pubbliche. Infatti l'aveva portata a Lucerna. Qui avevano passato la serata, con dei tipi inglesi che vivevano negli Emirati Arabi: c'era anche un giovane sceicco che voleva investire negli studios di Praga, e forse avrebbe investito qualcosa anche su Marilou. La quale però non fu molto brillante nel corso della serata, che fu una noia, poi Lucerna è un posto tristissimo.

Condotta dall'autista Marilou tornò a casa a Lugano, secondo le prescrizioni della madre, non prima di mezzogiorno. Così fu lì intorno alle tredici, stanca morta, non aveva dormito per niente e non vedeva l'ora di mettersi a letto.

Stranamente la porta di casa era aperta. Non c'era Salvatore e neanche Rosaria, nemmeno Wang Chai. E apparentemente nemmeno la mamma. Mah.

Marilou non stette a ispezionare la casa, aveva troppo sonno.

Alla fine del resoconto di Angela i presenti erano a dir poco confusi: possibile che fosse tutto vero? Consonni pensava e ripensava. Lui che in un determinato momento, non più tardi di 24 ore prima, si era sentito un fenomeno, era convinto di essere quello a cui non la si fa, adesso capiva che era caduto in pieno nei loschi piani della Kakoiannis-Sforza, e stava per rimanerci intrappolato... Abbracciò Angela, finalmente recuperata. Gli aveva salvato la vita o no?

Angela, terminata la riserva di adrenalina, ebbe una crisi di pianto, e si rifugiò fra le braccia del Consonni. Gli altri non sapevano cosa dire.

Antonio della ricostruzione di Angela non ci aveva capito esattamente niente. Però il suo problema era un altro, il suo problema era Adrem, e gli faceva venire il magone che Angela stesse lì a parlare di quelle stronzate, quando c'era Adrem che aveva messo gli occhi su di lei e sulla sua bella figlia. Quelli stavano a fare strani giochetti investigativi, quando presto qualcuno avrebbe comprato una bottiglia di acido cloridrico. E Adrem aveva anche una pistola. Che alternative aveva Antonio se non sparire dalla circolazione, dopo aver avvertito Angela? Si ricominciava da capo.

De Angelis era più inebetito degli altri: provò qualche momento di euforia per aver partecipato a un'operazione così complessa e avventurosa, della quale, per lo più, non ci aveva capito molto neanche lui, ma si accontentava di aver avuto un ruolo nella risoluzione del caso, grazie alla sua guida e alla sua veloce BMW Z3 roadster. Ah, se mi avesse visto Carmela! Forse non penserebbe più che io potrei essere suo padre... Ma il solo ritornare con la mente a Carmela lo risprofondò nel vuoto, e tutto fu ricoperto da un manto grigio di disperata malinconia.

La Mattei-Ferri era forse l'uditrice rimasta più perplessa. Ma in che guazzabuglio era finita? Possibile che personaggi famosi come la Kakoiannis-Sforza e Olga Cislaghi mettessero i loro destini nelle mani di un nessuno come Consonni? Eppure anche la signorina, ammesso che fosse vero un centesimo di quello che aveva raccontato la ex professoressa Mattioli, provava una quota di vanagloria per il ruolo che aveva avuto: senza le informazioni che lei aveva diligentemente fornito chi ci avrebbe capito niente? Allora occuparsi di gossip non era del tutto inutile.

Ma la Mattei-Ferri era una a cui piaceva che i fatti quadrassero. D'accordo, molti misteri erano stati chiariti. Dalle uscite multiple del Consonni alla comparsa della Kakoiannis-Sforza, dalle richieste di informazioni sul Goffi alla questione della Merda d'Artista. Ma chi era quella signora volgare e meridionale? E chi era quel tagliagole amico di Antonio? E Giulia, anche lei pagava per le prestazioni sessuali? E che cos'era venuta a fare a Milano? Per la Mattei-Ferri per un problema che si risolveva se ne presentavano due nuovi: cambiava solo la scala, dal gossip di ringhiera a quello planetario.

Giulia invece non era molto lontana dal considerare il racconto di sua madre come pura follia, era sconsolata. I deliri di Angela, che coinvolgevano anche un bel numero di persone, erano incredibili. Ma come si era immaginata una storia del genere, fatta di complotti di persone importanti, di quelle che vanno in televisione, e come si era convinta di poter avere un ruolo così decisivo nel dirimere una faccenda criminosa che coinvolgeva gente ricca? Sua madre aveva perso completamente la testa, e nel suo empito stava riuscendo a convincere quella manica di rincoglioniti. Il Consonni, che oramai si capiva che a forza di leggere di casi di cronaca nera si era bevuto il cervello, la Mattei-Ferri che viveva in un mondo a parte, fatto di pettegolezzi e gossip, quel vecchio scemo del De Angelis che pensava solo alla sua BMW, una macchina da ragazzini, e quell'altro essere semiprimitivo che era Antonio, per non parlare di quell'alcolizzato del Giorgi. Una bella compagnia. E come poteva pensare sua madre che una storia del genere avesse un senso? La faccenda del romanzo da pubblicare era una fantasia egomaniaca, le indagini del Consonni una immaginazione, il contributo del De Angelis una fissazione credulona, e via dicendo. Quella gente della casa di ringhiera viveva in un mondo di fantasia, derelitto. Erano tutti pazzi suonati, e sua madre li capitanava nel delirio. Nella sua maniacale follia di protagonismo aveva ricostruito alla perfezione i fatti di una storia che non esisteva. Adesso come glielo dico al dottore? Adesso che cosa faccio?

Il signor Claudio pareva il meno interessato a tutta la faccenda Kakoiannis-Sforza versus Olga Cislaghi. Era imbambolato forte, eppure fu l'unico che ebbe qualche cosa da dire, parlava con difficoltà.

«Anch'io ho una novità da raccontarvi. Ho preso una decisione. Oggi pomeriggio mi ricoverano in ospedale: dovevo entrare domattina ma preferisco farmi ricoverare oggi, perché altrimenti da qui a domani chissà che cosa posso combinare. Vado a fare la detox, che durerà 15 giorni: poi ho firmato per il trattamento con l'Antabuse, e poi accadrà quello che accadrà. Ringrazio l'Amedeo che con me ha avuto una pazienza infinita, pur essendo lui impegnato in tutte questa faccende. Vi ringrazio ancora... Vi chiedo un ultimo favore: dite a Donatella che sono in ospedale a fare la detox. Ditele pure che ho passato una settimana nascosto in questa casa, tanto ormai lo sanno tutti, forse lo sa già anche lei. Ditele pure che ho visto che cosa fa in cucina. Lei non si merita questa situazione».

Gli astanti rimasero impressionati di quanto fosse sommesso e depresso il signor Claudio. Aveva già preparato la sua borsina, nella quale aveva infilato anche il computer portatile. Il resto l'aveva messo in una valigia. Chiese al Consonni se poteva lasciarla lì, almeno fino a quando non ci fosse stato un chiarimento sulla sua futura residenza: una casa famiglia?

Sciamarono tutti via, ciascuno avvolto nelle sue personali preoccupazioni.

Nel pomeriggio Angela e Giulia uscirono di casa, per andare in centro a prendersi un tè da qualche parte. Forse era venuto il momento di chiarirsi, forse anche Giulia avrebbe avuto modo di raccontare quello che era successo fra lei e Marc, il ragazzo congolese con cui le cose non funzionavano, perché lui si era dimostrato uno sciovinista e maschilista, e il fatto di essere nero non lo assolveva per niente. Angela si dimostrò disponibile ad ascoltare, anche se nella sua mente i pensieri si incrociavano: aveva fatto bene a informare la figlia dei 400.000 euro?

Consonni rimase solo, finalmente un attimo di tranquillità per ripensare all'accaduto. Non si era ancora ripreso, rispetto alla lunga ricostruzione di Angela e alla potenza del caso. Possibile che una mente umana fosse capace di escogitare un piano così diabolico? E possibile che lui ci fosse cascato in pieno, muovendosi come una pedina da sacrificare? E che sarebbe successo se Angela non avesse capito che quel piano, alla base, era stato ordito da un signore che lavorava nel mondo dell'editoria? Oppure erano tutte fantasie? In fondo che prova aveva portato Angela che la Kakoiannis avesse veramente commissionato il suo piano a uno scrittore di trame? Magari tutti e due avevano copiato lo spunto da un libro, magari il finale non era affatto quello previsto nella sceneggiatura, forse la Kakoiannis ci aveva solo provato, a mettere il Ricky Goffi in cattiva luce, e in quel caso il «coglione» non si era fatto ingannare, aveva scoperto tutto. Eh, già, da che si era messa a scrivere l'Angela era diventata ben strana, le piaceva lavorare con l'immaginazione, se ne era stupita anche Giulia...

Mentre l'Amedeo rimuginava lo chiamò al telefono Caterina. Lei del caso Kakoiannis-Sforza non sapeva niente, però sapeva quello che era successo fra l'Amedeo, l'Enrico e la Ludmilla. Quest'ultima era stata licenziata. Il suo comportamento era inqualificabile. Portare l'Enrico dal nonno quando questo le era stato esplicitamente proibito! E per giunta in cambio di ulteriori emolumenti! Tuttavia la sfuriata di Caterina, che naturalmente non risparmiò neanche il Consonni, era finalizzata a introdurre argomenti che potessero portare a una trattativa di pace. Enrico non era affatto felice di stare con una baby-sitter, pur se pagata dal nonno. Preferiva stare con l'Amedeo, e allora tanto valeva tornare alle antiche abitudini: quelle quattro o cinque volte alla settimana il nonno sarebbe andato a prendere il nipotino alla Materna, e lo avrebbe custodito fino alla sera. A patto che...

Caterina vomitò una serie di prescrizioni e di avvertenze, e che questa era l'ultima volta che chiudeva un occhio, perché lei... ah... lei non ne poteva più... e col lavoro le cose andavano male... e il nuovo proprietario dell'agenzia immobiliare era uno stronzo... ecc. ecc.

Consonni ascoltò pacatamente lo sfogo della figlia, cercando di tranquillizzarla. In fondo non c'è cosa che non si possa aggiustare, non c'è problema che non si possa risolvere, come gli aveva insegnato il suo maestro, il grande tappezziere Manlio Bottai.

«Mi passeresti un secondo l'Enrico?».

«Va bene... Enricooo... Vieni che il nonno ti vuole salutare...».

Enrico arrivò di corsa, voleva raccontare subito all'Amedeo la novità.

«Nonno, nonno... lo sai che mi sono fatto i tatuaggi?».

«I tatuaggi? Ma dove? Quelli veri?».

«Sì nonno, quelli verissimi. Sui bracci».

«E che cosa rappresentano?».

«Un teschio e due scorpioni cattivi».

«Ah! E adesso?».

«Adesso sono il più forte».

«Ah, beh..., ciao Cipolla, ci vediamo domani».

Beh, le cose in qualche modo si stavano rimettendo a posto. Angela lo aveva riaccolto nel suo seno, e dal giorno successivo lui sarebbe tornato a vedere regolarmente l'Enrico, con calma e senza sotterfugi. E, soprattutto, basta con i fatti di cronaca nera, con le ricerche investigative, con tutti quei pensieri.

Nella pace della casa silenziosa Consonni accese distrattamente la televisione, magari il pomeriggio sportivo domenicale offriva qualcosa in grado di distrarlo. Invece sullo schermo scorrevano immagini di una persona che lui aveva conosciuto.

Alzò il volume. Si parlava proprio della signora Olga Cislaghi, che aveva perso la vita in un incidente aereo, per meglio dire in elicottero, che si era schiantato sulle montagne fra Lugano e Lecco, per la precisione sulle ripide pendici del Monte Generoso (m 1.704), quelle rivolte verso il Lago di Lugano.

Il servizio era prodigo di particolari: la signora in abito da sposa stava raggiungendo il luogo del matrimonio, la chiesa montana di San Pietro a Civate, nel Lecchese. Doveva essere il matrimonio dell'anno, con il famoso ex calciatore Ricky Goffi, che nella circostanza, appena saputa la notizia, si era rifiutato di rilasciare dichiarazioni. Seguiva un denso coccodrillo sulla vita della Cislaghi, importantissima e notissima imprenditrice, donna famosa e rispettata in tutta Italia, e anche all'estero.

Niente si sapeva sulle circostanze dell'incidente. Il pilota non aveva fatto in tempo a lanciare alcun SOS, lo schianto doveva essere stato improvviso, e le morti immediate. Le autorità di polizia svizzere mantenevano assoluto riserbo, anche perché la carcassa dell'elicottero era finita in un canalone difficile a raggiungersi con mezzi meccanici, una spedizione del soccorso alpino era riuscita a portarsi vicino ai resti del velivolo a piedi.

Consonni era sbalordito. Con tutto quello che sapeva, possibile che si trattasse di un caso? Un altro? E se di mezzo a questo misterioso incidente ci fosse stato lo zampino di Luisa Kakoiannis-Sforza? Era questo il vero piano della Luisa, era questo che aveva progettato, dopo aver distratto la nemica con una manovra destinata a fallire?

La sua mente vacillava, col telecomando faceva zapping da un canale all'altro per vedere se altri notiziari davano qualche informazione in più.

Anche la Mattei-Ferri ascoltò i notiziari. Allora quello che aveva raccontato Angela era tutta una balla? Lo sapevo io che c'era qualcosa che non quadrava.

Marilou si svegliò intorno alle 19.15. In casa regnava uno strano silenzio. Ma dov'erano andati tutti? Il personale di servizio, le guardie private, la segretaria della mamma: si erano tutti spostati in massa? Era un fatto strano, in quella casa di solito c'erano parecchie persone, e comunque qualcuno ci restava sempre, almeno il filippino e un paio di vigilantes.

E poi Marilou voleva farsi un bagno: e adesso chi glielo preparava?

Ancora insonnolita, si aggirò un po' per la villa, alla ricerca di una risposta. Risposta che trovò nell'appartamento di sua madre.

Qui, per terra, c'era un signore a pancia in giù, portava un abito stazzonato e liso, e in mano aveva una pistola. L'unghia del suo mignolo sinistro era lunga un paio di centimetri, e orlata di sporco nero. La mamma invece era a pancia in su, in una pozza di sangue. C'era un'altra pistola sul pavimento, a non molti centimetri dalla mano della mamma.

Marilou perse i sensi. Tutte e tre queste persone furono trovate soltanto dopo le otto, da Lorena, la cameriera personale di Luisa Kakoiannis-Sforza, che risvegliò Marilou. La notizia della morte di Luisa Kakoiannis-Sforza, dovuta probabilmente a un tentativo di rapina, sarebbe stata diffusa soltanto in tarda serata.

Fu una giornata diversa dalle altre quella per le autorità di polizia del Canton Ticino. L'omicidio per rapina di una italiana sul loro territorio era un vero problema, mai era successa una cosa del genere, soprattutto in una villa coperta da mille telecamere e normalmente custodita da diversi agenti di agenzie private di security. In più il criminale, che aveva anche lui perso la vita nel corso della rapina, era un rom, parola che nella Svizzera italiana si conosce soltanto attraverso l'uso del dizionario. Era diventata insicura anche quell'isola di felicità?

Ma come se questo cataclisma non fosse sufficiente, c'erano state anche altre operazioni, legate a un frangente diverso. Erano stati arrestati i figliastri della signora Olga Cislaghi, morta per l'incidente in elicottero in territorio svizzero. A quanto pareva erano stati loro a organizzare l'attentato, perché di omicidio premeditato si trattava. Resti dell'ordigno comandato a distanza che era esploso nel motore dell'elicottero erano stati ritrovati ed erano bastati alcuni riscontri per capire che i mandanti, e anche i goffi esecutori, dell'attentato erano i figliastri, il movente erano le preoccupazioni su certi dettagli dell'eredità Cislaghi, una volta che Olga si fosse risposata.

Nel pomeriggio Angela si fece una dormita di un paio d'ore. Al risveglio era quasi l'ora di cena. Accese il computer, per abitudine. Era arrivata una mail, dall'editor Zanconi:

Egregia professoressa Angela Mattioli
In seguito a un riassetto interno alla nostra azienda Le comunico che il Direttore Ruotolo è stato sostituito nel suo incarico dal dott. Piri, il quale, nel riconsiderare completamente la programmazione, ha escluso che il suo manoscritto possa essere pubblicato. Non rientra nelle nostre abitudini, ma il suo manoscritto, incompleto, per un paio di giorni ancora non sarà cestinato ed è disponibile presso la portineria, in caso lo volesse ritirare.
Cordiali saluti

ROBERTO ZANCONI

Angela era esterrefatta. Ma come, è questo il modo? Perché cambia dalla mattina alla sera un direttore editoriale? Possibile? E di domenica. Chissà come ci aveva goduto quello stronzo dello Zanconi... ma io... Corse immediatamente in cucina, dove c'era Giulia che fumava una sigaretta.

«Lo sai cosa è successo? È successo che il mio libro non me lo pubblicano più! Solo perché è cambiato il direttore editoriale! Ti pare possibile! Ma io gliela faccio vedere a questi stronzi, gliela faccio vedere io!» e se ne tornò furibonda in camera urlando: «Lo sapevo io, lo sapevo... Il contratto lo dovevo firmare subito, perché non l'ho firmato?».

Giulia scosse la testa. Quante altre ne doveva sentire, per convincersi che sua madre era grave? Continuò a fumare, mestamente. Il giorno dopo avrebbe telefonato al dottor Mengoni.

Consonni passò tutta la serata incollato alla TV, teneva anche la radio accesa, sintonizzata sui notiziari della RSI. Si susseguivano gli aggiornamenti. Poi arrivò anche la notizia del ritrovamento del cadavere di Luisa Kakoiannis-Sforza nella sua villa di Lugano. Consonni per un buon quarto d'ora fu colto da una paralisi, non riusciva ad alzarsi dalla poltrona, a stento manovrava il telecomando.

I giornalisti almanaccavano. Come poteva essere una coincidenza che due signore milanesi, coetanee, ben note nel mondo che conta e che oltretutto si conoscevano bene, residenti entrambe a Lugano, fossero morte assassinate nello stesso giorno?

C'erano di mezzo talmente tanti VIP, politici, potenti ecc., che i TG sfornarono addirittura delle edizioni speciali.

Consonni non ebbe nemmeno il coraggio di comunicare la notizia ad Angela, perché era ovvio che la sua posizione diventava...

Tutti si chiedevano se c'era un nesso fra le due morti, apparentemente indipendenti: una per una questione di eredità, l'altra per una rapina andata a finire male. Ma visto che c'era una persona che negli ultimi tempi aveva frequentato entrambe le donne, e che questa persona era stata remunerata da ambedue per incarichi poco chiari, come non pensare che quella persona potesse essere coinvolta in questa singolare «coincidenza»? E chi era questa persona, se non il Consonni?

Questo lo sapevano lui e Angela, e anche coloro che avevano seguito la sua ricostruzione. Ma presto lo avrebbero saputo gli inquirenti.

Amedeo fu preso dal panico. Il caminetto era acceso e lui, colto da un raptus, gettò nel fuoco tutto il materiale compromettente in suo possesso. Bruciò la documentazione relativa al caso Marilou, le fotografie, la cinghia del bondage, i biglietti, e tutti i suoi appunti sul caso, le riviste di gossip. Bruciò anche il cospicuo assegno della Cislaghi, che poteva valere un ergastolo, e quello dalla Kakoiannis-Sforza, che per fortuna non aveva ancora incassato.

Ma certamente tutto ciò non sarebbe stato sufficiente: infatti che il Consonni avesse avuto a che fare con la Kakoiannis-Sforza lo sapevano tutti, c'erano numerosissime testimonianze, e inoltre proprio la notte dell'omicidio lui era lì, a Lugano, davanti alla villa, piena di telecamere! Per fortuna sua Consonni non sapeva che quell'Adrem, persona assai nota alla polizia e con numerosi precedenti, frequentava la casa di ringhiera. Ma Angela e la Mattei-Ferri lo sapevano, per non parlare di Antonio.

E che diranno le segretarie della Cislaghi? Certamente la polizia completerà le indagini a tutto tondo: vuoi che non vadano a cercare cosa aveva fatto la signora negli ultimi giorni della sua vita, chi aveva incontrato e perché? E Consonni era andato da lei il giorno prima della sua morte.

Lui sapeva di essere innocente, ma si immaginava che un inquirente non l'avrebbe pensata allo stesso modo. Che fare? Fuggire?

Consonni era un uomo distrutto. Nonostante avesse in qualche modo recuperato i due pilastri sui quali si reggeva la sua vita, Angela ed Enrico, aveva perso il terzo, cioè se stesso. Passò il resto della serata e la notte intera sulla poltrona, in attesa che qualcuno bussasse violentemente alla sua porta.

Verso le undici di sera squillò il telefonino. Eccoci, ci siamo, non pensavo sarebbe accaduto così presto.

«Pronto».

«Pronto, sono Marta Robecchetti».

«Sì? Dica pure».

«Il mio cognome non le dice niente?».

«No, signora, forse lei ha sbagliato numero...».

«Non ho sbagliato per niente, caro signore ma lei chi è... è un uomo?».

«Sì che sono un uomo...».
«Ah, questa poi...».
«Beh, scusi, ma lei cosa desidera?».
La signora Robecchetti chiuse la comunicazione. Era già piuttosto scombussolata dalla vicenda, ma che si trattasse addirittura di un altro uomo... no, a questa eventualità non era minimamente preparata.

Lunedì 18 gennaio

Nell'obitorio di Medicina Legale di Lugano due donne completamente nude giacevano su altrettanti lettini di acciaio inossidabile, illuminate da una luce azzurrognola. Erano immobili e l'unico rumore che si poteva sentire era un ticchettio, forse proveniente da un qualche strumento di refrigerazione.

Le due donne parevano più o meno della stessa età.

Una, la più alta, indossava unicamente un gonnellino bianco che le copriva le pudende. L'altra era completamente nuda.

In passato dovevano essere state piuttosto belle. Entrambe avevano un bel seno, senza apparenti segni di chirurgia plastica. Entrambe mostravano piedi ben curati, senza bozzi e calli o duroni, con le unghie smaltate, l'una di rosso e l'altra color pervinca.

La mora aveva un taglio di capelli molto ricercato, con una mèche bianca come Crudelia De Mon.

L'altra invece aveva il pube completamente depilato, e aveva capezzoli, per quello che si poteva intuire, più chiari di quelli della mora.

Non erano in buone condizioni, soprattutto la

bionda, il cui corpo era stato ricomposto alla bell'e meglio.

Purtroppo per loro nessuna delle due avrebbe mai saputo che l'altra giaceva nel posto accanto.

FINE

Appendice
La sinossi del manoscritto di Angela Mattioli redatta dall'editor Zanconi

Ho inserito questa sinossi in appendice e non in mezzo al testo perché secondo me corre il rischio di rovinare la lettura, anche quella del romanzo Il segreto di Angela, *Sellerio 2013. Una bella sorpresa per i dubbiosi, a cominciare dall'editor Zanconi, il romanzo di Angela ha poi trovato la strada della pubblicazione. Ma il lettore che ne abbia bisogno può leggere questa sinossi. Naturalmente è incompleta, manca l'ultima parte, della quale colui che ha redatto la scheda non era in possesso.*

Il segreto

Tutto comincia in un normalissimo giorno di primavera. Amanda, chiamiamola così perché lei non ci confesserà mai il suo vero nome, è una professoressa di Italiano. È immersa nei suoi doveri di routine, fare lezione in classe con una manica di decerebrati, tornare in fretta a casa per preparare il pranzo, correre dalla madre che ha litigato con «la servitù», questionare col fratello e la sorella perché criticano il modo in cui Amanda si occupa della madre, loro che stanno lontano e non fanno assolutamente niente, mettere una pezza a una stupidaggine che ha fatto sua figlia e che il padre, vale a dire suo marito, non deve sapere, andare a fare la spesa per la suocera, perché non c'è nessun altro che la possa fare, tornare a casa di volata per correggere i compiti, ecc. ecc.

Ecco, quella mattina tutti i notiziari hanno diffuso la notizia che un ricco ragazzo milanese, tal Ranieri Reperti, è stato rapito in Sardegna, e che è stato chiesto un riscatto di 4 milioni di euro. Qual è la particolarità del fatto? Che Ranieri è un allievo di Angela, e che qualche mese prima, in un tema in classe dal titolo «Qual è il tuo più grande desiderio?», quattro milioni di euro, aveva scritto Ranieri. Un caso? Il rapimento mostra delle caratteristiche assai strane, non sembra organizzato da professionisti, e sulla scomparsa ci sono misteri. Come fa Amanda a non pensare che il ragazzo si sia rapito da solo? Comunque Amanda si sente in dovere di avvertire i genitori: si reca alla villa dei Reperti, ma questi non ci sono, sono in Sardegna, nella villa della ricchissima nonna.

Amanda torna in macchina con un nulla di fatto, ma sulla strada verso Milano qualcuno esce dal sedile posteriore e le mette un coltello alla gola. È un giovane sardo che la rapisce, costringendola a condurlo in un posto sicuro. È un uomo in fuga. Amanda non lo porta a casa sua, terrorizzata che il bruto faccia del male a sua figlia: decide di portarlo in casa della suocera, essendo essa partita per trascorrere qualche giorno a Montecatini Terme.

Il bruto si rivela per quello che è: un braccato. Lo cerca la polizia perché essendo il giardiniere dei Reperti, ed essendo sardo, pensano che sia lui la quinta colonna del rapimento. Amanda decide di aiutarlo, gli rivela anche i suoi dubbi sul rapimento, arriverà ad accompagnarlo a prendere un traghetto per la Sardegna, dove, tramite certi parenti, il ragazzo spera di riuscire a scagionarsi.

Al porto accade l'impensabile, Amanda e Daniele sono costretti a rifugiarsi in un antro per un controllo di polizia, ma l'antro non è altro che un container in partenza. I due si ritrovano al buio, chiusi in una scatola di ferro, il loro destino è quello di morire come topi.

Dentro il container succede l'inevitabile. Di fronte alla morte vince l'amore, e soprattutto vince la fortuna, ovvero la vicina destinazione della nave, proprio la Sardegna. Ma qui Amanda si trasforma in una fuggiasca, qualcuno la cerca, chi sono, i rapitori? Grazie a uno scambio di persona Amanda riesce a sottrarsi a una brutta fine prendendo il posto di una scrittrice famosa: si spaccia per lei, e ad una lussuosa festa su un panfilo trova chi potrebbe salvarla, Alberto, un facoltoso playboy che la seduce nella sua villa. Amanda ha però un unico scopo: scagionare se stessa e rintracciare i genitori del rapito; ma la bande sono sulle sue tracce, e finiranno per trovarla, sequestrarla e minacciarla. Amanda riprova la fuga, questa volta al volante di una potente fuoriserie, ma ancora è inseguita, raggiunta. Rischierà di finire in un baratro montano, dovrà passare per la morte apparente, si troverà ad essere sepolta viva, ostinata e indomita, forse è ancora lei la sola che può trovare una soluzione al caso. Ma il ragazzo salta fuori, è stato liberato, e ormai per lei non c'è più niente da fare, se non tornare nella sua Milano.

Ma a fare che? Il marito, convinto dei suoi tradimenti, non la vorrà più a casa, il suo lavoro è perduto, la sua famiglia le volterà le spalle, disperazione nera, ma anche liberazione, da tutti i legami forzosi che le rovinavano la vita. Unico problema, e ora come rifarsela una vita?

Una mano gliela dà la borsa che fortuitamente si troverà in mano: è uguale alla sua ma non è la sua, dentro c'è qualcosa di sorprendente. Ma di che si tratta?

Ringraziamenti

Non so perché oggi come oggi quella dei ringraziamenti è una rubrica molto di moda. Quando leggo in fondo a effimere opere di 150 pagine un elenco del telefono di ringraziati mi domando se questo serva ad assicurarsi almeno un numero minimo di vendite. Mi domando anche che cosa avrebbe dovuto fare Dante Alighieri il quale invece, dopo aver scritto la *Divina Commedia*, non diceva grazie proprio a nessuno.

Ma qui mi «corre l'obbligo» di ringraziare alcune persone.

Ringrazio la mia signora, Emanuela, che legge tutte le volte la prima stesura, comunicandomi sempre pareri entusiastici. Più ficcanti i giudizi di mio figlio Olmo, più tecnici quelli di mia figlia Teresa.

Ringrazio anche Alessandra Baracchi, Massimo Fedi, Paolo Grassini e Piero Antonini per le loro letture e Roberto Doriano e Lorena Bonalumi per le loro consulenze su Milano e la sua lingua.

Un ringraziamento va anche ad Alessandro Allegri, Giorgia Facioni, Alessandra Fineschi, Federica Leoni e Anna Novero per avermi risolto un problema.

Ma qualcosa di più di un ringraziamento va a Mattia Carratello, editor Sellerio, che si è prestato a interpretare la parte di un editor di una casa editrice «milanese» e, trasfigurandosi, ha scritto le parti di commento al manoscritto di Angela che poi io ho messo in bocca al larvaceo Roberto Zanconi. Più che un aiuto mi ha dato un contributo autoriale per il quale meriterebbe una quota dei diritti d'autore, ma visto che Mattia è un signore ci siamo accordati per un pagamento in prodotti tipici enogastronomici della Toscana.

In effetti temo che se questo stesso libro finisse nelle mani di un editor come quelli che usano adesso, questi avrebbe molti rilievi da fare, per esempio che non si lasciano le cose in sospeso, ovvero le cosiddette *loose ends*. E che il patto con il lettore viene più volte tradito. E che la sospensione di incredulità è inattuabile. E che ci sono troppi dèi ex machina. E che il lettore ha bisogno di semplicità, linearità, quadratura, e inoltre di potersi riconoscere e immedesimarsi. E che i riassunti vanno mimetizzati. E inoltre... Mah, non so, quando lavoro sui libri degli altri tutte queste lezioncine sono bravo a impartirle anch'io, ma sui miei non mi riesce, anzi, mi viene da fare l'opposto. D'altronde a scrivere secondo un canone che gusto c'è?

A questo proposito, su certi particolari relativi alle vite dei signori Sforza e Cislaghi ho cambiato un po' le carte in tavola, per motivi squisitamente narrativi, rispetto al libro precedente, *Il segreto di Angela*. D'altronde sono mondi finzionali, falsificabili alla bisogna in quanto falsi di per sé, con buona pace dell'ontologia meinonghiana degli oggetti inesistenti, in particolare di quelli fittizi.

F. R.

Indice

Il caso Kakoiannis-Sforza

Questo volume è stato stampato
su carta Palatina
delle Cartiere di Fabriano
nel mese di maggio 2014
presso la Leva Arti Grafiche s.p.a. - Sesto S. Giovanni (MI)
e confezionato
presso IGF s.p.a. - Aldeno (TN)

La memoria

Ultimi volumi pubblicati

701 Angelo Morino. Rosso taranta
702 Michele Perriera. La casa
703 Ugo Cornia. Le pratiche del disgusto
704 Luigi Filippo d'Amico. L'uomo delle contraddizioni. Pirandello visto da vicino
705 Giuseppe Scaraffia. Dizionario del dandy
706 Enrico Micheli. Italo
707 Andrea Camilleri. Le pecore e il pastore
708 Maria Attanasio. Il falsario di Caltagirone
709 Roberto Bolaño. Anversa
710 John Mortimer. Nuovi casi per l'avvocato Rumpole
711 Alicia Giménez-Bartlett. Nido vuoto
712 Toni Maraini. La lettera da Benares
713 Maj Sjöwall, Per Wahlöö. Il poliziotto che ride
714 Budd Schulberg. I disincantati
715 Alda Bruno. Germani in bellavista
716 Marco Malvaldi. La briscola in cinque
717 Andrea Camilleri. La pista di sabbia
718 Stefano Vilardo. Tutti dicono Germania Germania
719 Marcello Venturi. L'ultimo veliero
720 Augusto De Angelis. L'impronta del gatto
721 Giorgio Scerbanenco. Annalisa e il passaggio a livello
722 Anthony Trollope. La Casetta ad Allington
723 Marco Santagata. Il salto degli Orlandi
724 Ruggero Cappuccio. La notte dei due silenzi
725 Sergej Dovlatov. Il libro invisibile
726 Giorgio Bassani. I Promessi Sposi. Un esperimento
727 Andrea Camilleri. Maruzza Musumeci
728 Furio Bordon. Il canto dell'orco
729 Francesco Laudadio. Scrivano Ingannamorte
730 Louise de Vilmorin. Coco Chanel
731 Alberto Vigevani. All'ombra di mio padre
732 Alexandre Dumas. Il cavaliere di Sainte-Hermine

733 Adriano Sofri. Chi è il mio prossimo
734 Gianrico Carofiglio. L'arte del dubbio
735 Jacques Boulenger. Il romanzo di Merlino
736 Annie Vivanti. I divoratori
737 Mario Soldati. L'amico gesuita
738 Umberto Domina. La moglie che ha sbagliato cugino
739 Maj Sjöwall, Per Wahlöö. L'autopompa fantasma
740 Alexandre Dumas. Il tulipano nero
741 Giorgio Scerbanenco. Sei giorni di preavviso
742 Domenico Seminerio. Il manoscritto di Shakespeare
743 André Gorz. Lettera a D. Storia di un amore
744 Andrea Camilleri. Il campo del vasaio
745 Adriano Sofri. Contro Giuliano. Noi uomini, le donne e l'aborto
746 Luisa Adorno. Tutti qui con me
747 Carlo Flamigni. Un tranquillo paese di Romagna
748 Teresa Solana. Delitto imperfetto
749 Penelope Fitzgerald. Strategie di fuga
750 Andrea Camilleri. Il casellante
751 Mario Soldati. ah! il Mundial!
752 Giuseppe Bonarivi. La divina foresta
753 Maria Savi-Lopez. Leggende del mare
754 Francisco García Pavón. Il regno di Witiza
755 Augusto De Angelis. Giobbe Tuama & C.
756 Eduardo Rebulla. La misura delle cose
757 Maj Sjöwall, Per Wahlöö. Omicidio al Savoy
758 Gaetano Savatteri. Uno per tutti
759 Eugenio Baroncelli. Libro di candele
760 Bill James. Protezione
761 Marco Malvaldi. Il gioco delle tre carte
762 Giorgio Scerbanenco. La bambola cieca
763 Danilo Dolci. Racconti siciliani
764 Andrea Camilleri. L'età del dubbio
765 Carmelo Samonà. Fratelli
766 Jacques Boulenger. Lancillotto del Lago
767 Hans Fallada. E adesso, pover'uomo?
768 Alda Bruno. Tacchino farcito
769 Gian Carlo Fusco. La Legione straniera
770 Piero Calamandrei. Per la scuola
771 Michèle Lesbre. Il canapé rosso
772 Adriano Sofri. La notte che Pinelli
773 Sergej Dovlatov. Il giornale invisibile
774 Tullio Kezich. Noi che abbiamo fatto La dolce vita
775 Mario Soldati. Corrispondenti di guerra
776 Maj Sjöwall, Per Wahlöö. L'uomo che andò in fumo
777 Andrea Camilleri. Il sonaglio
778 Michele Perriera. I nostri tempi
779 Alberto Vigevani. Il battello per Kew
780 Alicia Giménez-Bartlett. Il silenzio dei chiostri

781 Angelo Morino. Quando internet non c'era
782 Augusto De Angelis. Il banchiere assassinato
783 Michel Maffesoli. Icone d'oggi
784 Mehmet Murat Somer. Scandaloso omicidio a Istanbul
785 Francesco Recami. Il ragazzo che leggeva Maigret
786 Bill James. Confessione
787 Roberto Bolaño. I detective selvaggi
788 Giorgio Scerbanenco. Nessuno è colpevole
789 Andrea Camilleri. La danza del gabbiano
790 Giuseppe Bonaviri. Notti sull'altura
791 Giuseppe Tornatore. Baarìa
792 Alicia Giménez-Bartlett. Una stanza tutta per gli altri
793 Furio Bordon. A gentile richiesta
794 Davide Camarrone. Questo è un uomo
795 Andrea Camilleri. La rizzagliata
796 Jacques Bonnet. I fantasmi delle biblioteche
797 Marek Edelman. C'era l'amore nel ghetto
798 Danilo Dolci. Banditi a Partinico
799 Vicki Baum. Grand Hotel
800
801 Anthony Trollope. Le ultime cronache del Barset
802 Arnoldo Foà. Autobiografia di un artista burbero
803 Herta Müller. Lo sguardo estraneo
804 Gianrico Carofiglio. Le perfezioni provvisorie
805 Gian Mauro Costa. Il libro di legno
806 Carlo Flamigni. Circostanze casuali
807 Maj Sjöwall, Per Wahlöö. L'uomo sul tetto
808 Herta Müller. Cristina e il suo doppio
809 Martin Suter. L'ultimo dei Weynfeldt
810 Andrea Camilleri. Il nipote del Negus
811 Teresa Solana. Scorciatoia per il paradiso
812 Francesco M. Cataluccio. Vado a vedere se di là è meglio
813 Allen S. Weiss. Baudelaire cerca gloria
814 Thornton Wilder. Idi di marzo
815 Esmahan Aykol. Hotel Bosforo
816 Davide Enia. Italia-Brasile 3 a 2
817 Giorgio Scerbanenco. L'antro dei filosofi
818 Pietro Grossi. Martini
819 Budd Schulberg. Fronte del porto
820 Andrea Camilleri. La caccia al tesoro
821 Marco Malvaldi. Il re dei giochi
822 Francisco García Pavón. Le sorelle scarlatte
823 Colin Dexter. L'ultima corsa per Woodstock
824 Augusto De Angelis. Sei donne e un libro
825 Giuseppe Bonaviri. L'enorme tempo
826 Bill James. Club
827 Alicia Giménez-Bartlett. Vita sentimentale di un camionista
828 Maj Sjöwall, Per Wahlöö. La camera chiusa

829 Andrea Molesini. Non tutti i bastardi sono di Vienna
830 Michèle Lesbre. Nina per caso
831 Herta Müller. In trappola
832 Hans Fallada. Ognuno muore solo
833 Andrea Camilleri. Il sorriso di Angelica
834 Eugenio Baroncelli. Mosche d'inverno
835 Margaret Doody. Aristotele e i delitti d'Egitto
836 Sergej Dovlatov. La filiale
837 Anthony Trollope. La vita oggi
838 Martin Suter. Com'è piccolo il mondo!
839 Marco Malvaldi. Odore di chiuso
840 Giorgio Scerbanenco. Il cane che parla
841 Festa per Elsa
842 Paul Léautaud. Amori
843 Claudio Coletta. Viale del Policlinico
844 Luigi Pirandello. Racconti per una sera a teatro
845 Andrea Camilleri. Gran Circo Taddei e altre storie di Vigàta
846 Paolo Di Stefano. La catastròfa. Marcinelle 8 agosto 1956
847 Carlo Flamigni. Senso comune
848 Antonio Tabucchi. Racconti con figure
849 Esmahan Aykol. Appartamento a Istanbul
850 Francesco M. Cataluccio. Chernobyl
851 Colin Dexter. Al momento della scomparsa la ragazza indossava
852 Simonetta Agnello Hornby. Un filo d'olio
853 Lawrence Block. L'Ottavo Passo
854 Carlos María Domínguez. La casa di carta
855 Luciano Canfora. La meravigliosa storia del falso Artemidoro
856 Ben Pastor. Il Signore delle cento ossa
857 Francesco Recami. La casa di ringhiera
858 Andrea Camilleri. Il gioco degli specchi
859 Giorgio Scerbanenco. Lo scandalo dell'osservatorio astronomico
860 Carla Melazzini. Insegnare al principe di Danimarca
861 Bill James. Rose, rose
862 Roberto Bolaño, A. G. Porta. Consigli di un discepolo di Jim Morrison a un fanatico di Joyce
863 Stefano Benni. La traccia dell'angelo
864 Martin Suter. Allmen e le libellule
865 Giorgio Scerbanenco. Nebbia sul Naviglio e altri racconti gialli e neri
866 Danilo Dolci. Processo all'articolo 4
867 Maj Sjöwall, Per Wahlöö. Terroristi
868 Ricardo Romero. La sindrome di Rasputin
869 Alicia Giménez-Bartlett. Giorni d'amore e inganno
870 Andrea Camilleri. La setta degli angeli
871 Guglielmo Petroni. Il nome delle parole
872 Giorgio Fontana. Per legge superiore
873 Anthony Trollope. Lady Anna
874 Gian Mauro Costa, Carlo Flamigni, Alicia Giménez-Bartlett, Marco Malvaldi, Ben Pastor, Santo Piazzese, Francesco Recami. Un Natale in giallo
875 Marco Malvaldi. La carta più alta

876 Franz Zeise. L'Armada
877 Colin Dexter. Il mondo silenzioso di Nicholas Quinn
878 Salvatore Silvano Nigro. Il Principe fulvo
879 Ben Pastor. Lumen
880 Dante Troisi. Diario di un giudice
881 Ginevra Bompiani. La stazione termale
882 Andrea Camilleri. La Regina di Pomerania e altre storie di Vigàta
883 Tom Stoppard. La sponda dell'utopia
884 Bill James. Il detective è morto
885 Margaret Doody. Aristotele e la favola dei due corvi bianchi
886 Hans Fallada. Nel mio paese straniero
887 Esmahan Aykol. Divorzio alla turca
888 Angelo Morino. Il film della sua vita
889 Eugenio Baroncelli. Falene. 237 vite quasi perfette
890 Francesco Recami. Gli scheletri nell'armadio
891 Teresa Solana. Sette casi di sangue e una storia d'amore
892 Daria Galateria. Scritti galeotti
893 Andrea Camilleri. Una lama di luce
894 Martin Suter. Allmen e il diamante rosa
895 Carlo Flamigni. Giallo uovo
896 Maj Sjöwall, Per Wahlöö. Il milionario
897 Gian Mauro Costa. Festa di piazza
898 Gianni Bonina. I sette giorni di Allah
899 Carlo María Domínguez. La costa cieca
900
901 Colin Dexter. Niente vacanze per l'ispettore Morse
902 Francesco M. Cataluccio. L'ambaradan delle quisquiglie
903 Giuseppe Barbera. Conca d'oro
904 Andrea Camilleri. Una voce di notte
905 Giuseppe Scaraffia. I piaceri dei grandi
906 Sergio Valzania. La Bolla d'oro
907 Héctor Abad Faciolince. Trattato di culinaria per donne tristi
908 Mario Giorgianni. La forma della sorte
909 Marco Malvaldi. Milioni di milioni
910 Bill James. Il mattatore
911 Esmahan Aykol, Andrea Camilleri, Gian Mauro Costa, Marco Malvaldi, Antonio Manzini, Francesco Recami. Capodanno in giallo
912 Alicia Giménez-Bartlett. Gli onori di casa
913 Giuseppe Tornatore. La migliore offerta
914 Vincenzo Consolo. Esercizi di cronaca
915 Stanisław Lem. Solaris
916 Antonio Manzini. Pista nera
917 Xiao Bai. Intrigo a Shanghai
918 Ben Pastor. Il cielo di stagno
919 Andrea Camilleri. La rivoluzione della luna
920 Colin Dexter. L'ispettore Morse e le morti di Jericho
921 Paolo Di Stefano. Giallo d'Avola
922 Francesco M. Cataluccio. La memoria degli Uffizi

923 Alan Bradley. Aringhe rosse senza mostarda
924 Davide Enia. maggio '43
925 Andrea Molesini. La primavera del lupo
926 Eugenio Baroncelli. Pagine bianche. 55 libri che non ho scritto
927 Roberto Mazzucco. I sicari di Trastevere
928 Ignazio Buttitta. La peddi nova
929 Andrea Camilleri. Un covo di vipere
930 Lawrence Block. Un'altra notte a Brooklyn
931 Francesco Recami. Il segreto di Angela
932 Andrea Camilleri, Gian Mauro Costa, Alicia Giménez-Bartlett, Marco Malvaldi, Antonio Manzini, Francesco Recami. Ferragosto in giallo
933 Alicia Giménez-Bartlett. Segreta Penelope
934 Bill James. Tip Top
935 Davide Camarrone. L'ultima indagine del Commissario
936 Storie della Resistenza
937 John Glassco. Memorie di Montparnasse
938 Marco Malvaldi. Argento vivo
939 Andrea Camilleri. La banda Sacco
940 Ben Pastor. Luna bugiarda
941 Santo Piazzese. Blues di mezz'autunno
942 Alan Bradley. Il Natale di Flavia de Luce
943 Margaret Doody. Aristotele nel regno di Alessandro
944 Maurizio de Giovanni, Alicia Giménez-Bartlett, Bill James, Marco Malvaldi, Antonio Manzini, Francesco Recami. Regalo di Natale
945 Anthony Trollope. Orley Farm
946 Adriano Sofri. Machiavelli, Tupac e la Principessa
947 Antonio Manzini. La costola di Adamo
948 Lorenza Mazzetti. Diario londinese
949 Gian Mauro Costa, Alicia Giménez-Bartlett, Marco Malvaldi, Antonio Manzini, Francesco Recami. Carnevale in giallo
950 Marco Steiner. Il corvo di pietra
951 Colin Dexter. Il mistero del terzo miglio
952 Jennifer Worth. Chiamate la levatrice
953 Andrea Camilleri. Inseguendo un'ombra
954 Nicola Fantini, Laura Pariani. Nostra Signora degli scorpioni
955 Davide Camarrone. Lampaduza
956 José Roman. Chez Maxim's. Ricordi di un fattorino
957 Luciano Canfora. 1914
958 Alessandro Robecchi. Questa non è una canzone d'amore
959 Gian Mauro Costa. L'ultima scommessa
960 Giorgio Fontana. Morte di un uomo felice
961 Andrea Molesini. Presagio
962 La partita di pallone. Storie di calcio
963 Andrea Camilleri. La piramide di fango
964 Beda Romano. Il ragazzo di Erfurt
965 Anthony Trollope. Il Primo Ministro